————————— 每本书都是一座传送门

OVERLORD ③

鲜血的女武神

（日）丸山黄金 著

晓峰 译

新 星 出 版 社　NEW STAR PRESS

目录

001   第一章   捕食者集团

053   第二章   真祖

145   第三章   混乱与掌握

235   第四章   面临死战

291   第五章   PVN

363   Epilogue

369   角色介绍

374   作者后记

'Ainz ooal gown'does not have defeat.

1章　捕食者集団

第一章 | 捕食者集团

1

"这是什么料理嘛!"

一道歇斯底里的高亢叫声响起,接着餐具碰撞的清脆声音传遍四周。

几名餐厅里的人,将目光集中到那个吵闹女子的身上。

女子的相貌已经美到即使用漂亮形容都稍嫌不足,那美貌足以匹敌王国最为美丽、号称"黄金"的公主,生起气来反而更添风采。

不仅如此,即使她如此吵闹,一举一动却相当优雅,甚至充满气质。

绝对是来自某个国家的贵族,而且是高阶贵族千金的女子。好不耐烦地撩起头上的纵卷长发,不满地瞪着眼前的料理。

整张桌子几乎要被一盘盘的料理塞满。

篮子里面放着好几块刚出炉的松软白面包,冒出些许蒸气,盘子上除了盛放着稍微烤过、滴着肉汁的厚实红肉外,还搭配着甘甜玉米和使用了大量奶油的土豆泥当作配菜,强烈地刺激着食欲。以新鲜蔬菜制成的色拉保持着鲜嫩的脆度,可以从淋上的调味酱中闻到清爽的柑橘香气。

城塞都市耶·兰提尔的最高级旅店"金光闪耀亭"推出的料理,都是使用以"保存"魔法维持新鲜的食材来烹制的。当然，负责烹饪的皆是专属的超一流厨师。

但这个女子却对眼前这些由最佳厨师使用最佳食材烹制出来，只有王公贵族和富商大贾才能品尝得到，犹如艺术品的料理表现出明显的不满。

听到这个女子如此抱怨的人，除了感到吃惊之外，会对她平常所吃的料理大感兴趣也是理所当然的吧。

"一点都不好吃！"

女子接下来这句最不适合在这种情况下发出的抱怨，让在场的所有人瞬间露出目瞪口呆的表情。

不过在这当中，只有随侍在女子身后的老管家，始终维持着不动的姿势与不变的表情。即使女子转身，以严厉的眼神瞪过去，老管家还是不为所动，像是只有一种表情一样。

"我实在无法继续待在这种破城镇了，立刻准备出发！"

"可是小姐，现在已经是傍晚……"

"住嘴！我说出发就出发，听清楚了吗！"

面对女子如小孩子般的耍赖，管家终于改变姿势，低下头来：

"遵命，小姐。小的立刻进行出发的准备。"

"哼！知道的话就快点准备吧，塞巴斯！"

女子将手上的叉子随手一扔，发出咣当的声音。她就这样顺势站起来，迈着满肚怨气无处发泄的步伐离开了主餐厅。

暴风雨过后，一道充满威严的声音在如释重负的和缓气氛中响起：

"打扰大家了，非常抱歉。"

管家把女子站起来时差点儿碰倒的椅子放回原位，缓缓地向餐厅里的客人低头致歉。接受翩翩老人的完美道歉，好些人以带着怜悯的眼神看向老人。

"掌柜的。"

"是。"

在一旁待命的男子轻轻走到管家身边。

"很抱歉，惊扰大家了，虽然算不上赔罪，但在场所有客人的餐费就由我来代付吧。"

听到这句话之后，有几个人不禁面露喜色，在这家最高级的旅店中用上一餐，金额绝对不便宜。如果对方愿意帮忙支付餐费，应该足以原谅刚才那女子所引起的骚动吧。

另一方面，掌柜脸上不见一丝动摇，只是客气地鞠躬响应管家的提议。这种自然的应对可以证明，自从这对主仆投宿在"金光闪耀亭"之后，刚才那一幕光景，应该已经重复上演过许多次了。

塞巴斯的目光往餐厅的一角望去，看着一位穷酸模样、正在狼吞虎咽的男子。发现对方眼神的男子急忙站起，快步走向塞巴斯。

这个男子和其他客人相比，实在太格格不入，因为容貌毫无"气质"与"派头"而言，完全无法融入周围的气氛，散发出强烈的违和感。

虽然身上的服装不比其他客人逊色，但却像是衣服穿人，应该说犹如小丑穿着华丽的服装那样，甚至滑稽。

"塞巴斯老爷。"

"什么事，扎克先生？"

其他客人听到名叫扎克的男子那种矫揉造作的卑微语调后全都皱起眉头。从那种逢迎谄媚的口吻听来，即使男子正搓着双手也不奇怪。

不过，塞巴斯的表情却毫无变化。

"受雇的在下实在没什么资格建议，不过如果要现在上路，还是重新斟酌一下比较好吧？"

"你是说你难以在夜路驾驭马车吗？"

"这也是理由之一，而且……在下还有点杂事需要准备。"

扎克不断地搔着头。虽然他的头发看似洗得很干净，但那种搔头的方式感觉好像连头皮屑都要飞出来了。有好几个人将眉头皱得更深，但也不知道扎克到底有没有发现，反而搔得更勤快了。

"但是，小姐应该不会接受我的提议。不对，以小姐的性格来说，根本不可能改变刚才的决定。"

塞巴斯带着钢铁般的坚毅表情如此断定：

"因此，除了出发别无选择。"

"可是……"

眼珠子转来转去四下张望的扎克，还想找些借口，但似乎毫无头绪，整张脸皱了起来。

　　"当然，不是立刻就出发，还需要一些时间将小姐的行李搬到马车上。在这段时间，也请你做好出发的准备吧。"

　　塞巴斯看到还在寻找说辞的穷酸男子眼中露出狡狯的光芒，不过却表现出若无其事的样子不予理会。

　　为了掩饰一切正中下怀的事实，男子又开了口。

　　"那么，要什么时候出发呢？"

　　"这个嘛，两小时，或者三小时后出发如何？再晚的话，街道就会被黑夜完全吞噬，这应该是底线了吧。"

　　男子的眼中再次浮现出令人讨厌的盘算眼神，塞巴斯还是努力假装没有看见。扎克舔了几次嘴唇开口说道：

　　"嘿嘿，这样的话或许没有问题吧。"

　　"那太好了。那么，可以请你马上着手准备吗？"

　　目送扎克离去后，塞巴斯挥了挥手，仿佛要把缠绕在身上的空气甩开一般。那是因为他觉得有一股肮脏的污秽感，紧紧附着在自己身上。

　　脸上没有显露任何表情的塞巴斯，压抑住想要叹气的心情。

　　老实说，塞巴斯实在无法喜欢这样的卑劣人物。迪米乌哥斯和夏提雅等同事，虽然可以把这种人当作玩具，从中找到一点喜悦之情，然而塞巴斯却一点都不想让这样的人物接近自己。

在纳萨力克地下大坟墓中有一些共同观点，那就是"不属于纳萨力克者全都是劣等生物""除了极少数的部分例外，人类种族和亚人类种族都是必须消灭的弱者"。对于自己的造物主那个"不解救弱者就不该自称强者"的观点感到认同的塞巴斯，虽然对于同伴的那些想法抱持疑问，但遇到扎克这样的卑劣者还是会觉得纳萨力克的基本观点或许没有错。

"哎呀呀，人类本该是一种优秀的生物才对……"

塞巴斯伸出一只手抚顺修剪整齐的胡子后转换心情，考虑起接下来应该采取的行动。

计划进行得相当顺利，不过，还是有向监视者进行确认的必要。

正当塞巴斯思考着今后的行动方针时，发现有个男人正接近自己。

"得在这种时间出发，还真辛苦呢。"

开口搭讪的男人四五十岁，胡子剃得相当干净，头上的黑发夹杂着许多白发，因为老化和营养过剩，肚子上有一团多余的赘肉。

打扮倒是颇有品位，穿着既符合崇高地位也足够华丽的服装。

"这不是巴尔德先生吗？"

塞巴斯轻轻点头示意。这个男子——巴尔德从容不迫地伸手阻止：

"啊，不需要那么拘谨啦。"

巴尔德·罗弗雷是一位商人，掌握这个城镇很大一部分的粮食交易，不知何故跑来向塞巴斯搭话。

在这个作为战争重要据点的城塞都市中，掌握一大部分粮食交易量这点，让巴尔德在数量可观的商人中处于举足轻重的地位。

这也是因为，士兵人数一旦高达数万人，携带储备粮食行军就会是一件相当花时间与工夫的事情。因此王国的基本战略是仅仅携带最低限度的粮食进驻这个都市，然后就在这里调配粮食。所以和一般的城镇大不相同，在这个城镇里与粮食、武器相关的商人个个拥有相当大的权势。

在耶·兰提尔中如此有权有势的一个人，不可能只因为同在一个餐厅吃饭就开口搭讪，而既然他向塞巴斯搭讪，就一定有其理由。

不过，这也是塞巴斯他们算准的目的。

"塞巴斯先生，那个人不太好喔。"

"是吗？"

此时塞巴斯才第一次改变表情，露出微笑后客气地响应。带着十分理解对方所说的那个人是指什么人的口气回答。

"那个人可不是什么值得信赖的家伙喔。我实在无法理解塞巴斯先生为什么要雇用那样的家伙。"

塞巴斯在脑海中快速思考，寻找最适合这个场合的答案。

不可能老实告诉对方为什么要雇用扎克。但如果告诉对方是因为识人不明而雇用了他，塞巴斯的眼光可能会遭到质疑，评价也会跟着降低吧。

　　虽然确定要离开这座都市，但还是应该避免让巴尔德做出贬低自己的评价。因为在不久的将来，或许会出现需要利用巴尔德的时候。

　　“或许没错，但没有人像他那样毛遂自荐。他的人格或许有些缺陷，但小姐却很欣赏他的热诚。”

　　巴尔德浮现有些伤脑筋的苦笑，在对方心中对小姐的评价应该又降了一级吧。

　　虽然就是为了这个目的才请她过来，这也是没办法的事，但内心总觉得有些过意不去也是事实。没错，就是让她当坏人这件事。

　　“我似乎说得太过火了些，希望你可以当作没这回事，不过是不是劝劝你的主人比较恰当呢？”

　　“您说得或许没错。不过，一想到小姐的父亲，也就是我的主人对我的恩情，无论如何还是无法……”

　　“虽然忠心也相当重要……”

　　巴尔德嘟囔了一句，后面的话有些含糊不清。

　　“这样的话，要不我派个值得信赖的人给你们？”

　　“还不需让您如此费心。”

　　这句话的口气虽然温和，却是斩钉截铁的拒绝。应该是理解到隐藏在这句话里面的坚定意志，巴尔德改从其他方面继续提议。

"是吗？不过我还是觉得要有个像样的保镖跟着比较好。到王都的路程相当遥远，而且和帝国不同，王国街道的治安并不是很好。我可以帮忙请个值得信赖的佣兵喔。"

街道的警备工作由所在领地内的贵族们负责，相对地，他们会向过路者征收通行税。这是贵族的权利，但实际上这不过就是征收通行税的一个名目，很多地方的警备可以说是漏洞百出。因此，街道上的旅人遭到盗贼或变成强盗的佣兵袭击的情况屡见不鲜。

为了解决这个问题，在黄金公主的努力下，国王直属的街道警备队也都在巡逻，但因为队伍数量不多，实在谈不上有什么效果。巡逻队伍不多，都是因为害怕自己权益受到损害的贵族们加以干预所致。

结果演变成了光靠国家力量根本无法维护街道治安的状况。

因此，在街道旅行的商人，基本上都会雇用冒险者或值得信赖的佣兵团来自卫。在这样的商人中，像巴尔德如此有权有势的人物，应该会认识一些训练精良、值得信赖的佣兵团吧。但塞巴斯不能接受对方的提议。

"或许是这样没错。但小姐并不是很喜欢有人跟在身边，我必须尽可能地遵从主人的意思才行。"

"这样啊！"

巴尔德夸张地皱起脸来，露出为难的表情。那是面对小孩闹别扭时，感到束手无策的大人表情。

"辜负了您的好意，实在非常抱歉。"

"不要这么说嘛。老实说，我是想卖你一个人情，如果没办法做到，至少也想稍微拉近一下咱们的关系。"

来自帝国某都市的富商之女和随侍管家。塞巴斯他们是以这样的身份投宿在这间旅店，展现出符合富翁身份的雄厚财力，让周遭感受到这样的气氛。巴尔德想要卖人情的对象就是这个设定中的富商。

塞巴斯对吃下自己钓饵的鱼儿温柔微笑道：

"我一定会将巴尔德先生的亲切态度，转告给小姐的父亲大人（主人）。"

巴尔德的眼睛深处流露出一点闪耀的光芒，但立刻加以掩饰，一般人无法发现这个如星光一闪的变化。不过，这样的变化对塞巴斯而言已经足以清楚察觉。

"那么，非常抱歉，因为小姐还在等待，在下就先行告退。"

在巴尔德即将开口的瞬间，塞巴斯先发制人。

被看穿的巴尔德像是要稍微观察一般，窥探了塞巴斯的表情后才叹了一口气：

"呼，既然如此那也没办法了呢。塞巴斯先生，下次再莅临这个城镇时，请务必来找我，我一定会热烈欢迎你们。"

"好的。届时就请多多关照了。"

目送着离去的巴尔德，塞巴斯轻轻嘟囔了一句：

"这正是一样米养百样人吧。"

塞巴斯可以感受到，巴尔德的言行举止，并非全都是为了利益的别有居心，其中也包含着单纯地担心一名女子和管家的心意。

正因为有这样的人——想要帮助弱者的人，他内心才无法讨厌人类。

塞巴斯愉快地露出毫不做作的爽朗笑容。

敲了几次门，说声打扰了后，塞巴斯一鞠躬进入室内。

"刚才失礼了，塞巴斯大人。"

塞巴斯关上门进入房间，前来迎接的是对他深深鞠躬的女子。如果位于餐厅的人们看到这一幕一定会瞠目结舌吧。因为低头迎接的人，竟然是刚才还歇斯底里地大吵大闹、动不动就发火的任性大小姐。

她脸上露出的表情相当沉稳，感觉之前的歇斯底里就像是装出来的。

她此刻表现出来的态度，符合用来迎接比自己地位高的人。

相貌相同、服装也相同，内在却像是完全换了一个人似的。

还有一个奇怪的地方，那就是她闭着一只眼睛——左眼，尽管在餐厅的时候她并没有闭着一只眼睛。

"没有低头道歉的必要，你只是在做自己分内的工作而已。"

塞巴斯环顾着豪华装潢的宽敞房间。当然，在对纳萨力克地下大坟墓地下九层了如指掌的塞巴斯眼里，这个房间一点魅力也没有，自然也不会感到惊讶。不过，那只是因为选错了比较对象吧。

目光所及的房间角落集中了不少行李。已经是可以出发的状态，并非塞巴斯所整理，所以是先来的那个人独自完成的。

"我来整理就好了啊。"

"您说什么啊，怎么可以继续劳烦塞巴斯大人呢。"

抬起头的女子——战斗女仆之一的索留香·艾普西隆龙摇着头回答。

"是吗？但我现在的身份是你的管家啊。"

塞巴斯那张带着些许皱纹的脸上，露出小孩恶作剧般的童稚表情。

感受到塞巴斯发自内心的微笑，索留香的表情也首次改变，露出为难的笑容：

"的确，塞巴斯大人是我的管家，但我同时也是塞巴斯大人的部下。"

"说得也是。那么，就让身为上司的我对部下下令：你的工作已经告一段落，接下来是我的工作，你就在这里好好休息直到出发吧。"

"是，谢谢。"

"那么，我也去和可能已经在马车上等到不耐烦的夏提雅大人见个面，通知她出发的时刻。"

塞巴斯从堆积的行李中轻松提起一个最大的行李，接着像是突然想到般开口询问：

"话说回来，他有如我们预料那般行动吗？"

"是的，完全如我们所料。"

索留香从眼皮上按住闭上的那只眼睛。

"还真是侥幸呢。那么，目前是什么状况呢？"

"是的。目前他正和一位外表邋遢的男子见面。您要不要听听他们在说些什么？"

"没有这个必要，我现在要去搬行李。等一下把重点整理一下再告诉我即可。"

"了解。"

索留香的脸突然扭曲起来。

她的眼角下垂，嘴角上弯——虽然近似笑容，但表情变化非常适合"扭成一团"这个形容词，以人脸的构造来说要扭曲成那种形状几乎不可能。黏土做成的表情整个扭在一起就是最适当的形容吧。

"对了，塞巴斯大人，容我换个话题。"

"什么事，索留香？"

"事情结束后，可以让我来处置那个男人吗？"

塞巴斯空出来的手摸着嘴上的胡须，稍微思考了一下。

"这个嘛，只要得到夏提雅大人的允许，就随便你处置，没有关系吧。"

索留香的眉头微微皱起，失望之情溢于言表，塞巴斯像是要安慰她一样继续说道：

"没问题的，只是送你一个人应该不成问题才对。"

"是吗，我了解了。那就麻烦您转告夏提雅大人，如果可以的话，我想要那个男人。"

索留香露出满脸笑容，那毫无阴霾的开心表情任谁看到都会着迷。

塞巴斯对于那名让索留香露出如此表情的男子，感到了些许的悲哀与兴趣，于是他开口询问索留香：

"那么，那男人说了些什么？"

"好像是说他已经等不及要享用我了，所以机会难得我也打算来好好享用他一下。"

索留香露出更加愉快的笑容。

那笑容里带着赤子般的纯真，期待着接下来即将发生的事。

2

窝囊的人生。

快步赶路的扎克心里如此想着，自己的人生实在是够窝囊。

在王国村落中当农民，实在称不上幸福。

辛苦耕种、努力打拼的成果全被领主剥夺。如果收成一百，被拿走六十还可忍耐，只要有四十的收成，即使贫穷还是能勉强活下去的。

但收成一百被拿走八十的话，问题可就大了。收成四十都只能勉强糊口了，如果只剩下二十，今后的生活绝对很难过。

收成只剩下二十的那一年，扎克在忙完一天的辛苦农活，精疲力竭地回家后，发现妹妹不见了踪影。

当时年纪还小的扎克根本不知道发生了什么事，明明疼爱的妹妹失踪了，父母却完全不去寻找。扎克如今十分清楚原因，应该是被卖掉了。奴隶买卖现在已经在黄金公主的努力下被废止，但在当时的王国中相当普遍。

因此，每当扎克买春，和娼妇擦身而过时，都会不禁直视对方的脸。他当然不认为这么做刚好会找到妹妹，即使找到也不知道该说什么才好。但就算如此，还是会忍不住寻找。

在如此恶劣的贫穷生活中，还有一项沉重的征兵义务需要履行。

随着王国定期向帝国出兵，王国会征召村落的壮丁，派他们前往战场。失去壮丁一个月，对村落的劳动力会产生很大影响。不过，也有一些人会对征兵这件事感到幸运。

因为人口减少，代表家人的粮食消耗量减少，而且，被征召的年轻人还可以获得王国配给的粮食，有些人甚至因此才首次体验到饱餐的滋味。

但好事也仅限于此。即使拼命战斗，如果不是立下汗马功劳，根本不会获得奖励。不对，有时候即使立下汗马功劳也不会受到褒奖，只有真正幸运的人才可能获得奖励。回到村落后，因为之前有段时间少了人手工作，还要面临来年生产量减少这个绝望的事实。

扎克过去遇到两次征兵，第三次时让他的命运发生了转变。

那次的战争一如既往，只发生了一些小规模的战斗就画下句点，幸运保住一命的扎克正打算回家时，停下了脚步。他看着手中的武器，突然一道天启涌现脑海。

与其回村落，还不如去过另一种生活。

不过，区区一介农夫，当兵时又只受到一些简单训练的扎克，对于崭新的人生并没有太多选项。

没有优越的身体能力，更不用说那种只有少数人才有的与生俱来的特别能力。学到的知识也只有耕种——什么时候播什么种会比较好，仅此而已。

这样的扎克采取的行动就是带着唯一的王牌，也就是王国暂时配给的武器逃走。不曾想过如果自己逃走，会不会对父母造成困扰，因为他们将妹妹卖掉——即使是为了让其他家人活下去——扎克也已经对父母不再有爱了。

没有背景又人生地不熟，怎么可能轻易脱逃！不过，能够遇到帮助自己脱逃的人，说是幸运也算是幸运吧。

帮助他脱逃的人是佣兵团。

当然，对佣兵团来说，只是一介农夫的扎克，并没有太大的价值。不过，因为战争而失去了许多成员的佣兵团，也想要赶快回复规模。

　　因为这个缘故，佣兵团轻易地让扎克加入了。但这个佣兵团并不是什么正经的集团，战争时以佣兵身份替人打仗，非战争时就化身为强盗。

　　在此之后，扎克的生活实在不足为外人道也。

　　有比没有好，抢夺者比被抢夺者好。与其自己哭，还不如让别人哭。

　　扎克过的就是这种生活。

　　他并不觉得有错，并不觉得后悔。

　　每次听到受难者发出哀号，扎克便更加深信不疑。

　　扎克在贫民区中奔跑，拼命奔跑在比日落时还要赤红的世界中。

　　由于离开旅店后就不断奔跑，他此刻已经气喘吁吁，额头也渗出汗水，疲劳感产生想要休息的欲望，告诉自己该稍微歇歇了。但时间紧迫，扎克还是鞭策着疲惫的身躯，继续奔跑下去。

　　这时候，当扎克以一个大角度转过一个转角时——

　　"好危险喔——"

　　似乎刚好正在转角处的一个人影嘟哝了一句，伴随着咔啦的金属声大动作翻身。

　　这突如其来的意外让扎克吓了一跳，往跳开的黑影望过去。

　　眼前是一位五官端正的女子。因为她身上穿着一件黑色披风，像是融入影子般，但闪闪发亮的紫色眼瞳带着好奇心，笔直地望向扎克。

疲惫而失去耐性的扎克带着怒火向对方大吼：

"这是我的台词吧！很危险耶！走路看前面好吗！"

女子似乎对于扎克带着威吓口气的大吼一点儿也不害怕，脸上露出冷笑。

令人汗毛直竖的冷笑让扎克不禁后退，没有勇气拔出藏在怀里的武器，就像是被狮子盯上的老鼠一样。

刚才在女子飞身退后时听到的金属声，或许是来自她身上的铠甲吧。

身负武装的女子，或许是冒险者吧。

——找错了吵架对象。

扎克的脑中发出危险信号，同时也冒出这个想法。

他并不会因为对方是女性所以会很弱之类的理由瞧不起她。扎克自己也知道，存在只由女性成员所构成的强大队伍。因为他还记得，曾经从所属佣兵团的最强者口中，不经意地听过这件事。

反观扎克，即使隶属于佣兵团，但在所有武装成员中，说他是实力最低的一个也不为过，所以他才会负责这种工作。

因为奔跑而渗出来的汗水，此时由于扎克对自己采取的行动感到后悔，而逐渐变成了另一种汗水。

正当扎克的脸上毫不掩饰地露出恐惧表情时，女子的笑容突然变得不再恐怖：

"嗯，算了。因为也没什么时间了。不过，如果下次再让本小姐遇到，就要让你吃点苦头喔——"

女子以轻松的口气撂下这句话后就往旁边绕过去。感兴趣的扎克往对方走去的方向望去，他想起眼前那个地方是贫民区中罕见的没有任何人居住的区域。

都这么晚了，一个美女要去那里做什么呢？虽然感到好奇，但现在还有更重要的事在等着自己，扎克斩断内心的好奇，再次迈开脚步。

不久，扎克来到贫民区中充斥着许多破旧小屋的一角，稍微往四周瞄了一下，确认是否有人跟踪。

夕阳慢慢西下，世界已经逐渐染成黑色，所以扎克重点确认是否有人躲在黑暗角落。来此之前已经确认过好几次，但谨慎起见，最后还是再确认一次。

扎克满意地点点头，在门前调整呼吸的同时敲了三次门。接着，过了五秒后，又连续敲了四次。

发出这个约定好的暗号之后，立刻有了回应，吱嘎的木头摩擦声从门的另一侧传来，挡住观察孔的板子被移开。可以看到一双男人的眼睛在露出的洞中骨碌地转动，确认站在门前的扎克。

"是你啊。喔，等一下。"

没有等待扎克的响应，男子再次将观察孔遮好。接着是一道开锁的沉重声音。大门稍微开启。

"进来吧。"

房子里散发出淡淡的腐臭味，这里的环境和扎克刚才身处的地方简直是天壤之别。希望鼻子能够立刻习惯的扎克，利落地钻进房子里。

门一关，便可看到屋子又黑又小。

进门后立刻就是餐厅兼厨房的地方，仅仅摆了一张桌子。桌上点了一根蜡烛，稍微能够照亮阴暗的室内。

散发出以暴力维生之人特有气息的肮脏男子，拉了张桌边的椅子重新坐下。男子的身材壮硕，胸肌也很厚实，可以从露在衣服外面的手臂和脸上看到一些浅浅的刀伤。椅子像惨叫般发出吱嘎声，几乎快被这男人的体重压垮。

"喔，扎克。怎么了，发生什么事了吗？"

"状况有变……猎物好像要动身了。"

"啊！现在要动身呜？"

扎克默默点头回应。男子低声抱怨"怎么选这种时间啊……不会替我们着想一下"，同时伸手抓了抓蓬乱的头发。

"不能想办法拖延一下吗？"

"没那么简单，因为是那个女的要求的。"

男子已经听扎克说过好几次那女人是个什么样的人，于是夸张地皱起脸来。

"那老爷子也稍微动脑筋嘛，也不会争取一下，夜路很可怕，会有恐怖强盗出没之类的，真受不了……这种事连笨蛋都知道吧。啊，把马车的车轮弄坏，拖到明天再出发如何？"

"没办法，已经在搬运行李进行准备了。快点下手解决比较干脆吧？"

"嗯，这么说也没错……"

男子望着空中沉思。

"那么，大概什么时候出发？"

"再过两个小时以后吧。"

"那不是相当紧迫吗？啊，该怎么办呢？等一下就进行联系……能够使用的时间只有两小时的话……虽然有点困难，但他们可是难得的猎物……"

男子掐指思考整体的时间行程。扎克只是默默听着对方的行程计划，低头看着自己的手。

"那种有钱人很让人火大对吧……"

扎克想起被称为小姐的那位女子的纤纤玉手。

从事农活的人不会有那样美丽的手，大家的手都因冰水而皲裂，因为挥舞锄头而粗厚，连指甲都歪七扭八。大家的手都是这副德行。

他心知肚明，这个世界并不公平。但是——

扎克歪起嘴角，露出牙齿淫笑起来：

"可以让我玩玩那个女人吧。"

"不过你可要等我先玩完，而且我们还要勒索，所以严禁玩得太过火，也别让对方伤得太严重了。"

男子露出下流的奸笑。可能是受到这个欲望的刺激，男子站了起来。

"好吧，决定干了。我来联络团长。"

"我知道了。"

"我们会派十人左右到老地方埋伏。你也展开行动，让对方在四个小时后到达那里，如果没到，我们就直接出击，你好好安抚猎物，让对方放下戒心吧。"

3

一辆马车远离城塞都市向前奔驰。

体形壮硕的四匹马，拉着一辆即使坐上六个人都绰绰有余的大型马车。

天上挂着一轮大大的明月，周围明亮得有些令人意外。虽说如此，在这样的夜里驾车赶路依然是非常愚蠢的行为。点起灯、派人站哨扎营来度过夜晚，才是最明智的抉择。

夜晚的世界并非人类所控制的世界。不对，这个形容并不恰当，正确来说，没有光线照亮的地方皆非人类的世界。夜晚潜藏着许多动物、亚人类和各种魔物。有很多生物具有夜视能力，还会袭击人类。

在这样危险的夜晚，马车奔驰在街道上，只有稍微让乘客感到一些震动而已。

震动很轻微并不是因为类似避震器的部位性能优越，而是因为马车奔驰在人工铺设的石板路上。

　　铺设石板街道是在黄金公主提案后开始执行的，不过目前铺设完毕的地方只有国王直接管辖的部分街道和王国六大贵族中的雷文侯领地而已。这是因为贵族们表示反对，认为铺设便于移动的街道将有利于帝国入侵。

　　而且关于修补街道的费用也引起不少纠纷。拉娜公主提出向商人募款的意见，也因为各领地的贵族害怕街道的利益受损加以反对而最终受挫，结果道路的铺设情况才会落得现在这种像是被狗啃的状态。

　　这一带距离国王直辖的城塞都市并不是很远，整修得相当平坦。

　　不过，还称不上完美。行驶在街道上的马车还是会摇摇晃晃，让马车上头的乘客感受到一些震动。

　　在这样的震动下，车内的对话像是刚结束一个话题般就此中断。

　　马车上的乘客包括塞巴斯、索留香，还有坐在对面的夏提雅，以及在她左右两旁的两名奴婢兼爱妾的吸血鬼新娘。扎克当然是坐在驾驶座上驾驭马车。

　　马车内笼罩着一阵短暂的宁静，不久后塞巴斯缓缓开口打破沉默：

　　"有件事之前就很想请教了。"

"嗯？想问我吗，什么事？"

"您和亚乌菈大人的感情好像不是很好，不知道有什么特别原因吗？"

"实际上，我觉得我们的感情不差呀。"

低声回答的夏提雅，有些无聊地看着自己的小指指甲。

如珍珠般白皙的指甲大约有两厘米长。虽然她的一只手拿着锉刀在磨，但指甲已经非常整齐，感觉没有修整的必要。事实上夏提雅也觉得没有磨的必要吧，她把手上的锉刀丢给坐在旁边的吸血鬼。

接着，她企图将空出来的双手伸向坐在左右两旁的吸血鬼胸部，但察觉到前方两人的神情，才露出有些尴尬的模样，把手收回来。

"感觉倒不像呢。"

塞巴斯继续说道。夏提雅像是吃了苦瓜般整张脸皱起来：

"我……妾身……好。是因为我的创造主佩罗罗奇诺大人设定了我和她的感情不好，我才稍微捉弄一下她而已。不过她何尝不是呢，或许泡泡茶壶大人也同样把那孩子设定成和我水火不容吧。"

像是觉得很无趣一样，夏提雅一只手挥了挥，第一次和塞巴斯的目光相交。

"说起来，我的创造主佩罗罗奇诺大人和那孩子的创造主泡泡茶壶大人是姐弟关系。就这层意义来说，我们也算是姐妹呀。"

"姐弟关系——原来如此啊！"

"过去，佩罗罗奇诺大人和其他无上至尊——路西★法大人、贰式炎雷大人一起来到我的负责领域时，曾经这么提到呀。"

回想起过去陪伴伟大人物巡视的记忆，夏提雅露出崇拜的眼神：

"佩罗罗奇诺大人曾经提到，泡泡茶壶大人从事一种称为声优的职业，不但非常受欢迎，还会为'H-Game'献声，所以每当购买期待的大作，脑中都会浮现姐姐的脸，因此感到很没劲呀。虽然不知道是什么意思。"夏提雅说。

塞巴斯也有些不明所以地歪起头来：

"声优吗……我记得是一种运用声音的工作呢。似乎也会唱歌的样子，所以和吟游诗人应该很像吧。"

听到塞巴斯的回答后，夏提雅发出银铃般的笑声开口否定：

"不是呀。"

"不是？这话怎么说？"

"我听泡泡茶壶大人自己说过，声优是一种借由配音来赋予灵魂的工作呀。也就是说，声优是一种生命创造系的职业呀。"

"喔喔！原来是这么回事啊，我竟然闹出了这么大的误会，真的非常感谢您的指教，夏提雅大人。"

塞巴斯他们这些由无上至尊创造出来的人物，在出生时就被灌输了知识，但也只是拥有那些知识而已，因为不知道实物，所以有时候会闹出一些笑话，就像刚才对崇拜的主人所从事的职业产生误解那样。

塞巴斯感到难为情，为了避免犯下同样的过错，不断在口中念念有词，牢牢记住声优这个职业的意义。

"可以不用那么在意呀。对了，塞巴斯，既然我们是一起旅行的同伴，你说话可以不用那么客气呀。"

"是吗，夏提雅大人？"

"别叫什么大人啦……我们都是无上至尊的仆人呀。虽然无上至尊他们赐予我们职位，让我们有尊卑的上下关系，但实际上我们本来就没有什么差别呀。"

说得没错。索留香会侍奉塞巴斯也只不过是因为被如此命令罢了。原本她和塞巴斯的地位是相同的。

"我了解了，夏提雅。那么当下我便这样称呼你了。"

"这样很好呀。话说回来，你和迪米乌哥斯的感情不也是很差吗？"

塞巴斯闭口不语。看到如此反应的夏提雅像是调皮的小孩般眯起眼睛继续发问：

"无上至尊们并没有规定你要这样才对，所以这是为什么呢？"

"为什么呢？其实我也不知道为什么会这样，大概是出于本能吧，就是觉得讨厌。不过，他也一样吧。"

"嗯——倒是没人让我有那样的感觉……不过，或许是无上至尊他们那些创造主的情绪，都深植在我们的心里吧。"

"这个可能性很高呢。"

夏提雅目不转睛地注视点着头表示感同身受的塞巴斯。接着，考虑到对方的职位，夏提雅觉得他应该会知道，所以决定向他抛出内心存在已久的疑问：

"地下八层有什么人呢？我知道威克提姆在地下八层，除了他之外还有谁呢？"

塞巴斯对于突如其来的话题转变稍微皱起眉头，为了摸清这个话题的真正意图，塞巴斯带着严肃的表情看向夏提雅。坐在一旁的索留香脸上露出些微的表情变化，但因为变化实在太小，连正在说话的两人都没有察觉。

"……以前，有反抗无上至尊的愚蠢家伙大举进攻过，地下七层遭到突破，但无上至尊据守的地下九层并没有遭到入侵。如此推测的话，最后的迎击地点应该就是地下八层了吧？虽然我没有什么印象，但对方似乎是以非同小可的战斗力进攻，所以我方应该也需要旗鼓相当的战斗力才对。不过，却没人知道迎击的是谁。雅儿贝德似乎知道，毕竟她是纳萨力克的管理者，如果不知道才奇怪吧。"

似乎不在意默不出声的塞巴斯，夏提雅继续说道：

"似乎被她领先了一步，有些讨厌呢。地下八层到底有什么神秘人物呢？难道是安兹大人创造的人物？"

塞巴斯是由塔其·米，迪米乌哥斯是由乌尔贝特·亚连·欧德尔，科塞特斯是由武人建御雷创造出来的。不过，即使是夏提雅也不知道四十一位无上至尊的最高阶者，安兹——飞鼠创造的人物是谁。

总不可能没有创造任何人物吧。

那么，那个人物待在夏提雅不知道的地下八层，就是很理所当然的推测。

"不，那应该是不可能的吧。我只是稍微听说过，安兹大人所创造出来的人物，名叫潘多拉·亚克特，其能力和身为守护者的各位还有我可以说并驾齐驱，听说他是宝物殿最深处的守墓者。"

"有那样的人物呀？"

和雅儿贝德不同，夏提雅并没有被灌输纳萨力克所有人物的相关知识，因此，这名字还是第一次听到。

不过，虽然宝物殿必须有安兹·乌尔·恭之戒才能进入，但如果没有守卫看管的确也是件奇怪的事。

宝物殿的最深处。

安兹·乌尔·恭收集的最高级魔法道具全都保存在那里，听说里面还有好几个世界级的道具。这样的话，四十一位无上至尊的最高阶者安兹创造出来的人物，正是最适合镇守那个地方的人才吧。

夏提雅对于无法亲自镇守那个崇高的场所，感到有些自尊心受挫，但也安慰自己这是无可厚非的事。夏提雅认为一开始就将侵略者阻挡在地下三层之内，也是一项重责大任，重要程度并不会输给镇守宝物殿。

而且，现在自己被主人赋予一项重责大任。

"有的，不过我也不曾见过。因为如果没有戒指，根本无法前往那个地方。"

"喔……"

就像是失去了兴趣一样，夏提雅发出一个不怎么起劲的回应，不过塞巴斯看起来并不怎么在意。

"那么，地下八层还是充满谜团呢……真有些遗憾。"

"是啊，因为连我们也无法进入，想必里面有着某些东西。"

"你说的某些东西是什么东西？"

"里面会不会是有什么连我们都会攻击的机关？"

"嗯，这也不错呀，不过我猜……会不会是那种不管是谁一律格杀勿论的死亡陷阱呢？"

"纳萨力克地下大坟墓可是由无上至尊们所精心建造，还有誓死效忠的我们拼上性命守护，敌人既然能够侵略如此难以攻陷的地方到达地下七层，那点程度的陷阱，应该不足以阻挡他们吧……"

"要不要去偷窥一下呀？"

像是一个想到鬼点子的小孩——夏提雅露出那样的笑容。塞巴斯见状也浮现一如往常的笑容，但那笑容比过去稍微深了些。

"你是想违背安兹大人的意思吗？"

"骗你的啦，骗你的。只是开个玩笑，别露出那么可怕的表情嘛。"

"夏提雅……好奇心可是会害死猫喔。我们该做的就是静静等待，直到安兹大人愿意告诉我们为止。"

"说得没错……那么，猎物已经上钩了吧？"

突如其来的话题转变，并没有让塞巴斯多说什么，而是直接回答这个问题：

"是的，已经完全上钩，接着只剩下收竿而已。"

轻轻点头后，夏提雅愉快地舔了一下自己的嘴唇，红色的眼眸发出异样的光芒。

立刻察觉夏提雅为什么会出现这种情绪的塞巴斯，判断现在正是大好时机，可以转达索留香刚才的要求：

"关于这部分，有件事想要拜托夏提雅。"

"什么事？"

想象着接下来即将发生的光景，正沉浸在愉悦之中的夏提雅遭到打扰，发出不满的声音。塞巴斯像是要安抚对方般继续说道：

"关于现在正在驾车的人，可以把他送给这个丫头吗？"

"是个小喽啰吗？"

"是的，应该只算是个传声筒吧。"

听到这个要求的夏提雅闭起眼睛陷入深思。考虑到各种可能性之后，她似乎找到答案，大幅点了点头后说：

"这样的话，可以呀，吸起来感觉也不好吃的样子。"

"那真是非常感谢，感谢你的宽大心胸，夏提雅。"

"谢谢您，夏提雅大人。"

"啊，不用客气。不必放在心上呀。"

夏提雅对索留香露出亲昵的微笑，想不到她也会露出这样亲切的表情。接着，夏提雅维持原状只将视线投向塞巴斯：

"那我刚才的失言，就这样一笔勾销了呀。"

"我了解了……我本来就不觉得夏提雅会真的做出这样愚蠢至极的行为。刚才那只是你的玩笑话，对吧？"

"是啊，你说得没错。如果塞巴斯你说出同样的话，我也会认为你在开玩笑吧。然后默不吭声，只派属下盯着你，一发现你想背叛就立刻剁掉你的四肢，用链条绑起来拖到安兹大人面前。"

"我可没你这么狠喔，夏提雅。"

"不会吗？那样的话才会更让人怀疑你的忠心喔——我看你绝对也会这么做吧？"

夏提雅和塞巴斯打从内心感到愉快似的相视而笑。

"再说，我最疼可爱的少女了。而且把他送给索留香，感觉也有不同的乐趣呢——"

"那么，夏提雅你打算怎么捕捉他们呢？是要使用'麻痹'或者'束缚人类'之类的吗？"

前往耶·兰提尔之前，安兹对塞巴斯下达的命令是"我想要捕捉学会了武技或魔法的人类。不过，只能找那些即使消失也不成问题的犯罪者下手"。因此作为计划的一环，塞巴斯和索留香才会扮演富贵人家的任性千金和被要得团团转的管家，耐心等待扎克这条鱼上钩。

而夏提雅的任务则是利用这条鱼，钓起跟在后面的所有鱼群。

"怎么可能，我才不会那么大费周章呢。安兹大人说过，把对方吸干后当成奴隶也没问题，只是绝对要抓到。不过呀，要一一调查也得花不少工夫，所以就把他们全部吸个不剩吧。"

塞巴斯没有将"原来如此"这句话说出口，只是点了点头。不过这样一来，他不得不承认夏提雅这个人选令他感到不安，基于如此判断，塞巴斯不由得开口说道：

"如亚乌菈大人的吐息一样，自由操控对方的意志。"

迪米乌哥斯拥有"统治咒语"这个特殊技能，这是一个强大的精神控制系能力。在类似这次需要捕捉目标的工作中，能够发挥无与伦比的效果。

"啥？"

夏提雅突然发出一道令人难以置信的低沉声音。

马车内的气氛立刻沉重起来，笼罩着一股冰冷刺骨的寒气。

似乎连拉车的马都感觉到，马车突然剧烈晃了一下。坐在夏提雅左右的吸血鬼，原本毫无血色的肌肤变得更加惨白，塞巴斯身旁的索留香则是全身发抖，甚至连实力应该和夏提雅并驾齐驱的塞巴斯都感到毛骨悚然。

　　纳萨力克楼层最强守护者内心发出强烈杀气，身上缠绕的敌意，就像在阐述和亚乌菈之间的争执只不过是场儿戏罢了。如果这种时候一个处理不当，绝对会引发一场你死我活的战斗。

　　将马车内的气氛降到冰点的夏提雅，眼睛像是充血般，从红色的虹膜开始渗透，将整个眼白完全染红。

　　"塞巴斯——你可以再说一次吗？还是说，作为龙人的你想要以这样的形态——"

　　完全染红的眼球动了一下。

　　"直接和我互相残杀吗？"

　　"失言了，请原谅我。我只是觉得有些不安，如果你的'血之狂乱'不发动就好了。"

　　夏提雅以沉默回应塞巴斯的这句话。

　　塞巴斯看得出，夏提雅会出现这样短暂的沉默，可能是因为对自己感到不安吧。

　　在YGGDRASIL中，会对强大的职业赋予一些弱点和惩罚借以取得平衡。而夏提雅被赋予的几项惩罚之一是"血之狂乱"，身体染上的鲜血愈多，产生的杀戮冲动就会愈大，虽然战斗力会大幅增强，但代价就是会变成无法控制精神的状态。

　　安兹之所以选择夏提雅这个或许会无视命令，甚至出现失控状态的人来执行这次任务，是因为采用了消去法。

　　雅儿贝德必须保护安兹不在的纳萨力克地下大坟墓，至于剩下的两位守护者——夏提雅和科塞特斯，如果长远来看，还是夏提雅比较像人类。

之后，夏提雅连续深呼吸了数次。看起来像是在收敛自己的怒气，也像是在压抑心中浮现的不安。

最后大大地深呼吸一次后的夏提雅，表情与以往相同——魅惑少女散发出妖艳气息，瞳眸也回复成原来的颜色。

"大致上，他们只要被我们吸过血之后就会变成奴隶，这样事情就简单多了呀。反正又不需要将目标生擒回来，关于这部分安兹大人之前也提到了。而且，我一定会压抑住血之狂乱的。"

吸血鬼可以借由吸光目标的血，将其变成绝对服从自己的低阶种族。吸血鬼只能制造出智力远低于自己的低阶吸血鬼，但夏提雅却可以制造出智力几乎和人类相同的吸血鬼。

只要前提是无关生死，夏提雅制造出来的吸血鬼数量虽然有一定的限制，但她也可以算是一位相当优秀的猎捕者。

"没错，不用多说，我一定会顺利地完成安兹大人亲自交代下来的任务，让安兹大人称赞我'做得好，夏提雅，你才是我最重要的奴隶'，然后跟我说'你才是最适合随侍在我身边的左右手'。"

"请原谅我的轻虑浅谋。"

这是塞巴斯发自内心的坦率想法，除了为自己刚才的无礼言论向夏提雅道歉之外，也向另一个人表达歉意。

"我没有察觉到刚才的言论，也对选择你的安兹大人非常失礼，真是抱歉。请原谅我让你感到不快。"

接着，他也对索留香和吸血鬼们低头道歉——此时，马车突然传来剧烈晃动，同时听到拉车的马发出一阵嘶鸣。

"马车好像停了呢。"

"是的。"

想象着主人在任务成功后可能会给予自己的称赞而沉浸在喜悦之中的夏提雅，回过神来，像是打算恶作剧的少女般露出微笑，塞巴斯也摸着胡子微笑以对。

4

从附近森林中冒出来的十名壮汉，将马车围成一个半圆形。这些壮汉身上各自穿着不同装备，质量虽然都不太好，但也没有特别差，可以知道他们也挑选过武器。

他们谈论着如何处置猎物，谁先上谁后上之类的事情，完全是一副手到擒来的轻松态度，而这种勾当他们确实也干了无数次，要是只有这次感到紧张，反而比较奇怪。

扎克一从驾驶台跳下，就以小跑的方式跑向那些男子。

当然从驾驶台跳下时，他顺便切断了缰绳不让马车跑掉，为了让一边的门无法打开还从外面动了手脚，变成只有面向那些男人的那一侧可以开启。

男人们展示手上的武器让里面的猎物看到，发出无言的警告，像是在说如果不赶快出来可是会遭殃的。

像是要响应他们般，马车门慢慢地被打开。

一位美女在月光下现身。聚集而来的佣兵和强盗们，露出下流的笑声与充满欲望的眼神盯着那位美女。可以从男人们的脸上看到喜不自胜的表情。

不过，却有一个人大吃一惊，那就是扎克。

如果用一句话来说明他为什么惊讶，那就是"这人是谁"。扎克根本没见过这名美女，不过马车却是他非常熟悉的，这之间的差异让扎克陷入混乱，完全说不出话来。

接着，在她的后面又出现一位同样装扮的女子，这让这些男人露出疑惑的表情。按照他们听说的，目标应该是一位不懂世故的千金小姐和一位管家老伯。

接着，又出现了一位说是少女也不为过的女子，他们的疑问立刻被抛到九霄云外。

如银丝般的头发在月光反射下闪闪发亮，水汪汪的红色眼瞳带着妖艳的光芒。

看到如此美女登场，强盗们只能发出叹息，甚至连感叹的赞美都说不出口。这个瞬间证明了，当眼前出现真正的美丽事物时，连兽欲都会萎缩。

全身沐浴在神魂颠倒的男子们的视线下，夏提雅脸上浮现出淫靡的笑容，就这样毫无戒备地走到男人们面前：

"各位，谢谢你们为了我而聚集在此。对了，你们之中地位最高的是哪位？我可以和他交涉一下吗？"

看到强盗们的目光聚集到其中一人身上，夏提雅判断出已经获得想要知道的讯息。也就是说，其他人都可以不要了。

"你……你想要交涉什么？"

像是队长的人物这时才终于重新回复神志，向前跨出一步。

"啊啊，请原谅我的不是，我说的交涉只是为了套出必要情报的一句玩笑话罢了。真不好意思呀。"

"你们到底是何方神圣……"

夏提雅看向如此发问的扎克：

"你就是那个叫扎克的家伙啰。我会按照约定把你送给索留香，所以是否能请你稍微让开一下呢？"

有几个人感到不解，像是在寻求答案般面面相觑，不过，那些人之中有一个不忿道——

"哼，明明是个丫头，身材倒是不错嘛，等一下本大爷就让你号啕大哭。"

碰巧站在夏提雅面前的一名强盗，伸手往夏提雅那不符合年龄的丰满胸部摸过去。接着——手掌就这样掉落地面。

"可以不要用你的脏手碰我吗？"

目瞪口呆的男子望着自己已经失去手掌的手臂，迟了一秒才发出惨叫：

"啊——手，手！我的手——"

"不过是失去一只手而已，干吗那样大呼小叫，这样还算是男人吗？"

夏提雅如此低喃后随手一挥，男子的头便随之砰的一声掉落地面。

手无寸铁的纤细玉手如何能砍下男人的头？眼前这如同噩梦般一点真实感都没有的景象，让盗贼全都吓傻了，精神受到强烈冲击而无法做出任何反应。不过，接下来的恐怖光景让所有人都回复了意识。

从切断部位喷出的鲜血，简直就像是拥有自我意识般，在夏提雅的头上聚集，形成一颗血球。

夏提雅一行人知道这是由特殊技能"血池"造成的现象。不过，不知道这是什么东西的人看到这种非人的技能后，最先出现的想法就是：

"是魔法吟唱者！"

若是了解魔法的人，应该会发出更加明确的警告吧。所谓魔法吟唱者只不过是一种广义的名称，根据各种细分的职业，对付的方法也各不相同。尤其是看到夏提雅这种只穿礼服的人，最先想到的应该是魔力系吧，接下来才是精神系。不过，对方却没有发出这样的警告，可以判断他们毫无魔法的相关知识。也就是说，只要看到那种莫名其妙的不明事物就认为是魔法。

了解到这点的夏提雅，带着无趣的眼神看向周围那些惊慌失措、提剑戒备的强盗。

“真无聊，之后的摊子让你们收拾吧。还有，只留下这个和那个……知道了吗？”

“是的，夏提雅大人。”

随侍在左右的吸血鬼一走向前，便出手击中一名冲夏提雅挥剑的强盗脸部，将他打飞。

眼前的光景就像是有人以金属棒全力挥击一般。

随着一道有如塞满东西的气球爆裂的声音，强盗在空中狂乱地飞舞。各式各样——血液和脑浆的混合体从脑袋当中飞溅而出。液体在月光的反射下闪闪发亮，因为恐怖更显得无比美丽。

超过半颗脑袋被击飞，从破裂处洒出粉红色脑浆的尸体受到重力吸引，滚落地面而发出巨响。这道声音正是赋予强盗们恐惧与痛苦、为夏提雅带来喜悦的战斗钟声。

扎克露出僵硬笑容，看着眼前的光景。

过于惨绝人寰的一幕。

残忍杀戮所造成的血腥味令人作呕。

人的手脚像纸片般遭到撕碎，被双手抓住的脑袋如石榴般破裂。

因铠甲剥去而露出的腹部被手穿过，湿润光滑的肠子被拉出来好几米。这样都还死不了，证明人类实在相当顽强。

在地面翻滚的是企图逃走而被打断双脚的家伙，可以看到白色的物体——骨头刺穿了肌肉和皮肤。即便如此，依然用双手在地面死命地爬行，努力挣扎着想要远远逃离这个恐怖源头，即使多一刻也想要继续活下去。

绝世美少女看着趴在脚下乞求饶命的男人，发出的破音笑声感觉有些刺耳。

事情为什么会变成这样……

扎克拼命思考。

不管想要以多么冠冕堂皇的话来掩饰，推动世界根源的天理还是弱肉强食。强者掠夺弱者是极为理所当然的事，一直以来扎克也都是这么做的。不过，强者就可以做得这么过分吗？

当然不行，他绝对无法认可那样残酷的杀害方式。那么，该如何是好呢？对方只是刚好没有攻击自己，如果企图逃走的话，对方一定会采取某些手段让自己不敢再逃吧，例如使用最令人痛苦欲呕的虐待法。

扎克从衣服外面触摸藏在怀里的短剑。

这把剑为什么这么小啊，绝对无法用这把短剑和轻易把人手臂切断的怪物战斗。

自己到底做了什么啊？他从没想过要对那样的怪物做些什么。

扎克似乎想要尽可能地隐藏自己，以双手抱住自己的身体。他觉得自己规律地发出的牙齿碰撞声很吵，要是那些怪物听到这个声音后找上自己该如何是好。

他虽然拼命忍住，但事与愿违，牙齿依然继续发出声响。

话说回来，那些家伙到底是什么人？扎克根本不认识他们。

正当他如此思考时——

"扎克先生，过来这里。"

突然，一道与这个残酷光景完全不搭的优哉声音，从扎克背后传来。

感到恐惧的扎克回头一看，站在眼前的正是自己的雇主。

对方的表情，不像是平常那种会以高傲声音大吵大闹的雇主。如果够冷静，或许他会瞬间产生戒心，但已经被这个异常世界与血腥臭味搞到一团混乱的扎克，根本没有多余的心思可以察觉异样。

"那些家伙是什么怪物啊！"扎克以走音的高亢声音向不懂世事的千金小姐（索留香）大叫，"既然有那些怪物在，为什么不事先跟我说啊！"

没错，如果事先知道，事情就不会演变到这种地步。眼前这个可怕的景象都是这个臭娘们儿造成的。

"别不出声，快点说话啊。搞清楚，这全都是你害的啊！"

焦躁和恐惧变成催化剂，让满腔怒火的扎克感到不耐，伸手抓住索留香领口，粗鲁地前后摇动。

"我知道了，这边请。"

"你……你要救我吗！"

"不，是要趁最后机会，好好享受你。"

一只冰凉的白皙手掌握住扎克的手，索留香就这样拉着对方的手迈开步伐。

"因为塞巴斯大人不怎么喜欢这种事。所以虽然已经获得许可了，不过我想至少还是离他远一点吧。"

不知道她在说什么。不过，扎克觉得只要自己被带到别的地方，或许还有一线生机。

对于现在还不断从后面传来的惨叫声，扎克装作没听见。

这也是没办法的事，因为扎克实在太弱了。根本不可能前去解救那些照理说比自己还要强的同伴。

"不要太激烈喔，如果可以的话……希望你能温柔一点，这样我会很高兴的。"

在马车的后方，向扎克招手的索留香如此低喃，将手伸到背后像是要脱去礼服。看到这幅光景的扎克目瞪口呆，这个女人到底是在做什么？带着如同看见奇妙生物的眼神，扎克目不转睛地盯着索留香。在这段时间，索留香的手仍然没有停下的迹象，于是一头雾水的扎克开口发问：

"你……你在做什么？"

"你说呢？"

索留香就这样，继续将穿在身上的紧身胸衣轻轻褪下。

像是在等待这个瞬间般，被紧紧束缚的双峰弹了出来。那是非常坚挺的圆锥形状，雪白肌肤在月光照射下显得晶莹剔透。

眼前的光景让扎克不禁吞了一口口水。

"请。"

像是要求抚摸般，索留香将裸露的胸膛挺向扎克。

"要我做什么……"

扎克浑然忘我，只是凝视着眼前的胴体。

真美，那是扎克一生中看过的最美的女人身体。

在扎克抱过的女性中，最美的还是那个旅途中在马车上被自己袭击的女孩。不过，轮到扎克时，那女孩已经精疲力竭，身体一动也不动，只像青蛙般张开双腿而已，即使如此依然不失她的美丽风采。

但现在眼前的这个女人比她更美，而且不像她那时候那样毫无反应。

欲望点燃扎克的欲火，身体以胯下为中心开始发热，像犬只般不断喘气，手滑向索留香的身体。

像丝绸织成的布——就是那样的触感。

再也无法忍耐的扎克，一把抓住索留香形状完美的胸部。

手就这样整个沉了下去。

那种感觉真的像是柔软到手整个沉了下去，扎克一开始是这样认为。但看向自己的手之后，他随即发现情况并非如此。

就如同字面上的意思，扎克的手真的沉入索留香的身体里。

"这……这到底是怎么回事啊！"

遇到如此不可思议的状况让扎克大叫起来，企图把手缩回来，但手一动也不动。不仅动弹不得，甚至还被吸得更进去。就像索留香的身体里有许多蠢动的触手，那些触手缠住扎克的手，不断吸入。

索留香端正的五官，即使在这种异常情况下依然毫无变化，只是静静注视着扎克。像是科学家观察着被注入某种致命药物的实验动物，带着冰冷、无情且充满好奇与兴趣的闪耀眼神。

"喂，快点住手！放开我！"

扎克空着的另一只手握成拳头，使尽全力往索留香的俏脸挥去。

一次、两次、三次——

即使拳头受伤也无所谓，扎克以全身的重量出拳。那张端正脸庞即使受到男子全力攻击，依然若无其事地一动也不动，似乎一点痛觉都没有。

反观扎克却对命中时的触感感到诡异，不禁毛骨悚然起来。

那种触感就像是击中装满水的柔软皮囊一样。正常情况下，挥拳的力道应该会反馈回来才对，但拳头没有半点撞到骨头的冲击，这绝对不是揍人时该有的感觉。

后方那因为兴奋而被自己抛到九霄云外的地狱光景，突然掠过脑海。

扎克压抑住想要呐喊的冲动。

终于恍然大悟了。

眼前袒胸露背的女人也是个怪物。

"你终于察觉了吗？那么，好戏正式上演啰？"

再次询问前，像是有数百支针刺入的剧痛，从扎克被吸入的手臂传来。

"啊——"

"我正在融解你的手。"

在剧痛中听到这道冷峻的声音，扎克无法理解这句话是什么意思，因为这已经超出扎克的认知。

"其实，我很喜欢观察东西融解的景象，因为扎克先生想要进入我的体内，所以我觉得这样正好是你情我愿。"

"呀——浑蛋怪物，去死吧！"

忍住剧痛的扎克，撂下这句话的同时从怀里拔出短剑。接着，就这样一口气往索留香的俏脸奋力刺去，索留香的身体稍微震了一下。

"活该！"

不过，扎克立刻发现自己的想法实在太过肤浅。

这样和把短剑刺入湖面又有什么不同？顶多只是让湖面出现一些波纹罢了，事实上就是这么回事。

保持短剑刺在脸上的状态，索留香转动目光注视着扎克，然后轻声告诉他：

"抱歉，我具有对物理攻击的抗性，所以这样的攻击无法伤害到我，那我把它融解掉啰。"

一股刺激性的臭味传来，不到数秒，剑身遭到融解的短剑便从索留香的脸上滑落。就如同她宣称的一样，一张毫无半点伤痕的美丽脸庞出现在眼前。

"你到底是什么人啊？"

剧痛依然不断从手臂传来，但眼前这种面临死亡的恐惧更胜剧痛，让扎克几乎快忘记疼痛，泪眼潸潸地如此发问。

但得到的回答却是令人几乎想要塞住耳朵的可怕内容。

"我是捕食型黏体。时间有限，所以我得把你吞下去了。"

扎克的手臂转瞬间被吸入索留香的身体，那道吸力压倒性地强大，即使扎克反抗也毫无意义。

"住手住手住手住手住手住手——饶命啊饶命啊饶命啊！"

扎克大哭大叫，不断求饶，但被索留香吸入的吸力还是很强，那吸力绝非人类能够抵抗，手臂、肩膀陆续被吞噬进去。

"莉莉雅！"

最后呼唤了这个名字后，扎克的脸被吞入索留香的身体里。扎克就这样仿佛被蛇吞入的猎物般全身遭到吞噬——

不到几分钟，现场已经没有任何生还者，变成只飘散着刺鼻恶臭的空间。

不对，还有一个男人活着，他拼命滑动他的舌头，匍匐在夏提雅脚边，把她出于好玩而踩破强盗的头颅时沾在高跟鞋上的某人的脑浆舔干净。

夏提雅满意地看着又变回光洁亮丽的高跟鞋。

"辛苦你了呀，那么，按照约定我就不取你性命了。"

怕到整张脸扭成一团的男子，就这样趴着身体对夏提雅露出感激眼神，不断磕头表示谢意。夏提雅则对这个如狗一般的男人露出慈爱的表情，然后弹了一下手指。

"吸呀。"

当两个吸血鬼来到身旁之后，男子才终于明白这句话代表什么意思。

"因为不死者还是具有生命，所以我不算骗你喔。"

吸血鬼迫不及待地咬了上去，夏提雅斜眼看着生命力不断被吸走的男子，开口对整理着凌乱领口，从马车方向走来的索留香问道：

"喔，已经结束了吗？"

"是的，我很满足。这次真的非常感谢您。"

"不需要客气呀，因为我们都是纳萨力克的同伴嘛。话说回来，那个人类玩得还开心吗？"

"正在享受当中喔，您要欣赏吗？"

"咦？可以吗？那么，我就稍微见识一下吧，"

男子的手臂突然从索留香的脸部冒了出来，同时发出一股刺激性的臭味，臭味的来源就是那只手臂。受到强酸侵蚀的肌肉已经腐烂不堪，从肌肉流出的血液和强酸产生反应，冒出阵阵浓烟。

宛如从湖面冒出的手臂，像是要抓住什么东西般不断扭曲挣扎。每次挣扎，露出的肌肉都会向外溅出液体。

"非常抱歉，我不知道他还这么有精神。"

索留香就这样以脸上冒出手臂的诡异姿态低头道歉。然后粗鲁地将冒出来的手臂塞进脸里，将还在拼命挣扎的手臂完全塞回去之后再次展现笑容。

"真是厉害呀，即使活活吞下一个人，外表也完全看不出来呢。"

"谢谢夸奖，外表看不出来是因为我的身体里面本来就是空的。另外，我原本就是这样的生物，所以我想大概是特殊的魔法效果发挥作用所致吧。"

"喔——或许是我多管闲事，不过他什么时候才会死呢？"

"这个嘛，如果要我立刻杀掉，我可以分泌更强的酸液，不过难得有人类想进到我的体内，所以想让他尽情享受个一整天。"

"我并没有听到什么惨叫声，是用强酸腐蚀了吗？"

"不是的。如果用强酸腐蚀喉咙，可能会让对方无法呼吸而导致窒息，所以是将我身体的一部分伸进他体内借此压抑住声音，这样也能避免发出臭味。"

"这种重视玩物、能玩弄就玩弄到最后一刻的态度实在令人钦佩呢。顺便问一下，用强酸腐蚀时，可以指定地方吗？比方说，可以只腐蚀某个部位吗？"

"是的，没问题，可以轻易做到。证据就是在我的体内还存放着一些卷轴和药水等道具，但那些道具都安然无恙。即使把夏提雅大人放进体内也可以行动自如，当然是在您不随便乱动的情况下。"

"捕食型黏体还真是厉害呢……嗯。下次要不要一起玩呀？"

"没问题，不过……玩具您打算上哪儿准备？"

索留香的视线稍微往后方的吸血鬼瞄过去，夏提雅发现后露出愉快的笑容。

"那些丫头虽然也是不错，但我想等有人入侵时把她们抓起来，央求安兹大人把她们赐给我。"

"那么，到时候请别忘了算我一份，我想把他们吞到胸口部分，其他部分则露在外面。这样应该也很有趣。"

"不错呢。你和那位拷问官一定很聊得来吧？"

"尼罗斯特大人，那位特别情报收集官吗？真的非常遗憾，我实在无法理解那位大人的艺术。"

夏提雅打算继续说下去，不过却被后面传来的声音打断。

"索留香，我这边已经准备好了，差不多可以出发了。"

更换好马匹缰绳的塞巴斯，从驾驶座上开口叫道。

"知道了，我现在就过去。那么，夏提雅大人，虽然还有些依依不舍，但请容我先就此告辞了。"

夏提雅看着急忙跑进马车内的索留香背影，接着望向坐在驾驶座的塞巴斯。

"那么，就在这里和塞巴斯暂时道别吧。"

"这样啊，这么说来，你已经发现强盗的巢穴啰。"

"是的，等一下要去进攻，准备找找看有没有什么家伙，知道一些能够讨安兹大人欢心的情报呀。因为这次似乎是白忙了一场。"

"这样啊，能够和你同行真的非常愉快，夏提雅大人。"

"那还真是谢谢了。就在纳萨力克再见吧。"

"嗯，告辞了——"

2章　真　祖

第二章｜真　祖

1

有两道人影在森林中奔驰着，那是身兼夏提雅仆役与爱妾的吸血鬼新娘。

两人以仿佛要切断森林般的速度奔驰在兽径上。路况极差，左右两旁不断有细枝突出。不过，黑暗中的两人礼服完全没有被钩破，穿着高跟鞋以不像是在恶劣路面奔驰的速度不断前进。

奔驰在前面的吸血鬼双手小心翼翼地捧着夏提雅，奔驰在后面的吸血鬼则拖着像是枯树干的东西。

森林中的这个位置，距离和塞巴斯他们分手的地方并不远，毕竟她们没有里程表，无法得知离目的地还有多远，但应该还需要跑很久。不过，一道坚硬金属碰撞的声音突然响起，让跑在前面的吸血鬼立刻停下脚步。

这是一条狭窄的兽径，前面的人停下脚步，后面的人当然也只能停下。

"为什么突然停下来？"

跑在前面的吸血鬼新娘正要回答后方投来的疑问。不过，还没回答前她就先察觉到抱在手中的主人发出的冷冽眼神，身体剧烈一震。

背脊蹿起一股冷战，这都是因为她深知自己的主人并不是那种和善慈悲之辈。

被横抱——或者说是被公主抱——的夏提雅不满地轻轻伸了伸脚。

敏锐地察觉到这代表什么意思的吸血鬼，放松双臂的力道。

仿佛从笼中跳出来般，夏提雅翻身一跳。

她身手敏捷地跳向空中，穿着高跟鞋的纤细双脚踩上地面，身上的礼服也跟着往下一滑盖住双脚。

一站到地面，夏提雅便感到厌烦地撩起银色长发，轻轻转动脖子。

看到主人的冰冷眼神，吸血鬼不禁咽了一口口水。

"到底是怎么了呀？"

夏提雅不愿在森林中奔跑纯粹只是嫌麻烦，而且也不想弄脏自己的鞋子。另外还有一个原因，但在场没有人会说出口也不会去想。因为那个原因即使在纳萨力克中，也只有少数几个人敢当着她的面说出来。

既然被当成代步工具，除非有夏提雅的指示，否则吸血鬼新娘就不能无故停下脚步。她不需要一双擅自乱动的脚。

根据乱动的理由，还有可能遭到酷刑侍候。

夏提雅的疑问中就是带有这种感觉。不对，只是受到酷刑侍候还算谢天谢地呢，在刚才的疑问中甚至可以隐约感受到些许杀气。

在纳萨力克地下大坟墓中，除了由四十一位无上至尊亲自创造的角色以外，其他所有人的生杀大权皆掌握在统治阶级的楼层守护者和领域守护者手中。如果在这时候继续惹恼夏提雅，可能会马上遭到处决吧。

知道严重性的吸血鬼，感觉着接下来的这句话或许是自己的最后遗书，战战兢兢地开口请罪：

"请原谅我，我踩到了捕兽夹。"

夏提雅移动目光，看到吸血鬼的纤足被一个强力的粗糙金属捕兽夹紧紧夹住。

那不是用来对付人类的，而是用来捕提野熊那种顽强生物的陷阱。如果夹到人的脚踝，即使穿着腿甲，夹子的力道恐怕也能轻易夹断骨头。不过——吸血鬼和普通人类有许多不同之处。

即使脚被捕兽夹上咬碎猎物用的尖刺刺入，吸血鬼也丝毫没有感到疼痛或是骨折，不仅如此，甚至连一点受伤的感觉都没有。

吸血鬼除了银或类似的特殊金属，以及具有一定程度魔力的魔法武器之外，几乎可以减轻所有物理攻击伤害。拥有这种能力的他们，被只由铁制成的捕兽夹夹住，根本不可能受伤。只要将捕兽夹拿掉，被夹住的伤口想必立刻就会复原。

然而即使能将损伤无效化，但捕兽夹还是充分发挥了另一个效果，成功阻碍了她们的行动。

这个陷阱没有涂抹毒药，所以可以清楚得知，原本的目的并不是要置猎物于死地。单纯只是想要阻挠猎物吧，借由增加负伤者来降低对手的行动力。

虽然没说出口，但夏提雅还是一脸无奈地摇了摇头。

"快点打开捕兽夹呀。"

"是的！马上打开！"

听到夏提雅的命令后，吸血鬼伸出纤细玉手，不假思索地将两边的夹刺撑开。捕兽夹抵抗不住比熊还要强大的力量，放开了夹住的猎物。

美女撬开捕兽夹的光景看起来很不真实，但知道吸血鬼力量的人并不会对这样的光景感到大惊小怪。

"不过，竟然会出现陷阱，那就表示目的地已经不远了吧。原本以为还很远呢。"

"是的，请稍等片刻。"

跟在后方的吸血鬼，将手上那个如同枯树干的东西丢到地上。

那是身体水分尽失、彻底木乃伊化的人类尸体。但这个尸体应该不是单纯的死尸，证据就是被丢出去的尸体有了虚假的生命，动作僵硬地活动起来。

枯枝般的手臂前端长出锐利的爪子，空虚的眼窝中发出和吸血鬼一样的红色光芒，微张的嘴巴冒出异常尖锐的犬齿。

这是名为低阶吸血鬼的魔物。

就是刚才被吸血鬼吸光血的强盗的下场。

"我问你，这里距离你们的巢穴不远了吧？"

低阶吸血鬼对自己的主人深深一点头，发出类似呻吟或哀号的声音。

"他是这么说的，夏提雅大人。"

"是吗，为什么没有设下连续启动式的陷阱？"

除了捕兽夹之外，应该还要设下警铃和其他陷阱才比较合理。但她们却没有发现类似的陷阱。

夏提雅环顾四周，大概是在查探附近有没有什么人躲藏吧。吸血鬼见状也跟着一起搜寻，直到主人摇头为止。

"……唉，算了吧，反正你们又没有搜索系的能力……"

听到这句低喃后，吸血鬼才发现自己被原谅的理由。

因为包括自己的主人在内，吸血鬼并没有察觉陷阱的特殊技能，所以无法发现刚才的捕兽夹，也因此保住了一条命。没受罚的理由可能是主人觉得，因为做不到的事而降下处罚太过不合理吧。

"早知道就把那丫头借过来了。"

索留香习得了暗杀者这个职业，拥有盗贼系特殊技能的她想必可以轻松发现陷阱等事物。

"唉，没有的东西再怎么强求也是无济于事。那么，快点前往盗贼们的巢穴吧。"

不久，终于来到佣兵巢穴附近。明明是在森林里面，树木却越来越稀疏，穿过这里后，已经完全看不到树木，只有一片冒出许多石头的茂密草原。

这种地形被称为石灰岩地形。

在一个研钵形状的洼地中央有一个大洞，些许光线自洞窟内射出。从光线的感觉来判断，内部应该是有一道缓坡通往地下吧。

设置在洞窟入口两侧的物体，一看就知道是有人故意设置在那里的。

那是高度差不多到人类腹部的圆木屏障，不过也没有多了不起，只是以数根圆木随便搭建而已，但左右各站了一名哨兵。

看来是想利用圆木当作掩蔽下半身的遮蔽物，如果遭到敌人的弓箭攻击时，可以用来当作掩体，然后趁机通知同伴敌人来袭吧。

一般战斗的话，如果从这样的距离袭击对方，增援肯定会从洞窟当中出来，也会让对方有时间可以准备武器。若是不想被对方发现、偷偷接近的话，周围那些大到足以用来隐蔽身体的岩石也都被移开了。

不仅如此，哨兵的肩上还挂着大铃铛。就算遭到偷袭倒下，也会发出铃声通知里面的同伴有敌袭。

可以说设想得相当周到呢。

不过，有一个方法可以解决这个无法从物理层面下手的窘境。

那就是魔法。

施展“寂静”魔法后，一口气赶尽杀绝；或者利用“透明化”接近敌方，使用“迷惑人类”引出对方也行，破坏铃铛也是一个不错的方法。

哪种方法最好玩呢，如此思考的夏提雅发现有个重要的情报自己并不知道。

"入口只有一个吗？"

面对夏提雅的提问，低阶吸血鬼动作僵硬地点头回应。

夏提雅露出微笑，如此一来就已经无须多做思考了。

固若金汤的防御，可以用来对付企图奇袭的敌人，也可用来以寡击众。不过，夏提雅她们并不一样。

对于能够以悬殊力量将人类像虫子一样击溃的人来说，即使正大光明地长驱直入也毫无问题。唯一需要顾虑的是还有其他出口，因为对方可能会从别处逃走。

"这样呀。那么，既然已经来到这里，也不需要躲躲藏藏了呢。因为人家实在不习惯偷偷摸摸地隐秘行动呀。"

"夏提雅大人的所到之处，都会熠熠生辉。"

"理所当然的事不算是拍马屁，想拍马屁的话还得多动点脑筋呀。"

不理会低头请求原谅的吸血鬼，夏提雅伸手抓住低阶吸血鬼的身体。

"我就把先锋这个重责大任交给你啰。上吧。"

纤细的双手挥舞，低阶吸血鬼带着划破空气的声音命中一名哨兵。因为施加了垂直翻滚的力道，低阶吸血鬼在空中翻了几十圈后才命中哨兵。

两人激烈碰撞，撞击的程度猛烈到令人难以置信。不只头部，哨兵连胸部都喷出鲜血，血花四处飞溅。

鲜血的腥臭味飘散开来，另一名哨兵似乎还无法理解眼前发生了什么事，一副目瞪口呆的模样注视着同伴的惨状。

　　不过对于投掷的一方来说，这却是相当有趣的一副光景。

　　"好球——"

　　"太精彩了，夏提雅大人。"

　　两位吸血鬼对举手欢呼的夏提雅拍手称赞。不用说，低阶吸血鬼的身体也被砸了个粉碎，但三人一点难过的样子都没有。那个低阶吸血鬼原本就不是纳萨力克的人，只是为了好玩而创造出来的家伙，即使就此消灭，她们也没有任何感觉。

　　而且对方不过是个人类，在夏提雅的脑袋里，完全不记得曾经跟他约定过什么。

　　"那个，还有一个。"

　　夏提雅的目光在两名吸血鬼之间游移，两人见状慌慌张张地拿起方便投掷的石头递给夏提雅。

　　"嘿咻。"

　　听到铃声从远方传来，夏提雅抓起对她的手来说稍大的一块石头。

　　纤细玉手以惊人的速度甩动，下个瞬间，看到出现在远方的结果后，夏提雅愉快地发表战果：

　　"那么，这一球……应该算是……两个好球吧？"

　　掌声再次响起。

　　听到铃声响起的哨兵，似乎正在大叫有敌人来袭的声音传到夏提雅她们这里。

望着越来越吵闹的洞窟，夏提雅露出温柔的微笑后开口命令：

"那么，上吧。你爬到附近的树上监视，看有没有人逃走。而你当前锋负责开路。不过，如果有什么比较强的家伙记得告诉我，那可是我的玩具喔。"

"是的，夏提雅大人。"

"去吧。"

收到命令的吸血鬼先于夏提雅跨出一大步，慢慢迈向洞窟入口一带——

接着身影便消失了。

大地陷落——不对，大地并没有陷落，是吸血鬼掉入了陷阱。

如果是夏提雅或许可以在掉入之前避开陷阱，但以吸血鬼的瞬间爆发力，似乎还是来不及避开脚下土地瞬间消失的陷阱。

"咦？"

对于不具备特殊技能无法发现陷阱的低等奴仆来说，这也是无可厚非的事，所以刚才也原谅了她。不过即使能谅解，夏提雅还是不禁发出失望的声音。接着，她脸上露出夸张的微笑，那既非出自温柔，更不是充满好意或害臊的表情。

的确，仔细一想，洞窟前设下掉落陷阱应该是可以事先预测到才对，吸血鬼却愚蠢到没有看穿，甚至还上当，实在令人愤怒。内心涌现的这个情绪，夏提雅则以笑脸表现出来。

在光荣的地下大坟墓中守护许多楼层的夏提雅·布拉德弗

伦，这样一个大人物的奴仆竟然中了这种陷阱，这点特别令她无法忍受。

一道充满杀气的声音，从夏提雅的娇艳红唇中倾泻而出。

"我要把你大卸八块喔，还不快点出来。"

一个跳跃，吸血鬼出现在掉落陷阱的边缘。身上的衣服虽然被泥土弄脏，但没有受伤的迹象。

"别让我太失望嘛。"

"非常抱歉——"

"算了，快点给我过去。还是说，你也想跟那个垃圾一样被我丢进去？"

夏提雅举起一只手作势要抓人，吸血鬼发出惨叫般的声音表示了解后，立刻小跑步奔入洞窟中。夏提雅则优哉地跟在后面，缓步走入洞窟内。

2

喧闹的声音传进他的耳中，在分配到的私人房中整理武器的手停了下来，竖起耳朵。

鼓噪、许多人匆忙奔跑的声音，还夹杂着一点惨叫声。

遭到袭击是明确的事实，但还无法掌握敌人的数量和对方的本领。虽然在平常的训练中都要求哨兵在遭到袭击时，要大声呼叫才对。

并非听不到声音。虽然这是私人房间，但毕竟是在洞窟内，只是以布帘代替门，设置在洞窟入口将空间分隔开来而已。虽然布帘很厚，但声音还是能传进来才对。

佣兵团"散播死亡剑团"总共有近七十人。这些人虽然没有他那么强，但还是不乏一些身经百战的老将。

如果只是遭遇少数敌兵的奇袭，不可能造成如此混乱。如此一来，或许可以判断来袭的敌人数量相当可观，不过若是这样，就无法解释为何没有听到敌人大举入侵的声音，也感觉不到敌人的数量有那么多。

"那么……是冒险者吗？"

如果是人数极少又具有战斗力的人，会有这样的异样感也说得通。

他慢慢起身，将武器挂在腰上。身上穿的是链甲衫，穿起来相当省时。接着将放入数瓶陶罐药水的皮囊挂在腰带上，以绳子绑住。因为施有防御魔法的项链和戒指早已戴上，因此准备工作便已结束。

他以几乎要将之扯破的力道拉开布帘，来到洞窟的主要道路上。

在墙壁上间隔相等地挂着数盏灯笼，里面点着夺来的"永续光"，明亮到令人无法想象是在洞窟之内。

光线映照出他的全身。

他的体形虽然修长，但不算消瘦，衣服底下的身材如钢铁般结实。那副身材是在实战中锻炼出来的，而非靠力量训练。

他的头发只是随便剪剪，所以并不整齐，看起来相当蓬松凌乱。褐色的眼睛锐利地瞪着前方，嘴角微弯，看似挂着一抹冷笑。下巴像发霉般长满乱七八糟的胡茬。

虽然营造出邋遢的模样，但走起路来敏捷而优雅，仿佛一头野兽。

这男人一来到遭受袭击的入口，立刻有名男子从入口的另一端跑来。看起来很面熟，是佣兵团的成员。这名佣兵看到他之后不禁露出胜券在握的笑容。

"发生什么事了？"

"有敌人来袭，布莱恩先生！"

露出苦笑的男子——布莱恩开口回应：

"我知道有敌人来袭，对方有多少人？是什么来头？"

"是的！敌人有两人，都是女的。"

"女人，而且只有两人？应该不会是……苍蔷薇吧？"

侧头感到有些困惑的布莱恩，朝着目前还在鼓噪的洞窟入口走去。

号称王国最强的知名冒险小队"苍蔷薇"由五名女性组成，布莱恩当时遇到的是老婆婆，双方以两败俱伤收场。他也曾听说帝国中公认最强的暗杀者是女性这种传闻。

女性强者并不稀奇，虽然女人的基础体能不如男性，但利用魔法就能轻松弥补其间的差距。

当然，如果具有最强的体能再加上最强魔法，那更是所向披靡。

布莱恩对以寡击众的敌人感到钦佩，内心涌起沸腾的热血，以及渴望与强者对战、近似饥饿感的战斗欲。

"嗯，你不用过来了，好好守住里面吧。"

布莱恩如此告诉佣兵后，大幅迈出脚步，挺身面对未知的强敌。

他的全名叫布莱恩·安格劳斯。

原本只是个不起眼的农夫，不过他拥有一项天赋异禀的才能，那就是剑术。而且在天赋异能的帮助下，他只要拿起武器就不会败北，战场上不曾受过比擦伤还严重的伤害，可说是名副其实的战斗天才。

不曾在剑术上尝过败绩，永远走在胜利之路上。

谁都这么认为，连他自己也不曾怀疑，但王国的御前比武却让他的人生出现转变。

一开始他并不是为了赢得比武才参加，单纯只是想让整个王国知道自己的本领，想让所有人都败在自己的脚下。不过，最后的结果却令他难以相信。

败北——

自握起武器以来——不，或许该说是自出生以来的首次败北。

打败他的人是葛杰夫·史托罗诺夫——现任王国战士长，也是在周边国家中众所周知的最强战士。

在对上之前，两人几乎都是不断地快速赢得分组对战。不过，两人激斗的决胜战却像是要把之前省下来的时间全部用掉般，相当漫长。

最后，葛杰夫以一招"四光连斩"分出胜负，出身低下阶级的葛杰夫目前成为战士长，就足以说明当初那场至今依然被津津乐道的比武结果了吧。在那场比武后，已经没人敢瞧不起葛杰夫了，甚至连讨厌他的贵族也一样。

胜者赢得荣耀，落败的布莱恩却像是将累积的一切付之一炬一般。尽管也算虽败犹荣，但布莱恩了解到，打遍天下无敌手只不过是自己的一厢情愿，自己不过是坐井观天罢了。

封闭自己的内心超过一个月的他，突破了一般人想要借酒浇愁的绝望感，重新振作起来。

他拒绝了好几位贵族的邀约，第一次想要发愤图强。

不断习武，锻炼身体。

不断学习魔法，增进知识。

天才却像秀才那样努力不懈。

失败让布莱恩更上一层楼。

不想替贵族做事，那是为了避免荒废自己的本领。习武就必须要有对象，同时也不想光是纸上谈兵，而能够经常参与实战、收入又不错的职业并不多。

没有选择能够获得丰厚报酬的冒险者之路，那是因为冒险者没什么机会杀人。虽然打斗的对象是魔物也不错，但布莱恩的最终目的是要战胜葛杰夫。如此一来，对象就必须是人类才行。

在有限的选项中，布莱恩选择的是这个"散播死亡剑团"。不过实际上，只要是佣兵团，不管是什么佣兵团都无所谓。

追求的目标只有一个。

那就是一雪前耻，反败为胜。

为了达成这个目标，必须拥有更强的本领。为了自己追求的武器，布莱恩可以抛弃一切。

魔法武器的价格非常昂贵，不过，他真正追求的并非单纯的魔法武器。

距离王国相当遥远的南方，有一座沙漠中的都市。偶尔会有削铁如泥的武器从那里传来，即使没有施加魔法，性能依旧高高凌驾于平凡的魔法武器，因此往往都是价值连城，金额高到真的会令人瞠目结舌。布莱恩追求的就是那种武器。

最后他终于得到了"刀"。

如今布莱恩的实力已经提升到极限领域。几乎可以确信，即使是对上葛杰夫他都能轻松获胜。不过就算这样，他还是没有感到自大，仍毫不倦怠地持续锻炼。

只要闭上眼睛，那一幕就会浮现脑海。

就是在过去比赛中欣赏到的葛杰夫的战斗英姿。自己以往没能闪过的一击却被对方轻松躲过的身手，还有同时发出的四道斩击。

无法想起自己的败北模样，脑海里只烙印着那个男人打倒自己的英姿。

走到洞窟入口的布莱恩，鼻子里飘来淡淡的血腥味。已经听不到惨叫声，代表聚集到入口附近的同伴已经全都被消灭。而时间只过了两三分钟。

集结到入口的佣兵至少十人以上，对他们下达的命令是彻底防御，替后方争取备战时间，但对方竟然在这么短的时间内将这些佣兵全数杀害——

"如果侵略者真的只有两人，那就表示她们的本领和我不相上下啰。"

布莱恩咧嘴冷笑。

他就这样带着轻松的脚步，从腰带的皮囊中取出药水一饮而尽。带着强烈苦味的液体滑过喉咙，进到胃里。接着又喝了一瓶——

一股热气开始从胃里膨胀，扩散到身体的每个角落。受到这股热气的刺激，肌肉力量开始增强，发出紧绷的声音。

这种急速的肌肉强化，正是瓶内魔法药水的作用。

刚才先后喝下的魔法药水，效果依序是"增强低阶臂力"和"增强低阶敏捷力"。

不一定要喝进去，只要把一定量的药水洒在身上也能发挥作用。但布莱恩觉得，喝进去比洒在身上的效果还要大。当然，这或许是自己的一厢情愿，但有时候这样的想法却会发挥出意想不到的力量。

　　接下来，他取出油滴到出鞘的刀身上。油在刀身上留下些微蓝白光芒，像是被吸进去般消失无踪。施加的油名叫"武器魔法化"，可以将魔法力量暂时施加于刀身，增加锐利度。

　　"启动一，启动二。"

　　对关键词出现反应，些微魔力从戒指和项链迸发出来笼罩布莱恩全身。

　　瞳之首饰是一种在发动时可以保护眼睛的项链，具有盲目化抗性、夜视、光量补正等效果。战士就算有再好的武器，打不中也没有意义。剥夺敌人的视力，再利用远程武器从远距离解决敌人，是身为冒险者理所当然的手段。其实，布莱恩在获得这条项链之前，就曾在与冒险者的战斗中吃过这样的亏。

　　接着，他使用一种注入了低阶魔法、能够随时发动魔法的魔法注入戒指，发动具有减轻属性伤害效果的"低阶属性防御"。

　　如果来袭的敌人当真只有两人，那么这两人真的是值得做好万全准备来挑战的对手。等之后再来后悔为什么不事先发动效果，那就来不及了。

　　这么一来，准备工作就大功告成了。

　　他不断深呼吸，将体内涌现的强烈热气排出。

　　现在的布莱恩，在肉体强化的加成效果下，恐怕已经是人类之中最顶尖的剑士了吧。他对自己的能力充满绝对的自信，脸上露出那种人特有的狰狞笑容。

已经做好万全准备了，就让我好好享受一番吧。

越往前走，血腥味就变得越加强烈——

眼前出现两个身影。

"喂喂，你们看起来好像很开心嘛。"

"不怎么开心呀。不知道是不是这些人太弱了，血池怎么累积都满不了呀。"

相对于缓缓现身的布莱恩，对方以毫无戒心的一句话响应。想起来是因为对方早已知道布莱恩会出来面对的缘故吧。他本身也没有隐藏踪迹的打算，所以有这种反应或许也是理所当然。

看着眼前的侵略者，布莱恩稍稍皱起眉头。

（听说是两个女人，但其中一个根本是个丫头嘛，而且还穿着礼服？）

不过，布莱恩立刻舍弃这种思考，那是因为堪称绝世美女的少女头上，正飘着一颗像是以鲜血构成的球体。

"好像不曾见过这种魔法……你们是魔法吟唱者？"

两人都穿着礼服这种不适合战斗的衣服，但如果是魔法吟唱者，就可理解她们为什么不穿戴铠甲了。

"我们是信仰系魔法吟唱者呀，信奉初始的血统，神祖凯因亚贝尔。"

"神祖凯因亚贝尔？没听过的神呢，是邪神吗？"

"是那一类的没错呀。不过它好像被无上至尊们打倒了。据说只是一个游戏世界的小喽啰级头目呢。"

"真不愧是无上至尊。"少女口中说着。布莱恩将视线从她身上移开，观察那位像是随从的女子。这位女子也是个美女，胸部高高隆起，散发出刺激感官的性感气息。

白色礼服布满血色斑点，这么说来，她才是前锋吧。

布莱恩耸起肩膀后紧握刀柄。

"算了，我已经准备好了喔。如果你们还没好的话可以等你们，如何？"

少女吃惊似的望着布莱恩，接着掩起嘴角轻声笑了出来。

"真是勇敢呀，你真的独自一人就行吗，去叫你的同伴过来也无所谓喔。"

"不管有多少小喽啰都伤不了你们吧？那么我一个人就行了。"

"无法理解星空有多高也是没办法的事吗？只要伸手就能摸到星星这种幼稚的想法，让亚乌菈那种充满少女情怀的小孩去怀抱就足够了，都老大不小了还怀有那种想法只会让人觉得恶心呀。"

"有这样的人存在又有何不可，你这种小丫头怎么懂得男人的浪漫。"

布莱恩将刀举起，摆出刀尖朝前的架势。看到此情景的少女有些无趣似的看了一眼天花板后，再次目视前方，接着——

"上呀。"

少女的下巴往上一抬后，女子便扑了上去。

那身手真的是宛如疾风，不过——即使是疾如风，布莱恩依旧能够轻松斩断。

"看招！"

随着一声呐喊，布莱恩举刀从上往下奋力一挥。能够轻易将身穿铠甲的战士一刀两断的劲道，宛如狂风吹袭。

"唔！"

"哼，砍得不够深吗。"

飞扑进攻却遭到反击的女子，按住肩口往后跳开。从左锁骨砍入的刀，砍裂胸部而过。

布莱恩皱起眉头瞪着对方。

竟然没有一招就将对方解决！此外还有一件事也令布莱恩感到不解，那就是女子肩膀并没有流出半滴血，照理来说，即使喷出大量鲜血也不奇怪才对。

难道是魔法？

如此认为的布莱恩，看到女子按住伤口的手底下所发生的现象之后，眯起眼睛。

原本被砍裂的肩膀伤口竟然慢慢愈合。曾听说有种高速治疗魔法，但看起来感觉不像。那么答案只有一个。

对方是拥有自我再生能力的魔物。外露的锐利犬齿，充满敌意的红色眼瞳，几乎和人类相同的外形……

如此思考的布莱恩，终于察觉到魔物的真面目。

"吸血鬼……吗？特殊能力是……高速治疗、魅惑魔眼、生命力吸收、吸血创造低阶种族、武器抗性、冰损伤抗性？记得好像还有……算了。"

不管还有什么，全都不用理会啦。撂下这句话之后，他再次紧握刀柄。

女子睁大眼睛，红色的眼瞳看起来异常巨大。

就在这个瞬间，布莱恩的脑中突然像是蒙上一层雾霾，对眼前的敌人甚至有种亲切感。不过，他只是稍微甩甩头就把这层雾霾甩开。

"魔眼吗？我的精神可没有弱到光是这样就会受影响喔。"

拔刀出鞘的布莱恩，内心真的就像刀剑一样，轻松就把普通的精神控制一刀两断。

吸血鬼恶狠狠地露出利牙威吓，不过这是带有恐惧的威吓行为。如果觉得自己比较强，根本不需任何威吓，直接攻过来就行了。也就是说，遭到反击后她觉得对方需要戒备，或者认为对方是个强敌吧。

"还蛮聪明的嘛。不过野兽能够做此判断也是天性吧……"

布莱恩慢慢移动脚步，不断向吸血鬼进逼。随着敌方的进逼，吸血鬼则稍微后退。

觉得无趣的布莱恩哼了一声，认为这是在挑衅的吸血鬼停止后退，反倒稍微向前迎了上去。

两者距离约三米，对吸血鬼来说这是一蹴可及的距离。但即使如此，因为忌惮布莱恩的本领，她还是没有扑上去。接着，露出微笑的吸血鬼突然伸出手。

"冲击波。"

冲击波扭曲大气，逼向布莱恩。被这种可以轻松将全身铠甲大大撞凹的魔法命中，只穿着链甲衫的布莱恩可能会受重伤吧。而且，只要中一招就可能大幅影响战况，因为两者的基础能力大不相同。

不过——吸血鬼却大吃一惊，睁大双眼。

"等命中之后再来笑也不迟吧，如果不想被我看穿攻击动作的话。"

布莱恩毫发无伤。

轻松躲开肉眼无法看见的冲击波，布莱恩露出嘲讽的笑容。惊慌失措的吸血鬼往后退一大步。她原本认为人类不过是低等种族，打从心底瞧不起他，但现在却是一副失算的错愕表情。

布莱恩的情绪虽然没有表现在脸上，但也知道有必要采用不同的战术，因为完全没想到对方竟然连魔法都会使用。

布莱恩的目标是葛杰夫这个男人，希望和他以剑交战。因此，魔法并没有锻炼到像剑法那样高深。他不懂魔法的相关知识，根本猜不到对方接下来会使用何种招数。

结果，双方只是全神贯注地瞪视着彼此。

对此感到不快的少女，已经对僵持不下的两人感到不耐。

"唉，换手。"

少女弹了一下手指，这道清脆的声音让吸血鬼的身体剧烈一震。

　　看着急忙移开视线的吸血鬼，布莱恩一动也不动，

　　虽然是个绝佳的攻击机会，但布莱恩却没有进攻。他也从与自己对峙的吸血鬼身上转开视线，观察起少女来。

　　身材纤细，虽然胸部高高隆起，但却消瘦到令人感到有些异常。那骨瘦如柴的手臂，如果布莱恩使出全力似乎能轻松折断。

　　信仰系魔法吟唱者也有许多不同类型，她或许和擅长肉搏战的神官不同，而是擅长魔法的女祭司，又或者是专精魔法的祭司。

　　不过，对方要求换手、亲自上场战斗，就表示她有绝对的自信，即使没有前锋也可以取胜。这么一来——想到此处的布莱恩轻轻一笑。

　　（不像是召唤出来驱使的样子。这么说来，这家伙也是吸血鬼的同类啰。）

　　而且，从少女的态度看来，她应该比吸血鬼还要高阶。魔物的话，里外不一是理所当然的事，即使少女的身体能力比刚才的吸血鬼还高也不奇怪。再加上她即使见识到布莱恩身为战士的高强本领，依然选择战斗的缘故。

　　而吸血鬼的反应看起来像是在害怕。

　　（会让吸血鬼感到害怕的主人……相当难缠的强敌，不能掉以轻心呢。）

　　打量着少女的模样，布莱恩不停动脑思考少女的真面目。

（说到吸血鬼的主人，难道是那个传说中的吸血鬼王侯？好像有一位著名的吸血鬼王侯，因为灭了一个国家所以被称为"灭国"……不过，那家伙被十三英雄消灭的事迹依然传颂至今呢。）

如果曾被过去的英雄击倒，那么对方就不是无法被击败的对手。

布莱恩在握住的刀柄上施加力道，慢慢摆出攻击姿势。

"我叫布莱恩·安格劳斯。"

布莱恩对强敌自报姓名后，少女出现的反应是感到不可思议般地蹙眉。

感到有些难为情的布莱恩向少女问道：

"你叫什么名字？"

"啊！你想要问我名字呀。科塞特斯的话或许会这样做，但我不曾用那种眼光看人，所以比较晚察觉，抱歉呢，直接问我不就得了。"

少女抓起礼服的裙子，像是在舞会中受邀共舞般行了一礼。

"我叫夏提雅·布拉德弗伦。请让我单方面地享受吧。"

对眼前举起武器的男子优雅鞠躬，不知道是认为自己不会受到攻击，或者自信满满地觉得即使遭到攻击也能轻松应付。从少女的表情可以看出来，答案是后者——像你这样的家伙并不可怕。

让我来粉碎你那好整以暇的态度。

布莱恩带着连身经百战者似乎都会感到害怕的锐利眼神，默默瞪向夏提雅。老实说，她好整以暇的态度令人讨厌，但反之，她如此表现又正中布莱恩的下怀。

强者的自大。

敌人的这分自大正是人类的武器之一，可以借此打败身体能力远胜于人类的魔物。事实上，布莱恩就曾经利用这种机会，解决过好几只比自己还强的魔物。

而且最重要的是——打败之后再来嘲笑即可——在告诉对方"有些人可以这样轻松小看，有些人可是不行的"这件事之后。

"你不使用武技吗？"

武技，战士在锻炼中，追求登峰造极的本领时学习到的特殊技能。这种能力被称为武器中的魔法，有人称之为气或者气场，是一种至今依然无法解释的能量。

面对体形悬殊的巨大敌人时，只要学会"要塞"就能抵消敌人发出的攻击力道，能够与之正面交锋。

如果学会能够将气聚集在刀身然后发出斩击的"斩刃"，即使是体力充沛的敌人也能一招击毙。

面对拥有坚硬装甲的敌人时，就轮到殴打武器系的武技"强殴"出场了。

学会能够暂时提高身体能力的"能力提升"的话，便可以借着基础身体能力的差距赢得胜利。

身为战士，像这样预设各种状况，学习丰富的武技，将这些武技变成自己的能力是理所当然的课题，尤其必须面对各种不同状况的冒险者更是如此。

那么，布莱恩的情况又是如何呢——

"哼，对付你这种小丫头，不需要使用武技吧。"

布莱恩如此回答夏提雅。不过这当然是欺敌的骗术，他可没笨到将底牌掀给敌人看。

布莱恩缓缓吐气，沉下腰，纳刀回鞘。

预备拔刀的攻击姿势。

气息又细又长。

将全部意识集中在一点，到达极限的瞬间，意识反倒开始向外膨胀，抵达可以清楚感知周围的声音、空气、感觉之境界。这招正是他所拥有的其中一项独创武技——"领域"。

虽然范围不大，半径只有三米，但这项武技可以清楚掌握范围内的一切事物，也就是可以将攻击命中率和回避率提升到极限，这么解释或许比较容易了解。

加上布莱恩千锤百炼的身体，可以让这项武技发挥出非比寻常的力量。

就算是面临箭如雨下的困境，他也有自信能够分辨出射向自己的箭，毫发无伤地渡过难关。不仅如此，甚至连将有段距离的小麦颗粒一刀两断的精密动作也能办到。

还有——

武器一旦命中生物的要害即可致死，那么，只要追求能够命中要害的技巧即可。

与其学习多用途的招式，不如专精于一点。在追求比对手更加迅速、正确地发出致命一击的过程中，布莱恩学会了第二项独创武技——"瞬闪"。

高速的一击已经到达无法躲避的速度，但他并没有因此停止锻炼。

之后的锻炼可说非比寻常，已经达到数十万，不对，已经达到数百万次了吧。不断练习"瞬闪"让握刀的手长出专为此招特化的茧，刀柄部分也磨到变成手握的形状。

如此不断追求极限的结果，就是再次诞生新的武技。

挥砍过后，因为速度过快，连血都不会留在刀身，他感到自己已到达神之领域，所以他将此招称为"神闪"。

此招一出，对手甚至连察觉都不可能。

结合这两招武技，绝对必中的"领域"与神速一刀的"神闪"发出的一击，无法回避且一击必杀。

此招斩击所瞄准的目标是敌人的要害。

特别是颈部。

谓之秘剑——虎落笛。

因为把敌人的颈部一刀两断时，会发出喷溅血液的声音才以之为名。

对付吸血鬼的话，即使不会喷出血液，但只要能斩断对方脖子几乎就等于获胜了吧。

"你差不多准备好了吧。"

对于依然不发一语、只是持续细长呼吸的布莱恩，夏提雅感到无趣似的耸了耸肩。

"我已经准备好要进攻了喔，如果你还有什么事要交代就趁现在快说吧——"

经过片刻——

"开始蹂躏吧。"

夏提雅愉快地如此宣告后迈出步伐。

（开什么玩笑，等你人头落地后再继续这么从容不迫吧。）

布莱恩没有把话说出来。因为他觉得如果说出口就会让之前的屏气凝神前功尽弃。

夏提雅轻松惬意地迈步前进，感觉毫无防备，步履轻盈到简直像是去野餐。

完全不像战士的步伐，布莱恩忍住差点儿发出的嘲笑。

他只觉得愚蠢，但绝对不给机会。

继续使用"能力提升"，布莱恩在等待敌人进入自己的"领域"，同时也是攻击范围内的那一瞬间。自以为是绝对强者的愚蠢魔物大都这样。人类的确是脆弱的生物，身体能力也较差，也没有特殊能力。

（不过，我就让你知道，瞧不起人类是多么危险的行为吧。）

布莱恩在心中如此低语，武术的产生正是为了用来对付比人类更强的生物。

（一击解决你。）

通常越是骄傲的魔物，陷入绝境时愈是会痛苦挣扎。如果没有一招将对方解决，她一定会向吸血鬼求救吧。那么一来，就会变成以一敌二，即使是布莱恩也难免陷入苦战。

因此必须一击必杀。

布莱恩面无表情，内心发出嘲笑。

嘲笑对方这种轻松自在地靠过来的行为，可能是还不知道自己正走在通往断头台的阶梯吧。

还有三步、两步。

……一步。

接着——

（你的项上人头我收下了！）

在心中撂下这句话的布莱恩，全力出招。

"呼！"

发出又短又强的一道气息。

刀身从刀鞘中拔出，划破空气斩向夏提雅的颈项。

如果要形容这招的速度——那就是闪电。看到光的时候脑袋已经落下——就是这么快。经过数百万次的练习，才得以到达神之领域的一闪。

（赢了。）

布莱恩如此确信——

下一刻，他不禁瞠目结舌。

斩击落空，自己的全力一击被对方避开。

如果是这样的话，他或许可以承认，无法想象的强敌终于出现了吧。

但是——

夏提雅是以指头夹住刀的。

她夹住了布莱恩闪电般的一击。

而且，还像是拈起蝶翼般那样轻柔——

感觉空气似乎冻结了，布莱恩不断拼命呼吸。

"怎、怎么可能！"

他以几不可闻的声音喘着气。

布莱恩拼命忍住快要颤抖的身体，眼前这光景令人匪夷所思。不过，在自己伸出的刀身上面，确实有两根夏提雅白玉般的指头——拇指和食指。

而且，还不是从前方夹住刀刃，而是弯曲于刀刃的角度从后方夹住刀背。没有进入刀的轨道，而是追上刀的速度——"神闪"。

虽然对方看起来像是毫不费力地轻轻一夹，但布莱恩却是使尽全力，不管继续往前砍或往后拉都是不动如山。像在拉扯一条绑在一块比自己重上数百倍的巨石上的链条。

加在刀身的力量突然增加，反倒让布莱恩差点儿失去平衡。

"哼，科塞特斯也有几把刀，但使用者如此天差地别的话，根本起不了半点戒心呢。"

夏提雅将夹住的刀提到自己面前，目不转睛地注视着。

理解对方在说什么的布莱恩，脑袋变得一片空白。

那是宛如人生全部遭到否定的绝望感。

即使如此他依然没有一蹶不振，那是因为过去也曾败北过。像是断掉的骨头会变得更粗更硬一样，也对败北这种状况产生了抗性。

实在令人无法置信，但也只能面对，面对这个神速一击被轻松夹住的事实。

受到的冲击几乎要让布莱恩脸色铁青，夏提雅对这样的他皱起眉头感到讶异。他接着听到一道感到失望、状似做作的叹息声传来。

"姑且明白了吧？你不使出武技是不可能打赢我的喔。如果明白这一点，就不要保留，差不多该全力以赴了吧？"

耳里传来这句残酷的话，让布莱恩不禁脱口咒骂。

"你这个怪物——"

听到这句咒骂的夏提雅露出天真无邪的微笑，像是盛开的花朵般灿烂。

"这样呀。你终于明白了吗？我是一个冷酷、无情、残忍——又惹人怜爱的怪物呀。"

一放开夹住刀身的手，夏提雅就往后跳开一大步，那是她原本的位置。大概连一毫米的偏差都没有吧。

"你差不多准备好了吧？"

夏提雅露出开心的笑容，和刚才相同的台词让布莱恩感到气血上涌。到底要小看我到何种地步？布莱恩有些不忿。不过，知道对手能够如此游刃有余地瞧不起应该已经强到人类极限的自己，也让布莱恩不禁害怕起来。

（要逃走吗？）

布莱恩觉得能活下来比较重要。打不赢就逃，将来再回头雪耻。只要活下来，最后赢得胜利即可，因为布莱恩觉得，自己一定还有变强的空间。

可是即使想要逃跑，身体能力的差距如此之大，又能有什么办法呢？

布莱恩像是被目光点醒般，仔细确认瞄准的地点。

瞄准的地方是脚，降低对方的移动速度，然后全力逃走。

避开刚才对方挡住自己全力一击的双手所及范围，进攻难以防御的地方。

如此决定的布莱恩注视着对方脖子，同时收刀入鞘，在"领域"发动时，即使闭着眼睛也能命中瞄准的目标，那么利用眼神来欺敌就是理所当然的道理。

"开始蹂躏吧。"

夏提雅再次装模作样地迈出步伐。

虽然之前期望对方进入"领域"，但现在刚好相反，可以的话希望她别踏进"领域"。

到底是多懦弱啊。布莱恩在心中如此斥责自己。但即使想要发愤图强，也无法燃起任何斗志，已经像是燃料耗尽的火焰。他"啧"了一声，就这样利用"领域"观察夏提雅的步伐。

三步、两步、一步——

进入范围。

注视着对方脖子的布莱恩，在视野内看见夏提雅浮现嘲笑般的表情。

瞄准的是一个点，对方踏出的右脚踝。

往下挥出手上长刀，利用本身的体重尽可能加快速度。

抛开精神压力，可以确信速度比刚才还快。如果自己是防御的一方，这样的速度绝对无法闪避。

（行得通！）

即将砍掉对方裙摆底下稍微露出的少女纤细脚踝时——

刀柄却从布莱恩的手上滑掉。

没有改变视线方向的布莱恩，不知道此时到底发生了什么事。不过"领域"所赋予的特殊感知能力，让他清楚地知道自己的爱刀掉落地面，还有刀背被牢牢踩在一只穿着高跟鞋的脚下。

不可能——但却是不争的事实。

刀之所以从布莱恩的手上滑落，是因为刀身被高跟鞋从上踩踏后，冲击力道传到手上的缘故。

不愿相信的理由只有一个。

因为就算自己已经将专注力提升到极限，还是无法察觉对方的动作。没错……即使是在自己引以为傲的"领域"之内。

只要一伸手就可轻松命中。在这样的距离下，向下俯视的夏提雅眼神冰冷地注视着布莱恩。这股惊人的压力几乎要将空气连同布莱恩一起压垮。

布莱恩气息紊乱地大口呼吸。

汗如雨下，湿透了布莱恩全身。强烈的呕吐感涌现，视野不断晃动。

他闯过好几次险境，身陷绝境也像家常便饭。不过，和现在面临的状况相比，那些地方简直像是以假乱真的儿童游乐场一样。

高跟鞋离开刀身，夏提雅默默往后跳开一大步。

"你差不多准备好了吧？"

"什么！"

对方第三次说出的这句话，让人强烈地感受到无比的绝望。

接下来会冒出来的话是"开始蹂躏吧"。不过，如此认为的布莱恩，听到的却是不同的一句话。

"你不会使用……武技吗？"

带着怜悯与惊讶的这道声音，让布莱恩倒吸一口气。

他无言以对。不，应该说不知道该说什么才好。要不要像个小丑般开玩笑地回应说：刚才已经使用了，但却被轻易破解了呢。

咬紧下唇的布莱恩捡起掉在地上的爱刀。

"难道你并没有那么强？我还以为你比刚才入口那些家伙还强呢……不好意思呀，我评估强度的测量标准是以米为单位，一毫米、两毫米的差异我可是判断不出来的。"

自己毫不松懈的努力……

和葛杰夫比武时，对自己的才能自恃过高，没有努力才败给努力的人。正因为如此，那次的失败才会在自己心中升华成一种动力。

带着想要从失败之处站起来的心情，认真锻炼出来的一切成果，全被眼前这个怪物视如粪土。

（这不合理吧。一直以来，不管是多么瞧不起我的魔物，还是嘲笑我身体能力差劲的那些怪物，都被我一一收拾掉——）

如此思考的布莱恩压抑住涌现的想法，取而代之——

"啊——"

他发出怒吼，对夏提雅出招攻击。提刀朝面带诧异表情观察着自己的夏提雅——以全身的力量挥砍下去。

动用全身肌肉挥出的这击，能轻易地将穿着盔甲的人类一刀两断。

夏提雅一点想要躲开这惊天一击的意思也没有，只是注视着挥下的白光，让布莱恩涌现得手了的想法。

不过之前才目睹过的不可思议光景，否定了他的想法。有可能这么容易就得手吗——

下个瞬间，证明了这个预感才是正确的。

一道清脆的声音响起，布莱恩再次见到一幕令他无法相信的光景。

夏提雅以高速移动的左手，其小指指甲——约两厘米长的指甲弹了一下。而且夏提雅的手看起来根本没有用力，握起的拳头中间有空隙，小指还轻轻弯曲。

用这种连玩游戏都称不上的动作，弹开了布莱恩的全力一击。

弹开能够砍断全身铠、击碎剑、贯穿盾的一击——

拼死凝聚快要遭到粉碎的意志，在受到冲击而颤抖的手上灌注力道，再次举起长刀挥落，结果——还是被夏提雅随手弹开。

"呼啊——"

夏提雅装模作样地打了一个哈欠，伸出空闲的那只右手捂住嘴巴。目光也故意看向天花板，看来已经完全没有将布莱恩看在眼里了。

即使如此。

即使如此——布莱恩的刀依然被弹开。

被左手的一根小指——

"哇喔喔喔——"

布莱恩的喉咙发出咆哮。不，并非咆哮，那是哀号。

横扫——被弹开。

斜扫——被弹开。

正面斩——被弹开。

斜刀——被弹开。

纵刀——被弹开。

横刀——被弹开。

不管从哪一个角度、挥往哪一个方向的攻击，全都被弹开。

感觉就像是刀被吸往指甲所在的地方一样，在此瞬间布莱恩才终于明白。

对方是真正的绝对强者，即使自己不断努力、天赋异禀，别说要到达对方那个领域，连脚边都到不了。

"哎呀，你已经累了吗？不过话说回来，这个指甲剪还真不够利呢。"

听到这句像是感到意外的话语，布莱恩停下挥刀的手。

刀能够铲除山吗？这是不可能的事，不管哪个小孩都知道这种理所当然的道理。那么，能够打赢夏提雅吗？只要和她对战，不管哪个战士都会知道那个答案。

根本不可能打赢她。

人类绝对无法打赢强到超越人类想象的对手，若真的有能和她一较高下的人，那一定是超越人类的强者。遗憾的是，布莱恩只不过是到达人类最高极限的战士。没错，反正不管再怎么努力，在生而为人的这个阶段，永远都不过像是婴儿拿棍子乱挥一样。

"我……非常努力……"

"努力？毫无意义的一句话呢。因为我出生的时候就已经很强了，所以不曾为了变强而努力呀。"

听到这句话的布莱恩笑了出来。

至今为止的一切努力全是白费，我到底在自恋什么啊，认为自己是天才？

手脚像被大石压住般感觉沉重。

"哈哈哈哈哈，你在哭什么呀？遇到什么难过的事了吗？"

虽然明白夏提雅好像说了些什么。不过，声音仿佛是从远方传来般无法听清楚。

即使压破手上的水疱也要挥舞沉重的铁棍，这种努力已经失去意义。穿着重量铠持续奔跑也没有意义。独自一人惊险地打赢魔物也没有意义。

全都没有意义，布莱恩的人生也没有意义。

在真正的强者面前，布莱恩和过去那些自己嘲笑过的无能弱者没什么两样。

"我真是个笨蛋……"

"已经满意了吗？那么差不多该结束了？"

伸出小指的夏提雅笑嘻嘻地靠过来后，布莱恩叫了出来。那声音并非刚才那种战士般的咆哮，根本像是小孩的哭声。

布莱恩狂奔而去。

背对着夏提雅。

布莱恩刚才已经深刻体会过夏提雅的身体能力，想必会立刻被她追上。

但就算如此他也不在意。不对，布莱恩已经没有余力顾虑那种事。只是毫无戒备地露出后背，一把鼻涕一把泪地皱着脸拼命往洞窟里逃。

这时候，一个气息有如混着鲜血的无邪少女的声音，从布莱恩背后传来。

"这次是要玩鬼抓人吗？你愿意陪我玩各种游戏啰？那我就好好享受一下吧，哈哈哈哈哈哈。"

3

冰凉的空气吹过大厅，透过屏障的空隙，拂向后方的佣兵团"散播死亡剑团"——所有残存的四十二名佣兵。

因为大厅是洞窟中最为宽阔的地方，所以通常被用来当作吃饭的场所。不过现在已成了临时要塞。

作为佣兵巢穴的洞窟，以位于最深处的这个细长大厅为中心，呈放射线状向外延伸出数个较小的洞窟，分别当作个人房、武器室和粮仓使用。因此只要此处被占据，其他地方就会成为被各个击破的对象，所以遭到袭击时会以这里当作最后的防卫阵地。

虽然称为阵地，但并没有使用什么像样的材料搭建。

先将简陋的桌子推倒，然后堆上一些箱子搭成简易的屏障。接着在大厅入口和屏障间绑上几条大约高到人类腹部的绳子，利用这样的屏障来防御侵略者的突击，在敌人冲到屏障之前可以避免近身肉搏。

几乎全员都在如此搭建出来的防卫阵地后方，分别配置在中央、右翼和左翼等位置，手持十字弓待命。

即使进入射击战，以入口宽度和大厅的大小来看，防守的一方占有绝对优势，再加上所有人员分散开来，若敌人想要攻击任何一处，都会受到其他地方的攻击。即使遭到范围攻击，因为队伍分散也难以有效打击。这就是以互相掩护为原则设想出来的，名为十字炮火的阵型。

虽然阵型简单，但能和大于己方人数的敌人分庭抗礼。然而，在阵地内的人们却浮现不安神色。

颤抖的身体让身上的链甲衫也跟着震动，发出锁链摩擦的声音。

洞窟内的温度的确不高，即使在夏天都可以过得相当舒适。但现在侵袭他们的，和寒冷有些不同。

方才从入口处传来大笑声。洞窟内会产生回音，这性别不明的高亢笑声，正是让他们冷到骨子里的原因。

"散播死亡剑团"的最强男人——布莱恩·安格劳斯。既然他都已经出去迎击了，说没有必要再搭建什么屏障之类的意见，一下子就被那个笑声粉碎。

不可能有人打败布莱恩。之前他们都如此认为。

布莱恩的实力超脱凡人，即使是帝国骑士也绝非他的对手，甚至是魔物也不例外。他可以一招击毙食人魔，单枪匹马闯进哥布林大军，像风火轮般横扫千军。如果佣兵团"散播死亡剑团"和他正面交锋，恐怕他也能够取下所有人的首级吧！如果不称他为最强男人，还能称谁？

但这样的男人却被打败了，这代表什么呢？

即使和布莱恩对战都还能笑得出来，从这个事实得出的答案只有一个。

谁都明白，但没有人敢说出口。

他们唯一能做的，就是彼此默默地对视。

聚集在这里的所有人都默不出声地注视着大厅入口——洞窟入口的方向。

紧张的情绪不断膨胀，就在这个时候——

传来一道奔跑的声音，声音变得越来越大。

有人吞了一口口水，一道咕嘟的声音响起。寂静笼罩的空间，开始此起彼落地发出拉弓的声音。

从佣兵们注视的大厅入口处，狂奔而来的是一名气喘吁吁的男子。箭没有朝那男人飞去可说是令人吃惊的奇迹。

"布莱恩！"

佣兵的首领——佣兵团团长大声呼喊。不久后，大厅内爆发出一阵欢呼声，这是喜悦的欢呼，认为他一定是打败了侵略者。

四周响起了拍打身旁同伴肩膀，称赞布莱恩的声音。

大家不断呼喊布莱恩的名字。在一片赞赏声中，一只手无力地握着武器的布莱恩站在大厅入口处，默默环顾佣兵们的脸。

不，不对。那表情像是在寻找什么东西。

感受到布莱恩这种异于往常的态度，欢呼声像是遭到压抑般慢慢停了下来。

布莱恩朝着屏障奔驰而去。

"喂！等一下，现在帮你开啦！"

不理会同伴的声音，布莱恩硬把身体钻进屏障，分秒必争地强行穿过屏障后，就这样默默继续奔跑。

布莱恩在目瞪口呆的盗贼们的注视下，打开用来当作仓库的洞窟门扉，冲进里面。

"怎么回事？他是存放了什么东西在那里面吗？"

"谁知道？感觉有点不对劲……好像还哭过……应该不可能吧！"

伸长脖子望着关起来的门，佣兵们对眼前发生的怪异景象感到一头雾水。

这里面只有一个男人深深皱起眉来，那就是团长本人。因为只有他——不对，还有布莱恩，只有他们两人看穿了事实的真相。不过，他没有时间去确认自己的想法是否正确。

一个轻盈的脚步声响起，一名陌生人自入口慢慢现身。

大家当然对那人的相貌没有任何印象。佣兵团当中没有人对这名陌生人有印象，那就表示她正是引发这场骚动的侵略者。吵闹声瞬间停了下来。

不可能。这么一来,布莱恩出现在这里的原因便出现了一百八十度转变,侵略者还活着就表示他是逃回来的。

现身的侵略者只有一个人,那人弯腰驼背显得有些异常。

她身材并不高大,看起来是名少女。双手无力下垂,头也完全低下来。令人感觉奇怪的是,从头的位置和脖子底部的位置判断,对方的脖子感觉像是常人的三倍长。

那人完全不理会光滑的银色长发碰到地上,拖着头发缓缓进入大厅,制作精美的黑色礼服,看起来仿佛笼罩着一股黑暗。

谁都没有说话。

那诡异的模样,还有几乎令心脏停止跳动的寒气……

她的头缓缓地动起来,完全被银丝般头发覆盖的脸上,闪烁着两道红色光芒,那光芒慢慢变得像针一样细。

每个人都明白了那是什么意思,不对——是不幸地明白了。

对方正在笑。

那可怕的少女迅速抬起头来,出现在眼前的是一张端正的俏脸。不过,对于看过她刚才模样的人来说,已经没有什么比这幅光景还要令人恶心的了,如此端正的五官,看起来像是一张由超一流艺术家雕刻出来的面具。

"大家好,我叫夏提雅·布拉德弗伦。这里就是终点?所以鬼抓人的游戏也要结束啰?"

少女口中冒出这句令人一头雾水的话,她——夏提雅转头环顾四周一圈。不过好像是因为没有找到目标人物,她美丽的脸庞皱了起来，在没人插嘴的宁静中，少女的声音再次于大厅中响起。

"这次换玩捉迷藏？"

她"呵呵呵"地发出愉快的笑声。夏提雅似乎觉得很有趣，低着头笑个不停，银色长发遮住了她的脸。

佣兵们对此异状倒吸一口气后，夏提雅的笑声就变得越来越大。

"哈哈哈、哈哈哈、呵呵、哈哈哈、哈哈哈哈哈哈！"

大厅响起捧腹大笑的声音，少女同时缓缓抬起头来。

那张脸让盗贼们感受到仿佛心脏被紧紧捏住的冲击，血管也像是被注入寒气的感觉。

那张脸已经变得不再美丽，从虹膜渗出的颜色，将眼球完全染成血红色，刚才还有两排整齐洁白牙齿的嘴巴，也冒出许多排犹如针筒般细白、像鲨鱼牙齿的那种利齿，口腔发出粉红色的淫秽光芒，透明的口水从嘴角不断滴下。

"哈哈哈、呵呵、哈哈哈哈哈哈、哈哈哈！"

夏提雅龇牙咧嘴浮现笑容，发出好几十次难听的笑声，有如失去音准的钟声。

大厅的空气发出阵阵哀号。

即使在这样的洞窟中，这种声响还是令人感到异常，感觉像是连空气都受不了而跟着一起和声一样。

少女？

魔物？

妖怪？

都不是。

那是恐惧的具体象征——

因为太过浓烈，即使距离相当远，还是可以闻到气息中的淡淡血腥味。不仅如此，感觉似乎连空气也被染成红色一样。

"哇啊——！"

一个太过惊恐的佣兵发出惨叫，按下十字弓的扳机。

破空而去的箭深深刺入夏提雅的胸膛，中箭的夏提雅不禁微微踉跄。

"发射！"

听到团长的命令后，全都回神的佣兵们驱逐心中的恐惧，一同启动十字弓。

射出的箭，发出下雨般的声音此起彼落，不断射入夏提雅的身体。

总共发出四十支箭，有三十一支命中，每支箭都深深刺入那个身体。在这样的距离下，即使是金属铠也能刺穿，所以这是理所当然的结果。

而且有四支箭射进头部，对人类而言绝对是致命伤。

"打倒了……"

有人低声叫了出来。

这是每个人都抱持的希望之声，虽然对方还站着，但全身被箭射成刺猬一样。以常识判断，应该已经死透了才对，虽然大家脑袋里如此认为，但还在心中一角冒着烟的恐惧火种仍然没有熄灭。

仿佛受到敏锐第六感的驱使，佣兵们开始装填新的弩箭。

这时候——夏提雅动了起来。

宛如指挥官要开始挥舞指挥棒一样，将双手缓慢张开，原本刺入身体的箭慢慢往外吐出，全都掉落地面。掉落在地上的箭连一滴血都没沾上，箭头也毫无凹陷，仿佛不曾使用过一样。

夏提雅笑了出来，浮现脸上的丑恶笑容可说是名副其实的狞笑。

感到害怕的佣兵们此起彼落地发出惨叫，像是推波助澜般，无数的箭再次划破空气射向夏提雅。

无数弩箭贯穿眼球、射破喉咙、刺入腹部、陷入肩膀。身陷如此困境的少女却只是有些不耐烦，仿佛只是被小雨淋到而已。

"明明没有用——还这么努力啊——"

她往前踏出一步，接着往上一跳。

地上到天花板的高度约有五米，少女轻轻一纵，优雅地降落到屏障的另一端，感觉她想要碰到天花板也是轻而易举。高跟鞋着地的声音响起，身上的箭也随之全部掉落。

转头望向在自己后方装填十字弓的佣兵。

踏进一步——出拳。

看起来根本没使上腰力，只是随便伸出手的一拳。不过速度却非同小可，破坏力也是不同次元级别的。

被打中的佣兵身体遭到贯穿，就这样被打得往屏障飞去。一声轰天巨响，支撑屏障的树木彻底粉碎，木屑四溅。

在沉默的幕帘笼罩之中，只听到木屑掉落地面的声音在大厅中此起彼落。

瞠目结舌的佣兵们停下装填十字弓的手，呆呆注视着夏提雅。

夏提雅伸出食指插进浮现在头顶的血块后再拔出来，拉出了一道血丝。血丝在夏提雅面前变成文字，那文字类似梵字或符文，名为魔法文字。

那是夏提雅的职业之一嗜血者能够学会的特殊技能：血池。这个魔之血块可以将被害者的血储存起来用在各种用途上。而且还能从中吸出魔力，这样就能在不追加消耗MP的状况下，发动魔法强化系的特殊技能。

魔法抵抗难度强化·内部爆破。

发动这招第十位阶的魔法——最高阶魔法之后，十个佣兵的身体开始从内部膨胀。

连发出哀号的时间都没有，只能眼睁睁地看着身体不断膨胀，露出不知道发生什么事的恐怖表情。下个瞬间，像是气球破掉的清脆声音响起，身体爆炸开来。

"哈哈哈、哈哈哈、呵呵、哈哈哈、哈哈哈哈哈哈哈！烟火！真漂亮——"指着喷出血雾的地方，夏提雅笑呵呵地鼓掌叫好。

"呜啊——"

随着这声怒吼击出的穿甲剑，从背后贯穿夏提雅的胸部——心脏位置。接着不断上下搅动，像是要扩大伤口。

"去死吧！"

后续挥出的阔剑将夏提雅的头砍成两半，剑尖贯穿左眼时停下来。

"你们快点继续动手！"

夹杂着哀号与咆哮的吼声响起，三名佣兵拿起手上的武器砍向夏提雅的身体。

他们不断挥出手中的武器，但夏提雅却维持着阔剑刺穿脸部的状态，若无其事地屹立不倒，依然露出可怕的笑容，感觉似乎不痛不痒。

不断攻击后感到疲倦的佣兵抛下手上的剑，带着哭泣的脸拳打脚踢。即使彼此的体形悬殊，但夏提雅却是不动如山，佣兵们就像是在攻击一块巨大岩石一样。

夏提雅歪着头看向那些佣兵开始思考，接着像是想到了什么鬼点子般拍了一下手。

"哈哈哈、哈哈哈、哈哈哈哈哈。"

她仿佛要将积存的热气放射出去般呼着气，散发出浓烈的血腥恶臭令周围的人几欲作呕。

夏提雅随手将插在自己头上的阔剑拔出，拔出来之后当然看不到半点伤口。

她正要挥舞手上的阔剑，却停止了手上的动作。阔剑开始生锈，慢慢崩落。嗜血的头脑想起自己的职业之一——诅咒骑士的惩罚，她像是感到失望般将剑往外丢开，接着随意挥出她的纤纤玉手。

三颗头颅就这样滚落于地。

"快逃！快逃！快点逃命啊！"

"不可能打赢那种怪物啦！"

佣兵们大呼小叫地仓皇逃逸。

已经完全失去斗志，企图逃跑的某人被夏提雅从后面以双手抓住头颅，用力一剥。像是甲壳类动物的壳被强行剥开的声音响起，头颅破裂，脑浆四溢。

"哈哈哈、哈哈哈、哈哈哈。那是什么脸，害怕吗？哈哈哈、哈哈哈哈哈哈！等一下，我是鬼喔！哈哈哈、哈哈哈、哈哈哈哈哈。"

好奇心受到诡异声音刺激，佣兵们看到一幕令人作呕的光景，嗜血的噩梦女王哈哈大笑追上去，不让佣兵们逃走。

企图逃逸的佣兵绊了一下，滚到夏提雅的脚下。

"饶命啊！求求你！我不会再做坏事了！"

看到对方哭泣着抓住自己的脚拼命求饶，夏提雅的嘴角像是龟裂般露出狞笑。瞬间理解这笑容代表什么意思的佣兵，脸色从青转白。

"好高好高喔——"

"不要啊！住手！"

夏提雅单手抓住拼命抱着自己脚不放的男子背部，轻轻朝天花板丢过去。

挡不住对方的超凡臂力，终于把手放开的佣兵，紧紧闭住双眼，感受到短暂的无重力感后再次受到重力吸引——手撞到地面，一阵剧痛袭来。

"哇啊！"

能够感到疼痛就是还没死的证明，对于能够死里逃生而心怀感激的佣兵，稍微张开紧闭的双眼，才知道自己高兴得太早。因为夏提雅的那双玉手温柔地抱着佣兵，他因此没有全身撞到地面。

现在还没有从可怕的怪物手中逃出生天。

不对，不仅如此——眼前还有一张血盆大口，像是有一块凝缩的血块，传来一股至今不曾闻过的臭味。

"哈哈哈、哈哈哈、好开心呀——你以为你死得了吗——吐舌头，咧——"

"饶、饶命——"

"不行——因为人家已经好久没吸——了呢——"

她嘴巴张到几乎要比耳朵还高，可以将一个人的头颅整个吞下去。

在场没有人知道。

在 YGGDRASIL 这款 DMMO 中出现的魔物真祖是灾难的化身。

张开到耳朵那么高的嘴巴呈半圆状，从里面冒出的两根犬齿几乎长到下巴。红色眼睛发出血色光芒，而枯木般手掌前端的指头延伸出数十厘米长的锐利尖爪，行动时有点弯腰驼背的感觉，以飞扑的方式袭击过来。

就是那样的姿势。

吸血鬼是一种蝙蝠和人类混种的怪物，而高阶种族的始祖，外表看起来更像怪物。

外表称得上美丽的吸血鬼系魔物，只有夏提雅的爱妾吸血鬼新娘吧。

属于真祖的夏提雅外表会那么美丽，只是因为替她设计的公会成员有一双绘画的巧手，又很擅长立体化的缘故。

现在夏提雅的外表才是真祖的原本样貌。也就是说，平常的那副模样是伪装的姿态。

像是那种以橡胶黏住的玩具，或者说是如同肥胖丑陋的水蛭般，夏提雅咬住佣兵的喉咙。

佣兵不知道是先感觉到好几十根针刺穿喉咙的触感，还是先听到血被一口气吸走的粗鲁声音。

佣兵感受到自己的生命正被快速吸走，还有同时涌现的寒意，那是全今不曾体验过的恐惧感。

不过，即使想要挣扎，手脚却都相当沉重，视野迅速变暗。

将血液全部吸干后，夏提雅将干瘪的尸体丢掉，伸长湿滑的舌头，舔了一下从嘴角滑落的鲜血，接着对不知道是否该逃跑的佣兵们露出满脸笑容。

"还——有——很多——食物呢——"

数不清的哀号、怨恨的惨叫还有绝望的哭喊在大厅中不断回荡——

●

夏提雅露出狞笑伫立在已经没有任何动静的寂静大厅中，头上浮现的血块也吸收了大量鲜血，涨大到只比头小一点。

"好愉快啊——"

听到夏提雅欢喜的叫声，被授命待在大厅入口防止猎物逃走的吸血鬼新娘低头搭话：

"您好像很高兴，真是太好了，伟大的主人。"

"轮到主餐啰！"

夏提雅用力将布莱恩逃入的仓库大门打开，门锁弹飞，被扯断的铰链还连在门上。

仓库虽然狭小，但里面摆放了几个袋子和木箱。

夏提雅在这里闻到出乎意料的味道，那是夹杂着沙尘味道的新鲜空气，来自户外的风的味道。同时，人的气息也逐渐淡去。即使因为血之狂乱而差点儿浑然忘我，但夏提雅还是隐约记得自己肩负的使命。

"咕啊——"

夏提雅发出一道可说是怒吼也可说是咆哮的怪声，推开挡路的货物，往风吹来的方向查看。

货物后方出现一个洞，不到一米的前方被砂石挡住，新鲜的空气就是借由其中一些空隙流通。

"逃生通道吗！"

低阶吸血鬼并没有说谎，他不知道这里有一个逃生口。

利用魔法迷惑时，有一件事很容易遭到误解，那就是只能问出对象知道的事情。中咒者无法回答不知道的事情，而且如果对方将假情报信以为真，那就只能问到不正确的情报。

和马雷不同，夏提雅并没有撤除土堆的魔法，如果使用冲击波清除，天花板可能会整个坍塌。

被他逃走了。

染成血红的思考回路中浮现这句话，夏提雅可以隐约理解，这代表自己肩负的部分任务已经失败。

感到愤怒的夏提雅露出狰狞的表情。

为什么区区蛆虫般的人类，没有按照纳萨力克守护者夏提雅的想法行动啊。

想要让你们这些多余的生命，稍微对充满光荣的纳萨力克贡献一点心力，为什么你们就是无法理解，不对此感到高兴啊。

夏提雅咬牙切齿发出声音，这时理应部署于洞窟外的吸血鬼新娘，从后方传来呼叫。

"夏提雅大人！"

对擅自离开岗位的吸血鬼新娘感到火大的夏提雅，有些不耐烦地想要杀了她，视野瞬间染成红色，但最后还是努力忍住怒火。如果是有急事才离开岗位，还是应该饶了她。

"什——么事？"

"有好几个人正往这里来。"

"嗯？残存的党羽吗？那么——前往迎敌吧！哈哈哈、哈哈哈、哈哈哈哈哈！"

4

夏提雅向上一跳，宛若飞舞在夜晚的小鸟，单脚跳上位于入口处用来当作屏障的圆木。随侍的吸血鬼新娘们慢慢跟着往入口方向前进。

夏提雅带着微笑望向目标。

眼前是一支干练整齐的队伍。

前锋有三名男性战士，各自穿戴不同的装备，但至少都穿着由许多鳞片打造的鳞铠，一只手拿着出鞘的武器，背上背着大盾。

跟在后面的是一位身穿绳铠的红发女战士。

被队伍保护在后方的是一位一手持杖、装束简单的男子，应该是魔力系魔法吟唱者吧。旁边则跟着一位在铠甲外披着神官服，脖子上挂着类似火焰形状圣印的信仰系魔法吟唱者。

全部共六人的男女，看到从洞窟出来的夏提雅虽然感到吃惊，却依然不慌不乱地提高警觉，这是经验累积出来的反应。

"不错呢——"

虽然宰杀像豆腐般脆弱的人类也不错，不过还是这种较为耐打的对象比较有趣呢。

红色眼睛发出如此期待的神色，夏提雅向对方露出狰狞的微笑。

"说话呀！"

魔力系魔法吟唱者的脸上浮现出惊愕之色，但也只有一瞬间，立刻板起脸来：

"对方可能是吸血鬼！只有银武器或魔法武器才有效，打不赢！撤退战！别看她的眼睛！"

一道几乎可以让此洼地所有人都听得到的叫声响起。

单单指出重点的这道指令，让所有人迅速做出反应。前方的战士拿起背上的大盾挡在前方，进入防御态势，并转移视线，瞄准夏提雅的腹部和胸部。

在这段时间，位于后方的女战士拿起前方战士递来的武器，开始涂起一些东西。

一股令人不快的味道飘进夏提雅的鼻子。

那是炼金术银，是由炼金术师调制出来的一种特殊涂料。涂在武器上面，具有等同于银效果的特殊魔法药剂就会像薄膜一样，包覆在刀身上面。

用银打造的武器不但价格昂贵，刀身也比铁质的武器柔软，不适合长期使用。因此大部分的冒险者都会购买这种涂料，必要时就涂上武器，让武器暂时具有银的效果。

挥舞着暂时散发银色光芒的武器，一行人开始一面牵制敌人一面撤退。

撤退动作也是训练有素，整个队伍像是一个单独的个体，整齐划一地往后退去。

"吾神，炎神——"

"别做无意义的事，快点施展防御魔法！"

制止打算举起圣印的神官，魔力系魔法吟唱者开始对前锋施展魔法，神官也跟着发动魔法。

虽然会根据职业而有所不同，但大多数的神官都可以行使神力击退、收服、消灭不死者、恶魔和天使等敌人。不过，这种方法只能用来对付比自己弱小的低阶魔物。也就是说，神官打算使用神力击退不死者时，魔法吟唱者瞬间看穿敌我实力差距，反倒指示神官如果有那种余力，还不如赶快采取其他行动。

看着对方这一连串的行动，夏提雅盯上队伍的领队，打算遵照命令把对方抓起来。不过，想要目睹更多鲜血的杀戮冲动却逐渐吞没内心。

压抑不住想要大开杀戒、彻底粉碎、大卸八块、沾满血腥的冲动，气息紊乱地不断喘气，嘴角已经累积许多泡沫。

抗恶防御。

低阶精神防御。

两名魔法吟唱者依序对前方的战士施展防御魔法。

夏提雅兴奋到极点的脑袋里，稍微萌生一点敬佩之情。虽然施展的是最低阶——第一位阶的魔法，不过面对眼前的敌人却是十分恰当的魔法。和刚才那些随便发出攻击的佣兵不同，也和单枪匹马出来应战却连武技都不会使用的那个愚蠢战士不一样。

不过，徒劳无功的事，再怎么挣扎也还是徒劳无功。面对实力差距如此明显的敌人，即使如此努力还是没有任何意义。

如此可爱的抵抗像是最后一根稻草，压垮了夏提雅摇摇欲坠的自制心。

"已经……不行了——我受不了了！"

发出抛开束缚的声音，夏提雅往前踏出一步。

相当轻盈，有如跳舞般轻盈。但是对眼前看到的人来说，那速度几乎超越疾风。

她就这样使出杀招。

贯穿盾牌、粉碎铠甲，无视魔法防御，划破皮肤、肌肉、骨头，将前一刻还在跳动的心脏抓在手里，然后一口气摘出来。夏提雅站在瘫倒的战士面前，把手中扭曲变形的赤黑团块展示给所有人看。女战士发出小声惨叫，神官则露出一脸扭曲的憎恶表情。

看到这些意料中的表情，感到满意的夏提雅露出恶心的笑容发动魔法。

"创造不死者。"

失去心脏的战士慢慢站了起来，变成一具最低阶的不死者魔物僵尸。但是夏提雅的行动还没结束。

夏提雅将手上的心脏一口吞下去，接着将手伸进漂浮在头上的血块。抽出来的手中有个跳动的血块——仿制的心脏。接着把那个血块往僵尸的身体丢过去。

血块像虫子般蠕动着，扭曲着形状滑进僵尸的身体。瞬间，僵尸的身体动了起来，全身痉挛了数次后，外表开始慢慢产生变化。

仿佛全身的水分全部蒸发，皮肤变得有如干枯的树皮，还长出锐利的爪子与突出的犬齿。没多久，眼前的不死者已经不能再称为僵尸。

看到低阶吸血鬼的诞生，冒险者们感到震惊地大叫起来。

"不可能！没有听说过这种不须支付代价，就能够使用如此高阶魔法的吸血鬼！"

"事实摆在眼前，不要慌！冷静对付！"

"可是……"

"很难撤退了！攻击吧！"

"喔！"

神官慌乱起来。不知道是否对此有所感觉，一名战士朝夏提雅砍过去，另一名战士则砍向已经变成低阶吸血鬼的过往同伴。

"吾神，炎神啊，请击退不净者！"

神官持有的圣印发出放射状的神圣力量，当然，对夏提雅没有任何效果。

"哈哈哈、哈哈哈、哈哈哈哈哈！"

一名战士的剑刺进低阶吸血鬼的身体，可能是神官的神圣之力产生效果，身体受到束缚而无法动弹的缘故吧。只有对付还没完全变成低阶吸血鬼的不稳定僵尸，神圣之力才会生效。自己创造出来的僵尸被神圣之力打败，就足以让夏提雅感到不快了。

以小指弹开挥砍过来的剑，夏提雅烦躁地瞪着后面的神官。

"碍事！"

右手随意一挥，光是如此漫不经心的一击，挥剑的战士便身首异处，喷着鲜血瘫软倒地。

"低阶增强膂力。"

强化魔法施加在最后一名战士身上。动作变慢的低阶吸血鬼和施加了强化魔法的战士。这两者的战斗以战士取得上风的状态进行着。

看到他们似乎玩得很开心感觉不便打扰，而且还有猎物在。现在依然带着嗜血想法的夏提雅如此思考，转而面向神官。

女战士挺身而出，挡在攻击者面前，而且只是拿着铁质的武器。

真可爱，即使胆战心惊还提剑摆出攻击架势——不过，那模样简直就是小动物的可怜抵抗。夏提雅感受到下腹部似乎发热起来的那种喜悦。

咬断指头时她会发出什么声音呢，也可以割下她的耳朵喂她吃。不，在此之前还是先喝她的血比较好吧。毕竟她可是来到外面后，第一个遇到的女猎物。

"你就是饭后甜点啦——"

张口大叫，然后纵身一跃。

夏提雅轻松跳过女战士，来到魔力系魔法吟唱者和神官面前。

神官还来不及反应，夏提雅已经抓住他握着圣印的手，使劲地用力一捏。遭到悬殊握力的压迫，神官手骨马上粉碎，无处可去的肌肉和皮肤从夏提雅的手里喷出。

"啊——"

听着神官的惨叫，感到相当满足的夏提雅决定给予温柔的慈悲，解除他的痛苦。

手一挥，看到神官脖子喷出的鲜血被头上的血块吸收后，夏提雅高兴地点点头。

这时候有人使出全力往夏提雅的背后刺入一剑。不过，这样的攻击根本毫无效果，夏提雅像大树般一动也不动，只是从胸部刺出的剑有点碍事。

"不会吧……无效！这不是银质武器吗？"

剑确实刺穿了胸部——心脏的位置，但夏提雅却一副若无其事的模样，让女战士发出混杂哀号的尖叫。

女战士并没有携带银质的武器，应该是从被杀的战士身上捡来的。

魔力系魔法吟唱者说得没错，不过，并非全对。对夏提雅有效的武器，除了必须是银质的武器之外，还要内含一定的魔力，或者注入了强大魔力等具有特定属性的武器。单单银质武器无法给予伤害。

夏提雅不理会后方的女战士，望向吃惊的魔力系魔法吟唱者。

"魔法箭！"

魔法吟唱者拼了命地发动魔法，两支光箭射向夏提雅，不过——却被轻松抵消。

这是夏提雅的特殊技能——魔法无效化造成的结果。这个技能并不完美，防御效果会受施法者的能力影响。不过，能力如此悬殊的话，就能轻松达到魔法无效的效果。

也就是说，魔力系魔法吟唱者对夏提雅完全无计可施。

"好——无——趣——喔！"

夏提雅随手一挥，不费吹灰之力就让她已经不再感兴趣的对象人头落地。

回头一看，低阶吸血鬼和战士依然打得难分难舍。

夏提雅随手抓住滚落在地上的两颗头颅的头发将之提起，看似无趣地往两者丢去，大约六公斤的重量以超乎常理的速度飞去。结果不言而喻，双方一同慢慢瘫软倒地。

在夏提雅放任不管的期间，甜点（女战士）不断拼命挥剑对夏提雅的身体乱刺乱砍。

不过，那又如何呢?

对于不痛不痒的夏提雅来说，这一切根本是毫无意义的行为。唯一造成的影响是衣服出现破洞，但只要夏提雅没事，身上的魔法服装就会自动复原。

"那么——甜点! 我要开动了喔——"

像是把最喜欢的食物留到最后吃的小孩——不过，脸上却带着令人作呕的邪恶笑容，夏提雅转身面对从后方挥砍过来的女战士。

和夏提雅血红的瞳眸四目相交，完全明白自己是最后一人的女战士，泪眼汪汪地一步一步往后退去。她拼命翻找自己的腰包，似乎打算从里面拿出什么。

夏提雅优哉地望着已经染成血红世界的这幕光景。有点好奇，不知道她在做什么。

不久，女战士取出一个瓶子丢了过来。

夏提雅稍微瞄了一眼在空中翻滚而来的瓶子，露出冷笑。

虽然女战士是使出全力一丢，但瓶子的飞行速度对夏提雅来说实在慢到不行，可以轻松躲开，但强者的骄傲不允许躲避行为，而且她还想继续看下去，想要目睹女战士的最后王牌被粉碎时那瞬间的表情。

杀戮的欲望不断高涨。

但夏提雅努力压抑下来。因为越是忍耐，品尝时就能感受到越强烈的喜悦。

夏提雅望着朝自己飞来的瓶子，呆呆思考着。

大概是圣水吧，不然就是着火型火焰瓶。明明不管再怎么挣扎都无济于事也不死心呢，真是可悲的抵抗！还是先让她在求生不得求死不能的状态下，慢慢品尝她的血吧。如果她是处女，就一直吸到归天为止；不是处女的话，可玩的花样就更多了呢，要尽量以不出血的方式来玩。

如此决定的夏提雅，单手轻松拨开飞来的瓶子。挥开时的冲击力道让红色液体从开放的瓶口飞溅出来，洒在夏提雅的肌肤上。

接着传来一阵微微的刺痛。

夏提雅的脑袋瞬间空白，原本的嗜血欲望立刻飞到九霄云外。

茫然地望着产生疼痛的部位，那是挥开瓶子的手，沾到溶液的地方冒出刺激性臭味与一缕轻烟。

夏提雅转移目光，看向掉在地上的瓶子。瓶口开着，里头飘出淡淡的香气，那是夏提雅很眼熟的容器。

在纳萨力克地下大坟墓经常使用的药水瓶。

里面的液体应该是低阶治疗药，治疗系的道具可以让不死者受伤，夏提雅的肌肤会稍微溶解也是这个缘故。

"怎么会有这种事！"

她发出震撼空气的怒吼。

"给我活抓那个女的！"

听到夏提雅的命令，至今只是在后面袖手旁观的吸血鬼新娘们出现反应，动了起来。她们瞬间赶上趁着夏提雅发呆转身逃跑的女战士，抓住对方的左右手。

女战士虽然拼命抵抗，但人类和吸血鬼的力量悬殊，很快就被抓到夏提雅面前。

"看着我的眼睛！"

夏提雅抓住女战士的下巴，硬要对方看着自己的魔眼。当然，非常留意力道的大小，要是一不小心太过用力扯掉女战士的下巴，可就是一大惨事了。

因为夏提雅虽能使用神官系的魔法，但身为不死者，无法使用一般的回复魔法。

女战士被强迫看往魔眼。眼睛覆盖了一层类似薄膜的东西，原本充满敌意与恐惧的脸上，已经变成友善的表情。这是特殊技能"迷惑之魔眼"带来的迷惑效果，感觉效果发挥得十分充分的夏提雅放开女战士。

她有好几个问题想问。

不过，最想问的问题只有一个。

夏提雅捡起掉在地上的瓶子，拿到女战士面前问道：

"这瓶药水是怎么回事？是在哪里从谁的手中得到的？"

"是在旅店，从一个身穿黑色铠甲的人手中得到的。"

这又如何呢？女战士带着这种感觉的轻松回答，让夏提雅几乎全身冻结。

"不会吧……不，这不可能……不过……是在哪里……是在哪个城镇的旅店？"

"是在耶·兰提尔的旅店。"

夏提雅大吃一惊，感到一阵天旋地转。因为她隐约猜到女战士口中的黑铠人物是谁。

如果猜想没错，那么又有新的问题浮现。为什么这个女战士会有药水？那位人物不可能无缘无故把药水送她。

"难不成……"

那位人物也对这个女战士下达了什么指令？或者是为了建立渠道，送给她药水来强化彼此的友好关系也有可能。

夏提雅的脑海中，浮现出纳萨力克地下大坟墓的绝对主人——安兹·乌尔·恭的英姿。自己或许搞砸了主人的某项计划，这让夏提雅感到无比焦虑。

"你为何来这里？目的是什么？"

已经没有闲情逸致再用游女那种调调讲话了，必须努力打听出消息才行，她带着和刚才完全不同意义的充血眼神瞪着女战士。

"是的，我们的主要工作是保护城镇，听到这附近有强盗的巢穴，所以前来查探。结果发现似乎有不寻常的状况发生，因此兵分两路，我们执行强行侦察的任务而来到此处。"

"兵分两路？"

"是的，因为不清楚强盗的人数有多少，所以拟定兵分两路的计划，我们佯装出击，让另一支队伍将敌人引诱到现在建造中的陷阱区域。"

"还有另一支队伍啊。"

觉得麻烦事又添一桩的夏提雅啧了一下。

"那么，你们有几个人来到这里？"

"包含我在内共有七人，然后——"

"嗯？等等，七人？不是六人吗？"

夏提雅的目光看向倒在周围的尸体。三个战士、一个神官、一个魔法师——还有这个女的，人数不对。

看到夏提雅充满疑问的眼神，女战士回答得相当干脆：

"是的，还有一名游击兵，遇到紧急状况时他会到耶·兰提尔求援。"

"你说什么……"

刚才魔力系魔法吟唱者的声音非常大，没错，声音大到——几乎可以让这个洼地中的所有人听见。

"咕！"

睁大双眼的夏提雅，以超越疾风的速度冲上洼地。她跳上洼地边缘环顾四周，但即使夏提雅的眼睛具有夜视能力，也无法看到树林深处，虽然聚精会神地竖耳倾听，但只能听到风吹拂草木的声音而已。

夏提雅并没有感知系能力和搜索系魔法，在这种状况下，要从整座森林中找出一个人大概是不可能的。

"可恶！"

她不禁冒出一句咒骂。

有人逃走了，真的太轻敌了。这么一来——已经被逃走两只了，夏提雅咬牙切齿。

"我的家畜！"

几道影子在夏提雅的脚边晃动起来，数只野狼的身影自其中涌现，当然和一般的野狼不同，它们的漆黑毛发像是裹上一层夜色，散发红色光芒的赤红眼睛蕴含着邪恶的狡诈。

这是七级魔物，吸血鬼之狼。

夏提雅拥有的特殊技能之一"召唤豢畜"，可以召唤出各种魔物，但当中看起来比较擅长追踪的魔物只有这种。

"给我追，把森林中的人咬死！"

听见这道怒吼般的命令，十匹吸血鬼之狼一起跑进森林中。

目送着吸血鬼之狼的背影，夏提雅觉得能够解决对方的可能性很低，脑中浮现亚乌菈的身影，即使没她那么厉害，但既然对方是游击兵，应该也会知道躲避追踪的方法吧。

也就是说会被对方逃掉，既然这么判断就该思考下一步怎么走。夏提雅急忙回来，抓住女战士问道：

"除了你之外，还有其他人从黑铠人物手中收到药水或其他东西吗？"

"不，应该没有。"

"是吗！那么，下一个问题，那个游击兵有可能和其他队伍会合吗？"

“不会。我们的计划是，只要我们队伍遇到可能遭到消灭的状况，他就必须抛下队伍回到都市。因为这是我们最可能存活下来的选项。”

　　失败时的后路加上未雨绸缪的谨慎做法，在如此设想周全的状态下行动。可说是这个缘故才让夏提雅陷入束手无策的状态，领悟到这点的夏提雅怒火中烧。

　　“区区人类竟然还有这么多鬼点子——如果能够获得统治你们的许可，我就以虫子应有的待遇来饲养你们！”

　　即使发怒也无法改变现状。

　　有吸血鬼存在的这个情报，确实被对方带回了都市。

　　虽然不知道对方是否看清夏提雅的外表，但以人类的视力应该无法在夜晚观察到位于洼地中央一带的夏提雅。

　　即使如此——

　　“可恶！”

　　夏提雅骂了一句，继续自顾自地沉思起来。

　　安兹给她的命令是——

　　这次的目标猎物是犯罪者，即使消失也不会有人抱怨的那种。

　　例如，若在强盗中有那种会使用武技或魔法的家伙，就算吸干当奴隶也没关系，绝对要把他们抓起来。如果在犯罪者中有详知世界情势或熟悉战斗的家伙也别放过。但别引起风波，如果被人知道是我们纳萨力克动的手，或许会造成许多麻烦。

　　以上。

这么说来，她已经有许多地方违背了命令。

夏提雅努力忍住想要搔头的冲动。

"还不要紧、还不要紧、还不要紧。"

她像在催眠般不断告诉自己。

或许对方会把吸血鬼的情报带回去，但自己的名字和纳萨力克的相关情报并没有暴露。

也就是说，并没有留下任何能将袭击此处的吸血鬼和纳萨力克联系在一起的线索。都市里的人如果从这个方向来推测，只会认为这里的佣兵全被野生的——如果有的话——吸血鬼杀害。

虽然破绽百出，但对方如果没有获得更多情报，绝对无法找到他们头上来。

夏提雅继续陷入沉思中。

接下来的问题是该如何在上述的条件下，处置这个女人。

虽然这个女人处于迷乱状态，但并没有完全失去记忆。最一劳永逸的办法就是送她归西，但这样会有一个问题，那就是自己的主人为什么要送她药水。

如果主人是出于某种理由或目的才送她药水，那么杀了这个女人就等于阻碍了主人的目的，那可相当不妙。

若是放她回去，雇主一定会产生疑问，为什么只有她活着回来。而且她还知道许多情报——特别是夏提雅的外表等。现在虽然不成问题，但将来会如何发展没人可以预料。

最好的办法是联络主人，但夏提雅不会使用"讯息"魔法。

那么该如何是好呢——

"啊——会被安兹大人骂的………"

以没人会听到的声音轻轻嘟囔了一句，夏提雅抱头苦思。

"如果没有血之狂乱……不对，这么说对创造我的佩罗罗奇诺大人太失礼了。如果可以压抑住血之狂乱的话……"

即使后悔也为时已晚，不管如何处置这个女人——看来都免不了一顿骂，但是要怎么做，伤害才会最少呢？

"worse"比"worst"好一点。

夏提雅不断思考再思考，想到脑袋几乎快要冒烟后终于得出结论。

与其杀了她，还不如放她回去有更多可能。杀了她就无法挽回了，但放她一条生路绝对会有所变化。

夏提雅如此判断。不对，可以说她是在拼命欺骗自己。

"你叫什么名字？"

"布莉塔。"

"知道了……我会好好记住！"

夏提雅让名叫布莉塔的女子留在原地，带着自己两名奴仆吸血鬼新娘来到稍远的地方：

"总之把这里的所有东西全部回收后，就此撤退。"

有些不安，不知是否有时间回收。但还是要赌一把，希望能让对方误以为自己是以财宝为目的。既然任务已经失败，至少要做点准备，让假情报可以散播出去。

"夏提雅大人，女人要如何处置呢？"

听到这个问题后，夏提雅望向看似落寞地站在稍远处的布莉塔。

"就这样不用管她吧。"

"不是，属下是问其他女的。"

"什么？其他女的？"

"是的，夏提雅大人。为了寻找漏网之鱼，我前往内部搜索，结果发现好几个像是被当作泄欲对象的女人，要如何处置那些女人呢？"

夏提雅脸色一僵。

这是怎么回事啊。

夏提雅再次转头一看。

如果自己的脸没被看到，可以不管她们直接离去吧。不过，也不知道这么做是否正确。麻烦死了，干脆连她们也干掉吧。不对，那么一来，只有布莉塔生还或许会显得很不自然。

完全找不到对自己最有利的结论，夏提雅伤起脑筋来。

"该如何处——"

"啊？我不知道啦！"

夏提雅露出的表情像是在说：你这家伙干吗跟我说这种事啊。只要不知道，不管做了什么都可以为自己辩护，但既然知道，却故意不管，那就明确背叛了自己的主人。

"不管了，不知道！我不知道啦！把她们丢在这里，丢在这里啦！把布莉塔也一起丢进那堆女人里。"

"这样好吗？"

"我怎么知道好不好？可恶，给我闭嘴啦！"

"非常抱歉，夏提雅大人。"

"撤退了，快点准备吧！"

吸血鬼行礼后开始行动，这时候夏提雅抱着头慢慢蹲下来。

"一定会挨骂……怎么办啊……不过……嗯？"

夏提雅抬起头，朝吸血鬼之狼前往的森林方向望去。

"找到了吗？"

夏提雅感觉自己召唤出来的家畜瞬间消失，那种消失的感觉并非被魔法送回，而是遭人杀害。

"把那个女的安置好之后跟上来！准备好识别物！"

很快做好决定，夏提雅只简单地如此下令后便以迅雷不及掩耳的速度奔驰而去。

虽然在森林中速度终究会慢下来，但即使如此，只要对方是人类，就算骑马也无法从现在的夏提雅手中逃脱。

一口气穿越森林，到达家畜们送出最后反应的地点。

眼前出现的是十二个人。

全都佩戴着各式各样不同的完整武装。

并非朴实无华的外观，匠心独具的形状和夏提雅拥有的装备很像，感觉起来威力也相当强大。当然，夏提雅并没有什么特殊技能可以辨识魔法道具的威力，只是单凭想象而已，甚至感觉那些武装是传说级以上的道具。

夏提雅浮现疑问，不知这些人是何方神圣。过去夏提雅在这世界看过的人，和这十二名男女给人的感觉大异其趣，像是狮子和老鼠那样不同。

夏提雅一一打量这十二名男女，最后将目光停留在一名男子身上。

（这个男人……很强？）

并非专业战士的夏提雅，感到吃惊的同时也在判断对方的实力，只知道他不但比自己这次带来的吸血鬼新娘还强，也远远凌驾于战斗女仆索留香之上。

夏提雅仔细观察着这名男子。

他身上佩戴的是男性用的装备品，所以才会猜测他是男人，但外貌看起来却相当中性。

不知是男还是女，既像男性又像女性，或者既不像男性又不像女性的那种人。身材不高——相貌看起来也很年幼，或许正在成长阶段——所以更难断定。

一头黑发长到几乎要碰到地面，锐利的红玉眼瞳对夏提雅露出警戒的眼神，他拿着一把和身上装备大相径庭的穷酸长枪。

"使用！"

男子发出一道如冰冷湖面的声音，队伍出现慌乱。夏提雅无法判断出这句话代表什么意思。不过，应该是想要使用威力强大，足以和夏提雅唯一的神器级道具匹敌的道具吧。

　　对方队伍听从指示开始行动，但夏提雅完全无动于衷，因为她有所忌惮的人只有一个，其他人看起来都没有多大威胁。

　　一行人行动的中心是一名装扮奇特的女子。

　　她的领口属于立领设计，两旁各有一道很深的开衩，应该可以称为女性用的连身装吧。颜色是银白色，上面以金线绣着一只朝天空飞翔的五爪飞龙。

　　在安兹的世界称这种服装为旗袍。

　　不过那个女人的年纪很大，已经满脸皱纹，露在外面的脚也像牛蒡或地瓜干一样。很不适合身上的那套服装，应该说看起来令人想要皱眉。夏提雅甚至还故意移开了目光。

　　不过这就是最后一丝的阴错阳差吧。

　　至今发生的所有一切，都可能因为一点小小的变化而出现截然不同的结果。

　　如果安兹没有抓到尼根，如果安兹没有对教国的情报系统魔法进行强烈反击，如果教国没有误以为是灾难龙王复活，如果夏提雅没有分心——一切都会有所不同吧。不过，有这么多的如果加在一起，反倒可以说这是一种必然。

　　那件旗袍的名字叫作"倾城倾国"。这是他们所信仰、解救众人的神所遗留下来的宝物，夏提雅拥有的力量甚至还没有那件道具强大。

　　一阵冷战。

身为守护者，纳萨力克地下大坟墓最高等级的夏提雅，身体为之一颤。这是一种敏锐的感觉，或者说是第六感发出的警讯。

夏提雅的眼睛一转，打算抓住那个让自己直觉发出警讯的老太婆。

真的必须干掉的是那个人类。

领悟到这件事的夏提雅正打算出手时，持枪的男子跑过来。

"别挡路！"

夏提雅使出全力将他打飞。但遭受看似能粉碎脆弱人体的一击，男子却只被击飞，并没有阵亡。而且即使被击飞，男子依然保持着战意。

夏提雅以老太婆为中心发动魔法。

"捕获全种族集团！"

她想要捕捉几个人。因为她有种预感，捕捉到这些人不但能够挽回之前的失态，还能得到赞赏。

如此思考后，夏提雅的内心突然变得空白起来。

像是部分思考已经消失的那种感觉，她无法理解这是怎么回事，接下来，当领悟到自己发生什么事时，夏提雅感到无比震惊，即使身为不死者却依旧涌现出恐惧的感觉。

那是精神控制。

身为不死者的自己应该对精神控制具有完全的抗性，但神智还是遭到控制。她拼命地想要让逐渐变白的内心留下憎恶的意念，脑中掠过无数最糟的状况——

"呀啊——"

她发出哀号,流着血泪企图抵抗。抵抗那道企图玷污自己这个纳萨力克地下大坟墓守护者的控制力。

不过,即使夏提雅拼命抵抗,意识还是不断遭到染白,也没有办法使用传送魔法。因为如果被那些事情分心,她的意志很快就会遭到控制。

夏提雅利用职业本身的特殊技能创造出清净投掷枪,蕴含神圣系属性的巨大长枪,即使本人属性偏恶,但依然能够给予对手极大损伤。而且最重要的是,发动时额外支付MP还能赋予绝对命中的追加能力。

夏提雅拼死全力抵抗,同时瞪着发动技能、打算玷污自己的那个老太婆。夏提雅根本没有把那个手持巨大镜子般的盾牌、守护在老太婆面前的男人看在眼里。

然后——投掷。

以保有意识般的动作,射出手中的长枪。

在逐渐染白的意识之中,全力使出特殊技能、发出强化后的一击。

犹如闪光的迅捷一击没有落空,贯穿男子挡在前面的盾牌,命中位于后方的老太婆。

痛苦吐血的两人、闹哄哄的集团,这就是夏提雅最后看到的世界。

里·耶斯提杰王国王都。

过 场

　　位于王都最深处的王城罗伦提，等间隔建造的二十多座圆形巨塔之间以城墙连接起来，弗蓝西亚宫殿便坐落其中。

　　宫殿内有一间比起华丽装潢更加重视功能性的房间，许多贵族与重臣聚集在里面举行宫廷会议。

　　其中也有王国战士长葛杰夫·史托罗诺夫的身影。他正跪在自己誓死效忠，坐在王座上的主人国王兰博撒三世面前。

　　（看起来似乎变得更苍老了呢。）

　　尽管只过了半个月，自己出发前的国王和现在相比，让葛杰夫有这种感觉。

　　自己敬爱的君主，已经苍白的头发更显凌乱，瘦弱的身体即使恭维也说不上健康，脸色也很差。握着权杖的手像枯枝一样细，戴在头上的王冠看起来似乎相当沉重。

国王在位三十九年，现今六十岁。本来已经到了要把王位让给继承者的时候，但问题是没有合适的继承人选。

并非没有王子可以继承。虽说有两位王子，但都远远说不上优秀，现在让位的话，一定会成为身后那些大贵族的傀儡。

老人发出一道无力的声音：

"战士长，你能平安归来实在太好了。"

"是！谢谢您，陛下！"

这句充满体恤的言语让葛杰夫深深一鞠躬，如此回应。

"嗯，寡人当然已经收到一些报告，不过还是请战士长亲自详细说明一下，到底发生了什么事。"

"遵命。"

葛杰夫向国王详细说明离开王都后，在卡恩村发生的事情。说得特别详细的是自称安兹·乌尔·恭的那位神秘的魔法吟唱者，但并没有提及疑似斯连教国间谍的事。因为葛杰夫判断，这件事只要少数人知道即可，并不适合在这里提出。

所以，葛杰夫滔滔不绝地说明路见不平拔刀相助的男子，如何赴汤蹈火、舍身解救村民的英勇事迹。

"这样啊，真是一段佳话。竟然不顾自身危险解救弱者……"

国王这句充满感叹的称赞，让几名贵族发出轻视安兹·乌尔·恭的言论。

有问题的可疑人物。

不敢以真面目示众的怪人。

名字古怪的魔法吟唱者。

最后甚至出现了，他该不会是为了推销自己才自导自演了这场袭击的意见。

葛杰夫努力克制，不让怒气表露出来。他对恩人被说成这样，却连一句辩护的话都说不出口的自己感到窝囊。

这当然有其原因。因为对恩人冷嘲热讽的那些贵族有一个共同点，他们都是属于大贵族派这个巨大派系的人。

里·耶斯提杰王国是一个领土由国王掌握三成、大贵族掌握三成，另外四成由其他贵族掌握的封建国家。而现在王国内正分成两派，朝夕上演着权力斗争的戏码。

一方是拥王派，另一方是包含王国六大贵族半数以上的大贵族派。虽然是在国王面前，但这里也只是战火的延长线、两派互相斗争的场所罢了。

正因为如此，身为拥王派，又是国王心腹的葛杰夫才不愿随便插嘴。知道自己的笨拙口才绝对无法辩过这些贵族，所以必须避免失语而落人话柄。

（斯连教国的秘密部队能够掌握我们的行动适时出现……这就代表间谍很有可能潜藏在王国内部。这样的话，或许是大贵族派的人吧……）

葛杰夫的目光看向贵族行列中的一位眼神特别冷冽的贵族。

此人将金发全部绑在后方，有着一双细长的碧眼。

肤色是没有晒太阳的那种人特有的不健康白色。瘦长的身材更给人一种毒蛇般的印象，年纪应该不到四十，但因为那不健康的肤色，看起来格外苍老。

他是被称为雷文侯的六大贵族之一，为了自己的利益，像蝙蝠一样两边讨好的男人，也是站在国王次子那边的贵族。

（如果会背叛王国，应该就是这家伙吧？）

察觉葛杰夫目光的雷文侯弯起原本就已经很薄的嘴唇，这个挑衅的态度让葛杰夫的表情变得更加僵硬。

"那么，战士长的报告就先到此为止，还有其他重要事情需要决定。"

感觉有些疲倦的国王说出这句话，让坐在一起的贵族们暂时鸣金收兵。葛杰夫走向国王身边，环顾贵族们。身为国王亲信的他，早已习惯令人不快的目光瞪视。

"那么，如果按照往年惯例，数个月后应该会与帝国发动战争，接下来就针对这个议题进行讨论。雷文侯，向大家说明吧。"

"遵命，陛下。"

仿佛鬼魂般的男子无声无息地走上前，开始轻声说明起来。

没有人吵闹。他不但对每个派系都有影响力，也是六大贵族中最有实力的一位。谁都不敢与他为敌。

雷文侯将今后的计划、由谁出多少兵等事项，在毫无异议的状况下说明完毕，随后露出轻浮的笑容向国王一鞠躬：

"报告完毕。"

"谢谢你，雷文侯。有人有意见吗？"

室内又开始喧嚣起来，彼此交头接耳。

"这次轮到我们击退对方，就这样直接反攻帝国了吧？"

"完全没错，也差不多厌倦只是击退帝国了。"

"正是如此。就让帝国那些愚蠢的家伙见识我们的可怕之处吧。"

"没错，伯爵大人所言甚是。"

室内响起华服男子们愉快的笑声。

别做梦了。如果能如此驳斥不知有多畅快。

王国和邻近的帝国，每年都会在卡兹平原兵戎相见。

至今双方都没有出现太过严重的伤害，不过那是因为帝国没有全力出兵。如果当真想要攻陷王国，根本没必要在卡兹平原设阵，等待王国的军队前来。

葛杰夫和一些还会用脑袋思考的贵族认为，帝国会使用这种手段，目的是要消耗王国国力。

招募平民组成军队的王国，和由具有骑士位阶、象征专业战士之士兵组成的帝国。

哪边的士兵较强一目了然，因此王国必须动员超出帝国一倍以上的平民。而兵力越多，军队需要的粮食数量就越大。的确，有些魔法道具可以生产粮食，但那些只考虑营养价值的食物，味道难吃到甚至连饿着肚子的人都会犹豫是否要入口，因此绝对无法成为主要粮食。

而且帝国的侵略时间刚好是晚熟麦的收割期，导致各个村庄都缺乏人手，麦子等谷物的收割持续延迟。

用不着全力进攻，王国的国力就会自然衰弱，王室权力也会随之低落。

正因为如此，大贵族派才会对此视而不见。对王室——敌对派系的权力低落感到高兴。

（国力一旦衰弱，帝国就会全力进攻了吧。真的觉得对方会满足于现在这种小规模战争吗！想法为什么这么天真呢？）

相信自己的绝对权力会永远存在，葛杰夫对这样的贵族们感到火大。

"这么说来，救助战士长的那名可疑魔法吟唱者，说不定是帝国的人喔？目的是为了潜入我方当间谍。"

"啊，原来如此，说得没错。听说帝国有魔法吟唱者的学院，非常有这种可能。"

"斯连教国的人，名字是由名、受洗名、姓所组成，不过，他的名字也有可能是伪装的一环？"

"在王国内出现那样的人物总是令人觉得不舒服，还是想点办法来对付他会比较好吧？"

"或许也可以考虑把他捉起来。真要说起来，像冒险者工会那些拥有好几个魔法吟唱者又擅自活动的组织，才是问题所在呢。必须尽快想办法解决才好，例如把他们收归为直属于我们之类的。"

"支付给工会的金钱也不能小觑。生活在王国内的冒险者，帮忙击退出现在境内的魔物却要收费也很不合理！"

"把他带回来问话，应该是最好的办法吧。"

听到这里的葛杰夫，再也无法闷不吭声了。绝对不能允许他们继续对解救自己、村民和部下的恩人口出恶言。

"请等一下。首先，那位魔法吟唱者对王国非常友好，想要逮捕这种友善人士的想法实非贤明——"

葛杰夫发出意见，企图改变宫廷会议越发偏颇的讨论方向。几名贵族露出明显的厌恶之色。

葛杰夫只凭借自己的剑术本领爬到今日的地位，看在拥有悠久历史的贵族眼里不过像是一夕致富的暴发户。

因此葛杰夫备受厌恶。尤其他在王国中剑术无人能及，这更加深了贵族的敌意。

他们这些身份高贵的贵族，最难以忍受的就是本领比不上身份原本比自己还要低的人。

有几位贵族不等葛杰夫说完就继续开口，纷纷出言否定安兹·乌尔·恭，其他人也跟着出声附和。

王座上的国王，发出一道夹杂着叹息的嘶哑声音：

"好了，寡人可以断定战士长的判断没有错。"

"唔……如果陛下这么说的话……"

贵族们没有反驳，暂时收起充满嘲笑意味的笑容。

葛杰夫对提拔自己、自己誓死效忠的君主送出充满感谢的眼神。

看到葛杰夫眼神的国王，轻轻点头示意。

每次都会引发权力斗争与奉承谄媚的会议结束后，虽然身心俱疲，但没有表现在脸上的葛杰夫陪同国王走在宫殿的走廊。

曾在过去的战争中伤到膝盖，拄着拐杖的国王有时会走得摇摇欲坠，但考虑到国王的尊严，葛杰夫还是没有伸手搀扶。而且，如果已经到了需要别人搀扶才能走路的状态，大贵族派要求让位的声音就会越来越强，要求国王让位给自己所操控的傀儡王子。

虽然葛杰夫觉得不舍，但国王还是必须自行走路才行。

以缓慢速度走在走廊上，来到王室房间附近时，国王突然冒出一句话：

"遏止帝国的侵略还需要贵族的力量。如果当面否决他们的意见，不需等帝国侵略，这个国家就会自行分裂了。"

虽然内容唐突，但葛杰夫非常清楚国王想说什么，所以只能紧咬嘴唇。

"帝国实在令人羡慕。"

葛杰夫还是找不到什么话，可以安慰国王的这句低喃。

帝国在三代之前也是属于封建国家。不过，贵族们的势力逐渐遭到削弱，在现任皇帝即位时，已经变成绝对王政。

现任皇帝——吉克尼夫·伦·法洛德·艾尔·尼克斯。

即位时几乎杀得血流成河，因此以鲜血皇帝这个称号为人所知。葛杰夫回想起在战场上看过的他，那个曾经想要招揽自己的皇帝。

那位皇帝实在是一位天生的统治者。

"因我的肤浅想法而无法保护你，真的很抱歉。就连这么危险的任务都无法让你们佩戴完善的武装前往……请原谅寡人，不，请原谅我……你的部下也是因为这样才丧命吧。"

"不，没有那回事……"

"葛杰夫啊，没关系的。虽然称不上谢罪，但我想送慰问金给死者的家属。另外我也想直接向恭阁下表达谢意，衷心感谢他解救了我最忠心的亲信。"

明明不是自己被解救，国王竟然想要亲自对区区一名草莽野夫表达感谢之意，这件事应该有点困难，不过——

"只要是仁德之辈，光是听到这句话应该就会感到满足了吧。"

"是吗——喔？"

走在通道的两道身影映入国王眼帘，特别吸引目光的是走在前面的美貌女子。那女子的美貌据说已经美到无法画出肖像图，实在是难以形容的美。

国王露出微笑，他对小公主的爱胜过其他孩子。

拉娜·提耶儿·夏尔敦·莱儿·凡瑟夫。

这位排行第三的公主继承了耀眼母亲的美貌，以"黄金"这个称号广为人知。

公主芳龄十六，已经到了即使招婿也不稀奇的年纪。这也是让贵族们蠢蠢欲动的原因之一。

她的称号由来之一的金色长发，光滑柔顺地流过颈项披在背后。露出微笑的嘴唇虽然是樱花般的淡粉红，看起来却相当健康。仿佛蓝宝石的深蓝眼瞳带着柔和的色彩。

充满设计感的白色礼服，更加深她给人的清纯印象，挂在脖子上的黄金项链，仿佛象征着她高洁的灵魂。

站在她后方的是一位介于少年与青年之间的男子。身穿白色铠甲的他，可以用一句烈火来形容吧。

弯起的三白眼上面，有两道粗犷的眉毛。

脸上带着如钢铁般坚强意志的固定表情，有着日晒的黝黑颜色。为了行动方便与避免战斗时拉扯等理由，金色头发剪成利落的整齐短发。

这位名叫克莱姆的少年是葛杰夫不知如何相处的对象。并非讨厌，反而是喜欢。

不过，葛杰夫实在无法忍受他身上散发出来的那种沉重气氛。他并不讨厌一本正经的人，但还是希望对方能够稍微放松一下会比较好。

但葛杰夫还是非常理解他的心情。

随侍在王国最美女儿身旁的他，经常遭受嫉妒与怨恨，应该连朋友都没有吧。而且他的出身也和葛杰夫一样——不,是比葛杰夫还差。因此无法表现出脆弱的一面,一举一动都不能让主人受到批评。

"父王,战士长。"

国王对小跑过来的拉娜露出微笑,点头响应深深一鞠躬的克莱姆。

"会议终于结束了呢。"

"嗯,因为讨论了很多议题。"

"这样啊。女儿稍微想了一下,想让父王听听女儿的意见才会在这里等您。"

"是吗,是这样吗?那还真是抱歉呢。"

她的意见可不是什么鸡毛蒜皮的小事。

她之所以被称为"黄金"的另一个理由,就是她具有灵活的头脑与令人敬佩的精神,不但设立了划时代的机构,还提出新的法案。

她的提案几乎都是为那些社会底层的平民所规划的救济措施,而且并非以施舍的方式,而是筹备好援助政策,让那些有意愿自助的人民,有机会可以自食其力。

不仅如此,还能同时改善平民的地位,提高他们对王室的忠诚度,强化生产力,都是会影响到王室利益的政策。

虽然遭到那些不愿强化平民地位的贵族从中作梗,所有成立的机构几乎全都解体,但见识广博的人士和受到恩惠的人民都给予其极高的评价。

"那么，回房后再好好听你说吧。"

"不过，父王，现在是女儿的散步时间，女儿先和克莱姆去附近晃晃后再回来。"

听到公主表示散步比和国王谈话更为重要的克莱姆，表情变得更加僵硬，葛杰夫觉得他有些可怜。

（不过，拉娜公主本来就很我行我素，身为随从也只有随侍一途。）

"是吗，那你去吧。回来之后到我的房间说给我听。"

"知道了。那么走吧，克莱姆。"

"属下告退。"

葛杰夫以战士长身份向低头鞠躬的克莱姆开口建议：

"克莱姆你也要精进剑术，以期在任何状况下都能保护拉娜公主。"

"是！"

克莱姆用力地点头，反倒是拉娜发出不满的声音。

"克莱姆才没有问题呢，无论什么时候，他一定都能保护我。"

虽然是毫无根据的说辞，不过听到公主这么一说，好像也有这种感觉。

"那么我们走吧，克莱姆。"

拉娜的纤纤玉指，拉了身旁的克莱姆的衣服一下。虽然应该是无意识的举动，不过发现公主此举的克莱姆，表情变得更加僵硬，恐怕已经像钻石那么硬了吧。

"是的，公主。"

被拉娜公主拉着的克莱姆虽然面无表情，但眼睛却浮现痛苦与感叹之色，随着公主离去。

两人虽然忘了尊卑之分，但国王对此却毫无意见，只像是望着早已遗失的可爱事物，默默注视着两人。

"身为国王感到悲哀是很不好的一件事吧。"

克莱姆出身不详，是拉娜在离开城堡外出时捡到的贫民之子。

骨瘦如柴、几乎饿死的小孩，为了保护救命恩人不断努力。不对，光是努力还不足以形容吧。

没有剑术才能，没有魔法才能，没有任何得天独厚的身体能力。

但是，他却一点一滴地锻炼。当然，他的才能还达不到葛杰夫的地步，也没有达到英雄的领域。即使如此，他努力锻炼出来的实力，依旧达到王国士兵中的顶尖等级。然而还是有些东西无法超越。

那就是地位、权力，还有身为一个人的价值。

拉娜公主身为人的价值非常高，克莱姆根本配不上。

"属下能够体会。"

"虽然自知愚蠢，但还是至少想要让一个女儿⋯⋯能够得到自由。不行，这样会被其他女儿骂呢……真的老了啊，竟然会想到这些事情。"

国王望着空中，仿佛那里有谁一样。

"说不定，我也必须让这个女儿陷入不幸呢。"

如果现在要把这位公主嫁出去，对象一定是大贵族派的人吧。

如此心想的葛杰夫什么话都没说，因为不知道该说什么才好。能够理解国王烦恼的人，只有相同地位的人才行，葛杰夫并非那样的人。

两人之间笼罩着一阵沉默。为了挥去沉默，他们再次迈开步伐前进。

3章　混乱与掌握

第三章 ｜ 混乱与掌握

1

传送后的安兹，眼前看到的是一座山丘。不，并没有那么高，顶多只是六米高的平缓隆起。

隆起的土堆上面像草原般茂密地生长着低矮的尖叶植物，这座土堆感觉像是很久以前就已经隆起的样子。放眼望去四处可见很多类似的隆起，让人觉得附近一带就是此种地形。不过事实当然并非如此。

这个地形是纳萨力克地下大坟墓守护者之一的马雷，以魔法的力量所造成的。埋在这片土地下方的，正是纳萨力克地下大坟墓的地表岩壁。

安兹发动"飞行"，瞬间飞越土堆。在广阔的视野内，看到一整片长满杂草的大地，完全看不出半点纳萨力克地下大坟墓地表部分的墓地模样，似乎全被土堆覆盖住了。

安兹没有留恋这样的光景，保持着原来的速度继续飞行。

来到某个地点时，视野内的景色随着一种刺穿薄膜般的感觉出现变化。丘陵地形的景色消失，熟悉的家映入安兹眼帘。

这就是突破幻术防壁的证明。

没有减缓"飞行"的速度，安兹的目标是最为巨大庄严的中央灵庙。因为那是通往纳萨力克地下大坟墓内部的唯一入口。

一直飞到灰白灵庙的楼梯附近，发现底下有无数人影的安兹压抑住焦躁的情绪，降落到人影面前。

"安兹大人，欢迎回家。"

随着一道温柔的女子声音，许多欢迎安兹回家的问候声也跟着陆续响起。

站在前方、身穿纯白礼服的女子正是纳萨力克地下大坟墓守护者总管雅儿贝德，也是最清楚目前状况的人物。

随侍在后面的四位女仆是战斗女仆，她们后面站着八十级的仆役。

安兹利用"讯息"和雅儿贝德说完话之后，马上向娜贝拉尔下令，进行传送。在"讯息"之后只经过五分钟，就有这么多人出来迎接安兹，由此可以一窥雅儿贝德身为管理者的能力。

感到佩服的安兹举起手轻轻一挥，回应仆人的问候。本来应该说一两句慰劳的话比较妥当，但现在的情况并不适合。

"雅儿贝德，关于'讯息'中提到的那件事……"

夏提雅真的背叛了吗？

他想要如此询问却欲言又止。因为心中浮现不安，害怕如果真的开口，或许夏提雅背叛这件事就会成为事实。而且在仆役面前谈论这个话题也太过危险。

"是的，那么您要到其他地方谈吗？"

"说得对……应该到王座之厅谈，对吧？"

"是的，那么由莉，向安兹大人送上戒指。"

站在后方的女仆当中，静静走出一位戴眼镜的女仆。

身上穿的虽然和娜贝拉尔一样都是战斗用的女仆装，但有一些细节并不相同。

娜贝拉尔的女仆装是以防护为主，但她的服装着重在行动方便。从她的裙子前方没有金属板这一点，就可得到印证。

金属护手上有着突出的尖刺，握起拳头后就可化身为致命的武器。蓝色的宽大颈饰上面，装饰着半透明的小型宝石，浮现并非出于反光而是如火焰般晃动的光彩。头发从后方挽起绑成晚宴头，端正的脸庞带着犀利与冷冽，充满知性的感觉。

她正是由莉·阿尔法。战斗女仆的副队长。因为队长塞巴斯为男性，所以在女仆之中，说由莉是整合者也不为过。

她双手捧着一个盘子，铺在上面的紫色绒布上放了一枚戒指——安兹·乌尔·恭之戒。

安兹拿起戒指戴在无名指上。

可以让人在纳萨力克地下大坟墓内任意传送的这枚戒指，每当安兹外出时都会取下寄放，因为担心会被抢走。

望着戴在自己指骨上的戒指，安兹像是感到安心般点点头。几天没戴的不适应感消失了，令他觉得非常满意。

"那么，走吧，雅儿贝德。"

因为无法直接传送到王座之厅，因此他启动戒指的力量传送到王座之厅的前一个房间。

打开厚重的大门，安兹在雅儿贝德的陪同下往位于内部、以水晶做成的王座方向前进。走着走着，安兹开口问出刚才想问的问题。

"那么，开始之前，我想先问几个问题。你说夏提雅背叛，那么她在背叛时，也在同一个地方的塞巴斯有什么反应？他没跟着一起背叛吗？"

"是的，他并没有背叛的迹象。"

"那么，向塞巴斯打听相关讯息了吗？"

"有的，已经打听完毕。根据塞巴斯叙述，他们遇到了强盗。之后听说夏提雅为了捕捉强盗而前往对方的巢穴。在这段时间并没有什么可疑的情况发生，还口口声声地表示会对安兹大人尽忠职守的样子。"

"原来如此，也就是说，之后发生了什么事才让她萌生反叛之心了。"

"是的……另外，她好像还带了两名吸血鬼新娘，不过似乎已经被消灭了。"

"是吗？不过那种小喽啰……不，这就表示发生了足以让她们被消灭的事。那么，换我大致说明一下，我这边发生了什么事吧。"

来到通往王座的阶梯附近，事情便几乎已经讲完了。不过，最重要的墓地一事还没说完，所以安兹继续说了下去。

全部讲完后，静静聆听的雅儿贝德点点头表示了解。

虽然安兹很想问一下自己的处置是否有不妥之处，但现在还有更重要的事情想知道。

安兹望着王座，吟唱出规定的暗语：

"开启主电源。"

一个有点像控制台，却又截然不同的半透明窗口在眼前开启。窗口内以卷标分成好几页，页面上写满了密密麻麻的文字。

这是纳萨力克地下大坟墓内的管理系统。

里面记载着一天所需的管理费用，现在的仆役种类、数量，以及启动中的各种魔法型陷阱装置等，设计为同样可以从这里大致进行管理。在 YGGDRASIL 的时代，不管在何时何地都能观看，但安兹透过实验知道，这套系统在这个世界只能于心脏区的王座之厅运作。

（虽然每次都要来这里有点麻烦……但有戒指可以传送……所以也不用太过在意吧。）

安兹以熟练的动作，打开里面的 NPC 标签页面。

里面记载的是与公会成员共同创建的 NPC 名字一览表。显示方式从原本的片假名排列顺序改成等级高低的排列顺序后，安兹从上到下依序浏览名单——目光停留在一个地方，就这样默默将目光移到雅儿贝德的脸上。

"是的，已经变成这样了。"

一连串以白色文字显示的名字中，只有夏提雅·布拉德弗伦的名字变成了黑色。

安兹知道这种文字变化所代表的意义，不过——

反复观看了两次、三次，知道自己绝对没有看错后，安兹在心中大喊"不可能"。如果只有骨头的脸还能动的话，现在一定露出了惊愕的表情吧。

"死亡吗？"

安兹不死心地询问雅儿贝德。内心期待着，或许自己在传送到这世界的时候，系统出现了什么变化。不过，雅儿贝德说出口的事实却是无比残酷。

"死亡的话文字会消失。暂时变成空白，这是代表背叛的意思吧。"

"嗯……没错。"

安兹如此回答雅儿贝德，再次回忆起在YGGDRASIL时，看到过的这种文字变化。

雅儿贝德虽然说是背叛，但其实那和系统的意思稍微有点不同。的确，广义来说或许是类似背叛，但那是受到第三者精神控制后所造成的结果，让暂时采取敌对行动的NPC名字出现颜色变化。

不可能。

安兹再次在心中如此否定，夏提雅和安兹一样都是不死者，也就是说她同样是那种不管正面负面、任何精神作用都会无效化的种族。这样的夏提雅为什么会受到精神控制呢？

夏提雅单纯地背叛纳萨力克还比较能令人接受，例如，因为一些理由——对自己的待遇感到不满、外面有人提出更好的条件等。

如果不是那样，那就是在传送到这个异世界时，发生了什么超越安兹知识范围的事情所造成的。

　　安兹脑袋里浮现恩菲雷亚的脸。没错，如果是像他拥有的那种天生异能等未知能力，或许有可能影响不死者的精神吧。

　　"会不会是受到这世界的特有生物、现象所造成的特殊影响呢？"

　　"不太清楚。但夏提雅背叛是不争的事实，建议立刻组织讨伐队。"

　　这时安兹突然醒悟，刚才迎接安兹回来的仆役，他们的主要任务会不会是讨伐夏提雅？回想起来，队伍里面挑选了许多在纳萨力克中也算罕见，具有能够有效对付不死者的神圣属性攻击手段的仆役。

　　雅儿贝德口气坚定地继续说道：

　　"我想毛遂自荐担任队伍的指挥官，如果安兹大人允许，还想任命科塞特斯为副指挥官，也打算挑选马雷入队。"

　　这个选择，是能将夏提雅彻底消灭的完美布阵，可以感受到雅儿贝德是非常认真的。

　　夏提雅·布拉德弗伦非常强。若单纯只以守护者来比较的话，她是除了高康大之外最强的一位。因此，如果想要有绝对的把握打赢她，就要派遣雅儿贝德挑选的那些成员对付，否则确实相当困难。

　　"您意下如何呢？"

“不，这个定论还下得太早。先确认夏提雅到底是为了什么才背叛的吧。”

“安兹大人果然是宅心仁厚呢。但是不管对方有什么理由，只要敢与无上至尊为敌，就不必仁慈对待。”

“不是的，雅儿贝德。我并非对夏提雅仁慈，纯粹只是不了解她背叛的原因。”

如果这件事也有可能发生在夏提雅以外的人身上，那就必须找出解决办法才行。若是对待遇方面感到不满，其他仆役和NPC也可能有同样问题，必须针对将来可能发生在其他人身上的事情，采取必要的对策。

如果是受到天生异能等能力的强行控制，也必须找出应付方法。

听到“讯息”，得知由过去同伴们创造出来的NPC背叛时，他觉得自己这个公会长好像被同伴们否定了，受到严重打击的同时还差点儿跪下来。不过，这已经不是被否定就可了事的问题。

不是以公会长身份，而是必须以纳萨力克地下大坟墓的绝对统治者身份解决问题才行。现在气馁还太早，假设——虽然不可能——夏提雅真的遭到强行控制，那就必须救她才行。

无法在部下遭遇困难时出手相救，还摆出一副了不起嘴脸的上司，根本就是不合格的领导者。

身为统治者的安兹必须保护属下。

“那么，夏提雅现在人在何处，知道她的下落吗？”

"非常抱歉，尚未确认。考虑到夏提雅可能会攻击纳萨力克，所以先将她的直属部下关起来，同时为了加强防御也已经派遣仆役前往地下一层。"

"是吗，这样的话就先试着掌握夏提雅的下落，到你姐姐那儿去吧。"

2

纳萨力克地下第五层是以冰河为原型打造出来的极寒地带。会让人产生错觉，好像从内部发出光芒的蓝白冰山，有如墓碑般矗立在无止境的白色大地上。从笼罩着厚厚云层的天空飘落的白雪，在吹拂过寒冰而含有冰凉水气的冷风下翩翩起舞。远方可见的冰树林被白雪完全覆盖，宛如隐身在纯白披风下的巨人。

安兹的衣服被刺骨寒风吹拂，随风剧烈飘扬。想起一旁雅儿贝德的穿着，安兹开口发问：

"你不冷吗？如果有需要可以穿上铠甲喔，这点时间应该还是有的。"

任何冰系攻击对安兹都完全无效，不管如何寒冷都不会受冻。不过雅儿贝德不一样，如果穿戴完整装备，这点寒气应该不会造成伤害，但现在的雅儿贝德却是一身白色礼服。在传送前虽然问过她，但总觉得她可能只是在硬撑。

不过雅儿贝德却对如此担心的安兹温柔一笑。

"谢谢您的关心。不要紧的，安兹大人，这点寒气完全不成问题。"

安兹点头回应："这样啊。"

原本这里会施加冰损伤和动作迟缓的区域效果，但因为启动的话需要花钱，现在处于解除状态。这该说是当初的决定带来的幸运，还是雅儿贝德本身拥有消除冰损伤的魔法道具或特殊技能呢？

基本上，NPC的武装是由设定的成员所赋予，安兹有自信说得上了如指掌的只有潘多拉·亚克特和其他寥寥数人而已。虽然在传送之后，他大致重新看过所有人的数据。

安兹摒除脑海中浮现的疑问，望着眼前那栋两层的雄伟洋楼。

在这个冰天雪地的寒冷世界中，只有这座建筑物散发出异样的气氛。宛如故事书里的楼房，充满童话世界的感觉。

不过，它的表面却结着一层冰，给人一种寒冷的不适气息。事实上，这座楼房的名字完全没有童话的感觉。

它的名字叫作冰结牢狱。

所有与纳萨力克为敌的人都会被关在这里。

"走吧。"

安兹简洁地说了一句，推开结满冰的大门。即使表面覆盖了一层厚厚的冰，大门依然轻易开启，那是宛如迎接来访者的开门方式。

打开门的瞬间，蹿出一股寒气。因为牢房内的气温比外面的极寒世界还要低。

全身受到寒风吹拂，雅儿贝德这时才发起抖来。看到这一幕的安兹，伸手进入空间，取出一件深红色的披风，下摆部分是模仿燃烧火焰的图样。

"穿着这件披风吧，雅儿贝德。虽然没有特别强的魔法效果，但要阻挡寒气已经绰绰有余了。"

"竟然赏赐我这么贵重的东西！非常感谢！我会把它当作一辈子的宝物。"

安兹并没有说要送她，但看到雅儿贝德的满脸笑容，无法继续说什么的安兹只能望向大门另一侧。

一条宁静阴暗的通道，一直延伸到牢房内。

"对了，阳光圣典的余党也是关在这里吧。"

"是的。尼罗斯特应该正严密地看守着他们才对。好温暖，好像被安兹大人抱在怀里一样……呵呵呵。"

"是吗，那真是太好了。"

被我这种无肉又无皮的手臂抱住，应该也不会温暖吧。不过安兹当然不可能说出口，因为他可没有不识相到这种程度。

将身体披着披风扭来扭去的雅儿贝德的身影完全逐出视野，安兹缓缓地迈开步伐。

"你在做什么，已经没什么时间了……这次情况特殊喔。"

"是、是的！"

安兹的常驻技能"不死祝福"会让他察觉到潜藏在馆内的

所有不死者。觉得这样有些烦的安兹解除特殊技能，无视不死者并在覆盖了一层蓝白寒冰的走廊上移动。如果没有事先采取对策，或许会在彻底结冰的走廊上跌倒吧。

"安兹大人，要呼唤尼罗斯特过来吗？竟然没有来带路，让纳萨力克的最高统治者独自前往……"

"不用了。虽然也不是坏事，但那家伙的话有点多。现在有急需解决的事情要办，我希望尽量避免浪费时间。"

"遵命，那么等这件事结束后，我会好好告诫尼罗斯特，要他不要废话太多。"

"不不，也不用那样，我并没有觉得那么不舒服。"

"可是……"

看到身旁的雅儿贝德皱起眉头，安兹让不会动的脸浮现苦笑。身为主人，觉得属下能替主人着想是很好，但这么一来，搞不好可能会导致属下以后都不敢发牢骚了呢。

"没关系。我爱你们所有人，不管是你们的优点或缺点都一样，因为你们都是过去同伴创造出来的。看到如此用心设计的部分而感到不快，那才是我的不对呢。"

没错，如果夏提雅是根据设定才背叛，那就必须原谅。因为她只是遵从了创造者佩罗罗奇诺的意志吧。不过他并非那种会在公会内埋下不和种子的人。这让安兹感到一头雾水，因为他是那种爱开玩笑，不喜欢破坏同伴间情感的男人。

（这么说来，果然还是外在的原因吗？因为那种文字的显示方式，代表是受到了精神控制……不过也无法完全否定未能确认的部分，或是因为来到这个世界后设定出现变化的情况，我也没有完全将NPC的性格设定牢记在心。而且NPC的性格设定，有些部分似乎和身为创造者的公会成员类似……我想应该没有人可以将性格全都凭空设定，所以可能就是这样吧。这么说来，夏提雅……会不会是在设定上，被设下了什么类似定时炸弹的机关？因为她的创造者喜欢H-Game，所以在她身上输入了什么攻略事件之类的……哇啊，很有可能。）

安兹无力地叹了一口气，这时候才终于察觉到身旁女子出现的异常变化。

她虽然只是看着正前方默默行走，但和刚才不同，并没有随着安兹的步伐行走。而且虽然面朝前方，但并非看着前面，只是将眼神固定在一个点而已。

安兹发现雅儿贝德口中念念有词后，竖起耳朵仔细聆听。

"我爱你……我爱你……我爱你……"

只是不断说着这句话，像是坏掉的音乐播放器一样。

"喂，雅儿贝德，我说的是爱你们所有人，所有人喔？"

雅儿贝德动作怪异地转过头来。

"不、不过，也就是说，这也包括爱我吧！"

"唔……也是啦。"

"咕呼！"

雅儿贝德双脚并拢，可爱且轻盈地跳了起来——撞进天花板。

拥有超凡的身体能力就是这么回事吧。

砰！不对，应该是轰隆吧。天花板发出一道惊人的巨响，让人知道那股冲击有多大。听到如同炸弹爆炸的声音，地板和天花板慢慢出现非实体魔物的半透明模样。

这些是潜藏在这间牢房中，刚才被安兹的特殊技能侦测到的不死者。

"喔，你们可以退下了，没什么大不了的事。"

安兹的眼前是高兴到快要哼起歌的雅儿贝德。虽然撞进了天花板，但她的种族特殊技能可以减轻损伤，所以根本不会痛。

各种不死者恭敬地一鞠躬后，再度消失身影，回到预防敌人进攻的岗位。

"雅儿贝德，差不多要到你姐姐的房间了。准备好了吗？"

原本还非常开心的雅儿贝德，表情瞬间严肃起来。

"遵命，那么我要取出人偶了。"

"嗯，拿给我吧。"

雅儿贝德把手伸向墙壁，一只白色的透明手臂伸出墙壁，将一个人偶放在雅儿贝德的手上。那是一个婴儿人偶，大小也和婴儿差不多。

安兹接下人偶，目不转睛地盯着瞧。

"真的很恶心呢。"

那是模仿婴儿的夸张造型，就像将丘比特的人偶完全扭曲，尤其是那双骨碌碌的大眼睛特别恶心。安兹皱起不存在的眉毛，将目光望向通道的尽头。那儿有着以门为中心绘制的一幅巨大壁画。

是妈妈和婴儿吧。那是一幅慈母抱着婴儿的画。

如果只是这样应该会是相当美丽的一幅画吧。不过可能是年代久远，粉刷的地方有些脱落，变成一副惨不忍睹的模样。尤其已经几乎看不到婴儿的样子，只留下类似残骸的东西。

安兹推开门。

门扉无声无息地滑开——传来婴儿的哭泣声。

并非一道、两道，也非回响的声音。

那是由数十、数百道的哭泣声合而为一后，传到安兹他们的耳中。不过，房间内并没有看到任何婴儿。

虽然看不见，不过确实存在。

在没有摆放任何家具、空荡荡的房间中央有一个摇篮，有个女人轻轻摇着摇篮。

即使安兹他们进入房间，穿着黑色丧服的女人依然默默不语，只是自顾自地摇着摇篮。看不到她的脸，因为她的脸被黑色长发完全盖住。

平常如果有NPC看到无上至尊（安兹）却不予理会，雅儿贝德一定会大声斥责。不过，此时她却什么话都没说。安兹知道这是什么缘故，因为雅儿贝德稍微戒备的身形已经足以说明一切。

"差不多要开始了吗？"

"应该是的，请留意。"

仿佛是以两人的对话为信号，女子的动作像是冻结般一动也不动。接着慢慢将手伸进摇篮，轻轻取出里面的婴儿。不，那并非真的婴儿，是婴儿人偶。

"不对、不对、不对、不对。"

她用力摇晃然后丢出去，被用尽全力丢出去的人偶撞上墙壁，四分五裂地飞散。

"我的小孩、我的小孩、我的小孩、我的小孩！"

女子发出咬牙切齿的声音，以这个声音为信号，地板和墙壁间的哭泣声变得越来越大，声音来源终于现身，如同半透明婴儿的肉团从中滑了出来。

"翠玉录桑居然在这种地方配置了这么多魔物喔……到底花了多少钱啊。"

这个类似婴儿的蠕动肉团是接近二十级的魔物，名叫腐肉赤子。

在 YGGDRASIL 这款游戏中，只要使用游戏中的货币或是付费，就可以将非自动冒出的魔物配置在迷宫内。不过，被消灭之后无法复活，对玩家来说比较像奢侈品，若非重视角色扮演性的玩家是不会配置这种魔物的。

在这里配置了这么多非自动冒出的腐肉赤子——即使等级很低，也可以一窥翠玉录这个人有多讲究。

正当安兹感到佩服时，女子不知从何处取出一把大剪刀，紧紧握在手中。锐利的眼神从那一头乱发中瞪向安兹他们。

"你们、你们、你们、你们，抢走了、抢走了、抢走了、抢走了，我的小孩、我的小孩、我的小孩、我的小孩！"

"真的是你的姐姐。和你很像呢。"

"咦？是、是吗？"

似乎认为安兹他们的优哉对话是恶意举动，女子带着杀气化为疾风朝安兹奔驰而来。只跨出数步就让彼此的距离缩短到零，身穿黑色丧服的女子以如此异常的奔跑方式冲过来。

女子向安兹奋力刺出手中的剪刀——

"你的孩了在这里。"

安兹将人偶递给女子后，女子的动作像按下停止按钮般立刻收住。接着收起剪刀，慢慢收下人偶。

"乖乖乖！"

她满怀慈爱地抱住自己亲爱的孩子，仿佛永远不会放开。接着她小心翼翼地将婴儿放回摇篮，将长发覆盖的脸转向安兹他们：

"飞鼠大人，还有我可爱的妹妹，别来无恙？"

"好久不见了呢，妮古蕾德。你似乎也……别来无恙，我也深感欢喜。"

在这一连串的过程中，安兹能够不慌不忙地冷静应对，是因为在之前的游戏中已经目睹过这个疯狂的场面。

（那时候可是吓到尖叫呢。）

公会同伴说创建了新的角色，找他和其他公会同伴去看，结果大家一起发出尖叫，联手全力攻击妮古蕾德的情景，如今已是令人怀念的回忆。

"姐姐，好久不见。"

没错，这位妮古蕾德正是雅儿贝德的姐姐。同时也和雅儿贝德一样都是由翠玉录这位玩家创建的NPC。

如果说雅儿贝德是强烈地表现出他所喜爱的落差萌那一面，那么妮古蕾德就是将翠玉录这位玩家喜爱恐怖电影的另一面强烈体现出来的角色。

（虽然完全不是坏人，不过却是一位个性强烈的人呢。）

平常说话时，翠玉录就是一位条理分明的人，但谈论得越深入，他的强烈性格便越会表现出来。回想着过去的公会成员时，妮古蕾德将完全遮住脸的长发从中拨开，露出庐山真面目。

她可能是觉得遮着脸有点失礼吧，但安兹倒是希望她能保持原状。

她的脸真的相当诡异，没有皮肤，是一张肌肉外露的脸。

没有嘴唇，只有像珍珠般美丽的牙齿，没有眼皮，只有闪闪发亮的眼睛，单看牙齿或眼睛都相当美，但整体看只会觉得恶心。

像在恐怖电影中出现的丑脸又可怕地扭曲起来。因为没有皮肤有点难以判断，不过她和安兹不同，脸上还有肌肉，因此可以推测出来那应该是在笑。

"那么飞鼠大人，有什么事——"

"啊，抱歉。那时候你没有到王座之厅所以不知道，我现在不叫飞鼠，已经改叫安兹·乌尔·恭了。今后叫我安兹。"

听到一道倒吸一口气的惊呼声，接着妮古蕾德慢慢抬起头：

"遵命，安兹大人。"

"那么妮古蕾德，我来这里是想请你帮忙，可以借你的能力助我一臂之力吗？"

"我的能力吗？是生物方面，还是非生物方面呢？"

"姑且算是生物……应该是生物吧……跟你讲明吧，目标是夏提雅·布拉德弗伦。"

"楼层守护者？失礼了。如果是安兹大人的命令，属下立刻行动。"

虽然发出充满疑惑的声音，但妮古蕾德还是立刻答应要求。

"拜托你了，姐姐。"

妮古蕾德有些耍宝地竖起拇指，回答雅儿贝德的拜托后，开始发动数种魔法。种类相当丰富，安兹想起那些魔法很多都是之前才刚听过。昨晚让娜贝拉尔施展的各种魔法。

妮古蕾德是魔法吟唱者，在纳萨力克内也是几乎位居最高阶的高等NPC。虽然外表看不出来，但她的职业结构都是专门用来收集情报的调查系类型，所以安兹才会来这里请她帮忙寻找夏提雅。

以符合本身能力的速度，妮古蕾德很快地便报告结果。

"找到了。"

"叫出'水晶屏幕'。"

再次发动魔法后，浮现出来的水晶屏幕上出现一个类似森林广场的地方，有个身穿铠甲的人站在树林中。

安兹赞赏了一句。

"厉害，以定点方式捕捉到目标，果然是名不虚传的特化型魔法吟……"

感叹的称赞随着影像变得更鲜明后，就此消失。

浮现在屏幕中的人，身穿染满鲜血般的深红色全身铠，只有脸部位置开了一个大洞的头盔像个天鹅头，左右突出两根类似鸟类的羽毛。胸部至肩膀挂着翅膀造型的装饰，下半身则是一件鲜红的裙子。

一只手握着一把奇形怪状的巨大长枪，类似上理化课时会用到的滴管。

这是在信仰系魔法吟唱者中，拥有特化战斗能力的女武神这个职业的夏提雅·布拉德弗伦，进入完全战斗状态的模样。

"滴管长枪！是佩罗罗奇诺大人送给夏提雅的神器级魔法道具！"

雅儿贝德看到夏提雅的武器后，发出惊愕的声音。

安兹拥有的神器级道具，数量多到可以穿戴到全身可装备道具的每个地方，但这不代表那些道具可以轻易制造出来。

YGGDRASIL 的魔法道具是埋入计算机数据水晶制作出来

的，但魔物掉落的计算机数据水晶性能参差不齐，若是要制作神器级道具，必须有好几个被称作"极稀有掉落物"的计算机数据水晶才行。不仅如此，若是将这些计算机数据水晶埋入容器——例如剑之类的武器——还必须是那种以超稀有金属打造出来的武器才行。

因此，即使到达一百级，连一个神器级道具都没有的玩家也不算少数。

即使是前十大公会的安兹·乌尔·恭公会成员，也没有连NPC的武装都凑齐神器级道具，顶多只让他们持有一两个而已。

而夏提雅·布拉德弗伦持有的神器级道具是滴管长枪。

名称听起来有点蠢，但能力却极为恶毒。有些计算机数据水晶可以吸收一定比例的损伤量，回复装备者的体力，而滴管长枪更是强化此能力的个中翘楚。

"立刻动身吧。"

"咦？啊，请等一下！夏提雅既然已经穿起全副武装，可以想见到时候战斗绝对会一触即发，必须挑选一些保护大人的护卫才行。"

"没有那种时间了，若是交涉失败，只要立刻撤退——"

"安兹大人，打扰了。"

一道女子的声音在脑中响起，那是留在耶·兰提尔的娜贝拉尔的声音。

这个关键时间点的唐突呼唤，让安兹稍微有些生气。

“怎么了，娜贝拉尔？现在——”

我正在忙，想要如此说的安兹把话说到一半停了下来。

因为他想起昨晚也是打断了艾多玛的“讯息”。虽然觉得当时是迫不得已，但若能立刻行动，或许状况会与现在不同。因为也可以把解救恩菲雷亚的工作交给娜贝拉尔处理。

些许的后悔让安兹回复冷静。

ＮＰＣ把安兹当作绝对至尊。因此即使是错误的判断，还是很容易把安兹的话当作最优先执行的命令。正因为如此，安兹才必须保持冷静，尽可能小心谨慎地行动，避免出现失误。

（对我这种普通人来说，这还真是无理的要求呢……）

嘲笑自己漏洞百出的判断力，苦笑地认为那实在是不可能的安兹，感受到“讯息”中的娜贝拉尔散发着下属等候主人差遣的气氛，像是被雷打到般全身一震。

（我在想什么啊？我可是安兹·乌尔·恭，纳萨力克的统治者，以大家的总称为己名之人。没错，我不是铃木悟。不可能？不对，既然要自称这个名字，就必须将不可能化为可能。）

“不，没事。怎么了？你有紧急状况才用‘讯息’联络我吧？”

“是，其实是冒险者工会的人在找安兹大人。”

“如果是昨晚的事就请他们等一下……不，不对。应该是其他事情吧？”

“是！大人果然明察秋毫。”

娜贝拉尔在这时候含糊其词，以沉默表示迷惘。不久，她似乎已经在心中找到结论，再次开口：

"其实，除了之前的那件事之外又发生一个问题。就是……关于吸血鬼的事件。"

"什么？你说吸血鬼？"

安兹将目光转向出现在"水晶屏幕"上，目前依然站得直挺挺的夏提雅。

"关于那个吸血鬼，对方提到了什么吗，例如说银发，或是身穿深红铠甲之类的？"

"没有，很遗憾，来找大人的人只不过是个跑腿的。对方只说详情会在工会说明，希望大人能尽早过去。听说已经有好几支冒险者队伍都到了……工会使者正在附近，该如何向他转达呢？"

安兹闭上眼睛——当然他没有眼球，只是眼窝中的火光消失罢了。

"关于娜贝拉尔传来这样的'讯息'，你怎么看，雅儿贝德？"

说明完毕后，雅儿贝德垂下眼睛，数秒后再次看向安兹。

"在情报不足的现况下，不管选择哪一方都各自有优缺点。只能任凭安兹大人您的个人喜好来选择吧。我个人认为，可以不用理会那些人类也无所谓。"

安兹对雅儿贝德表达感谢后，陷入沉思。

如果以夏提雅为优先考虑，发展到最恶劣状况的话会是什么样呢？若以工会为优先考虑的话，夏提雅的现状又会出现怎样的转变呢？

往坏处想的话，感觉不管如何都会演变为最坏的事态。

这时候如果有同伴在场，就可以采用多数决立刻做出决定吧。但现在同伴并不在，身为纳萨力克地下大坟墓的托管者，以如此重要的名字自称，自己必须做出决定。

经过一番犹豫后，安兹得出结论。

"雅儿贝德，派人去监视夏提雅。我去一趟耶·兰提尔的工会。等这件事结束后，带我去找夏提雅。"

"遵命。"

"你听到了吧，娜贝拉尔？"

"遵命。那么属下就告诉使者，您将会前往。"

"啊啊，跟他这样说吧。那么雅儿贝德，不好意思，我要前往工会了。"

"明白了，我这就遵照刚才的指示，派遣几名仆役出去。"

"麻烦了。还有，我会把戒指交给由莉，之后就麻烦你回收了。"

其实还有东西想要交给图书馆长，不过觉得已经没有那种时间的安兹，立刻发动戒指的能力进行传送。

房间里留下姐妹两人，气氛变得轻松起来。像是在等待这个时机般，妮古蕾德那没有眼皮的眼睛，发出好奇的眼神。

"怎么了？夏提雅发生什么事了？"

"嗯，她好像造反了。"

"难以置信……这怎么可能……真的吗？"

"我也不相信，不过结论就是这样。"

"那么快点把她解决掉不就得了。但是看样子，安兹大人似乎不希望那样？"

"是啊。因为安兹大人非常仁慈……不，应该是判断还没调查夏提雅为什么背叛就杀了她，或许会造成重大失误吧。安兹大人应该会那么认为才对。"

"哦——"妮古蕾德发出一道不知道是同意还是否定的微妙语气。

"知道了，在你派仆役前去监视夏提雅之前，我就先暂时从这里进行魔法监视。"

"麻烦你了，姐姐。"

认为话已经说完，正打算解放戒指的能力时，雅儿贝德察觉姐姐好像有什么话想说。正经时候的姐姐是那种会把想说的事情好好说出来的类型，让她如此欲言又止的理由只有一个。

虽然不想问，但考虑到话题万一不是之前那件事，即使不愿意也必须开口发问。

"怎么了，姐姐？"

"因为我被禁止离开这座冰结牢狱，所以不清楚外面的情况，那个丝比尼儿现在还好吗？"

果然是这样。

雅儿贝德在心里如此想，后悔开口发问，但还是不动声色地配合这个话题说道：

"姐姐，你对那女孩这么称呼……"

"我非常讨厌那女孩，即使我们都是翠玉录大人创造出来的角色……不，丝比尼儿被创造出来的方式，根本和我们不一样。她绝对不是那种可以让人敞开心胸的对象。"

"没有那回事啊，姐姐。她很可爱啊。"

"在我看来，只会觉得你是被她蒙骗而已。丝比尼儿她绝对会给纳萨力克带来巨大的灾害，我可以跟你打赌。"

"关于这点，我们是处于永远的平行线上的，我相信那女孩绝对不会成为祸害。"

"是吗，如果身为守护者总管的你这么认定，我也不好再说什么，不过我还是希望，你能以守护者总管的身份将我的顾虑牢牢记住。"

"知道了，我会将姐姐的顾虑牢牢记住。"

忍住想要叹息的情绪，雅儿贝德传送到他处。

不过，平常只是一笑置之的事情，今天却像是一根尖刺刺入心中。

无上至尊创造出来的人物，全都是赤胆忠心，她是这样认为的，但夏提雅还是造反了。那么其他人也有可能背叛吧。

说不定，姐姐也有背叛的可能——

她无法将这种想法完全抹去。不过对雅儿贝德来说，这绝非一件坏事。

雅儿贝德待在传送的地点，带着恍惚的迷蒙眼神。

"安兹大人，我爱的人，我是您的忠犬，您的奴隶。"

她向不在此处的男人表达心意。

"即使纳萨力克的所有人都造反，我都会站在您这一边。"

3

"来来来，飞飞先生，请找空位坐下。"

房间内有六名男子，其中三位是全副武装的剽悍男子，另一位虽然也是雄壮威武的男子，却没有任何武装，他站起来向安兹如此招呼。还有一位身穿长袍感觉有些神经质的消瘦男子，最后是位于房间最里面的肥胖男子。

安兹在所有人的注视中坐下后，站着的男子立刻再度开口：

"就让我先自我介绍吧。我是在这个城镇担任冒险者工会会长的布尔敦·爱因扎克。"

是位看起来相当精悍的壮年男子。

散发出身经百战的强者气质，应该没有人会怀疑他是一位优秀的战士吧。

"这位是市长帕纳索雷·葛尔杰·帝·雷夫麦亚先生。"

安兹轻轻点头后，帕纳索雷便稍微挥了挥手回应。

肥胖——不，老实说根本就是全身肥肉。他的腹部有着一团臃肿的肥油，连下巴也长满肥肉，看起来根本就是一头不起眼的肥胖斗牛犬。这个人头顶的头发已经稀薄到可以反光，剩余的头发也已经变白。

"飞飞先生，请多指教。"

不知道是不是鼻塞，他说话时常会冒出扑哧声。安兹再次向肥猪般的男子点头示意。

"这位是耶·兰提尔魔法师工会会长提欧·拉克希尔。"

感觉有点神经质，非常消瘦，像竹竿一样纤细的男子向安兹点了点头。

"而他们三人和你一样是受我们之邀前来，都是耶·兰提尔引以为傲的冒险者小队。由右至左依次是'克拉尔格拉'的代表伊格法尔吉先生、'天狼'的代表佩洛提先生和'虹'的代表摩克纳克先生。"

被介绍的这三人，气质和脖子上挂的金属牌颜色——秘银色——相得益彰，站姿威风凛凛，甚至令人有强而有力的感觉。身上穿的装备品虽然对安兹来说像是废物，但和这城镇遇到的冒险者相比却好很多。

每个人的眼神都带着不同的情感，但其中的共同情绪应该是好奇心吧。

其中一人——克拉尔格拉冒险者小队的代表伊格法尔吉，目光锐利地瞪着坐在椅子上的安兹，冷冷问道：

"在此之前，有件事想先请教一下，爱因扎克工会会长。我没有听过飞飞这个名字，既然是秘银等级，他应该有过什么丰功伟业吧？"

虽然语气中带有一点敌意，不过，似乎完全不在意的爱因扎克开朗地回应：

"他的丰功伟业是收服了森林贤王，昨晚还三两下就解决了发生在墓地的事件喔。"

"墓地的事件？"

和一头雾水的伊格法尔吉不同，"虹"这个冒险者小队的代表摩克纳克发出一声惊呼。

"莫非是出现大量不死者的那个事件？"

"扑哧——你的消息还真灵通呢。因为收到相当麻烦的消息，所以已经下达指示，要求底下尽量不要泄露才对，你是从哪儿听到的？"

不知是不是因为鼻塞的缘故，对话时也常会听到扑哧这个走调的声音。而且可能是因为用嘴巴呼吸，他的语气几乎没有抑扬顿挫。感觉有点奇怪，像是在逐字念剧本一样。

"抱歉，市长。我也是稍微听说而已，实在很难回答是从哪里听来的，而且我也不知道详情为何。"

两人相视一笑。摩克纳克是假笑，市长则是苦笑。

"扑哧——听起来就像在说谎，不过算了。知道不死者这个消息的人应该很多吧。扑哧——抱歉，不小心插了一下嘴。"

"不要紧的，市长。因此工会就结果判断，认为飞飞先生是符合秘银等级的冒险者。"

"只有这一件吗？只解决了一个事件？依序历经升级试验的冒险者，应该会不满吧？"

刚才对爱因扎克还维持的礼貌已不见踪影，伊格法尔吉露出明显的敌意，这时旁边又冒出一道冷言冷语。

"哼，工会会长，老实说我也和他一样，对飞飞先生的秘银等级感到不满。"

从旁插嘴的是魔法师工会会长——拉克希尔。他脸上露出嘲讽的表情，不过安兹明白那表情并非针对自己，而是针对伊格法尔吉。可是当事者似乎没有看懂，伊格法尔吉对拉克希尔露出友善的微笑。

"魔法师工会会长似乎和我英雄所见略同呢。"

"呵、呵呵。"

像是听到了什么好笑的事情，拉克希尔的薄唇弯得更薄了。那表情绝非善意的表现，因为他的眼神中清楚呈现轻蔑之色。

"是吗？我倒觉得你和我的看法是天差地别呢。"

"你这话是什么意思——"

"真是的，别吵了，伊格法尔吉先生。工会还有人认为，飞飞先生是完成山铜等级的伟业喔。"

"啥！"

伊格法尔吉的脸上像是在说那怎么可能。

看见那副表情，拉克希尔笑到整张脸扭曲起来。

"飞飞先生只凭两人——不，连同森林贤王共三人就突破了数千只不死者的阵地，当场打倒正在进行邪恶仪式的人物。"

"那种小事，只要擅长秘密行动就办得到！"

拉克希尔有些装模作样，叹了一口气：

"你说得确实没错。我也认为只是那样的话，飞飞先生还不能算是山铜等级吧。不过一具不死者的骸骨，说明了飞飞先生的实力。"

拉克希尔把话说到这里后，带着严肃的眼神望向身穿漆黑铠甲的安兹。

"骨龙的骸骨，飞飞先生杀死了具有绝对魔法防御的可怕不死者。"

"这、这个嘛！骨、骨龙确实很强！不过只要是秘银等级的冒险者还是能够打——"

"能同时打倒两只吗？"

"什么！"

惊呼的声音不止来自伊格法尔吉，其他两位冒险者也惊呼出声。接着两人望向安兹的视线出现了微妙变化，仿佛是要调查湖水深度的测量员。

"留在现场的是两只骨龙残骸。你们队伍能够在短时间内突破数千只不死者，消灭两只骨龙，杀死企图引发未知现象的主谋吗？在前往墓地的冒险者中，还有人目睹了扭曲灵魂的死灵等强大的不死者。你们能够攻陷那样的险地吗？"

伊格法尔吉无言地咬紧嘴唇。

"再问你们一个问题吧。飞飞先生的队伍听说除了飞飞先生之外只有一位女性。那位女子是魔法吟唱者，对付具有绝对魔法抗性的骨龙，只能说相当无能为力。在这样的情况下，若你们同样只有两人……不，连同森林贤王只有三人的话，能够完成那样的丰功伟业吗？"

拉克希尔对安兹恭敬地鞠了一个躬：

"在下作为城镇的一分子，向飞飞先生表达感谢之意。如果您没有迅速出手，不知道有多少生命会因此牺牲，虽然谨代表个人表示感谢，但如果您有任何需要，只要吩咐一声，在下都会尽可能协助。"

"您过奖了，魔法师工会会长。我只是接受巴雷亚雷小兄弟的委托，解决了问题而已。"

"呵呵呵呵……"

拉克希尔笑了出来，笑声中充满佩服之意。

"您果然可以称得上山铜……不对，可以称得上精钢级了。以这么少的人数完成如此伟业，竟然还如此谦卑，甚至说得像是家常便饭一样。听说您的同伴能够使用的魔法到达第三位阶……应该不是真的吧？"

"很高兴您的赞美……但是，我不想随便展示本领。"

"是吗，那还真是可惜。"

安兹和拉克希尔两人谈笑风生，这个态度让伊格法尔吉面红耳赤，大声吼叫起来：

"我们只要动员所有人，还是一样能够解决问题！说起来，队员人数那么少是他的问题吧！只是因为品格有问题，才召集不了什么队员吧！"

室内的气氛变得剑拔弩张，像是为了降温，一道扑哧的走调声音响起。

"这个话题就到此为止吧。这次请各位聚集到此，可不是为了让大家来吵架的！"

听到最后发出的扑哧声，伊格法尔吉泄了气般地坐下来，不过还是带着充满怒火的眼神瞪着安兹。两位工会会长无奈地摇了摇头。

"我能明白两位看重实力的心情，但这次的主题并不在此喔，还是快点把问题解决比较好吧。"

"市长，感谢您。"

"嗯？虽然不知道你要谢我什么，不过还是请你们继续说下去吧。其实我也不太清楚到底是怎么回事。"

"好的。若是当时能立刻报告就好了……"

"别在意，我当时也忙于处理和史托罗诺夫先生有关的事情。"

又冒出一道走调的扑哧声。

"那么，进入正题——"

"在那之前，至少要有点最基本的礼仪，应该脱下头盔吧？"

带着如此讽刺的语气，伊格法尔吉再次插嘴，即使言之有理，还是让人觉得有点生气，其他冒险者也都皱起眉头。

"没关系，这次他说得很正确。我的确有失礼数。"

不过当事人安兹却异常冷静地脱下头盔，露出以魔法伪装出来的脸。相貌平凡，并不是什么美男子。

"因为我来自国外，为了不招惹麻烦才会戴着头盔。请原谅我的无礼。"

"哟，是外国人喔。"

"给我节制点，伊格法尔吉。保护人类不受魔物侵犯的冒险者没有国境之分。你这样对工会创立以来的不成文规定出言抱怨，真让同样身为冒险者的我感到羞耻。"

一道斥责再次插嘴的伊格法尔吉的声音响起。知道这是在场所有人的意思后，伊格法尔吉才心不甘情不愿地住嘴。

"因为就像这样，光是来自国外就会经常受到有色眼光对待。"

安兹的这句话让几个人的脸上露出苦笑。伊格法尔吉的脸色已经气到一阵青一阵白。安兹再次戴起头盔时，已经没有人再抱怨了。

"那么，希望不要再节外生枝了，我想立刻进入正题。"

"都是因为有人迟到，以至于到现在还没听到内容。"

"关于这点真是抱歉，还请见谅。"

安兹低下头来真心道歉。安兹在身为上班族的时候也有过类似经验，被上司说全员到齐后才能开始进行会议，因此只能压抑着想要回家的那种心情。他真的很能体会。

带着这种心情坦率道歉的表现，和不断冷嘲热讽的伊格法尔吉形成强烈对比，让安兹看起来更加高尚。一道感叹的声音响起，让伊格法尔吉的脸变得更加难看，因为他知道对自己的评价不知道已经变得多低了。

不过，还有一个人比伊格法尔吉更生气。

"够了没有啊，如果再继续插嘴，就给我滚出去。"

那个人当然是爱因扎克。眼睛充满明显的怒火，完全没有半点刚才的稳重口气，瞪视的对象当然是伊格法尔吉。

伊格法尔吉轻轻低头行礼表示抱歉。

看见对方如此坦率的举动，安兹感到疑惑。如果从他刚才对自己的敌意来看，这时候即使表现出类似初中生反抗父母的态度也不奇怪。那么，为什么他会在这种时候退缩呢？

经过短暂思考后，安兹得到一个假设的结论。

在这个聚集了秘银级冒险者的场所，一个人如果被赶走，那么他会招来怎样的批评呢？即使与事实有所出入，但还是有可能会被认为是因为毫无价值才被赶走。这么一来，他在冒险者同行间的地位将会一落千丈，这就是他闭嘴的缘故吧。

"先简单报告一下，约在两天前的晚上，在耶·兰提尔近郊街道巡逻的冒险者遇到吸血鬼，其中有五名冒险者遭到吸血鬼杀害。这次召集大家到此就是为了那个吸血鬼的事。"

继续听完吸血鬼的外表说明后，安兹的期望轻易地遭到粉碎。

根据劫后余生的冒险者描述，虽然因为太过害怕，只隐约记住吸血鬼的服装、发色等外观，但却留下"银发大口"的强烈印象。

即使只记得模糊的外表，但只要认识夏提雅的人听到，很快就能联想到她。看来在安兹心中，已经可以确定吸血鬼是谁了。

（真的不知道是什么原因才演变成这种情况，但是若不窜改那些残存者的记忆，恐怕有些不妙，找到机会就来执行吧。）

当安兹皱起幻影眉毛的期间，谈论仍在持续进行着。

"原来如此。我也不太清楚这件事，不过为我一个人说明也太占用大家时间，所以再找机会说给我听，我有问题的话再问你们吧。"

"了解。那么各位，有没有什么问题？"

"所谓近郊是在哪一带？"

"从都市北门前进，走路约三小时的地方，那附近有一大片森林，就在那座森林里面。"

"那些冒险者是什么等级？"

"铁牌等级。"

"想请教一下，只为了吸血鬼就召集这么多冒险者过来，是打算采用竞标的方式吗？"

"就是说啊。吸血鬼的话，白金等级的冒险者就足以对付了吧？我完全搞不懂为何要召集这么多的秘银级冒险者过来。"

"原因很简单啊，因为那个吸血鬼很强。"

拉克希尔插嘴回答，每个人都露出讶异的眼神看向拉克希尔。

"很强的吸血鬼？"

"你的意思莫非想说，对方是高阶吸血鬼……出现在十三英雄谭里那位著名的吸血鬼王侯'灭国'吗？"

"不知道对方是不是那位吸血鬼王侯，不过冒险者遇到那吸血鬼时，对方使用了第三位阶魔法'创造不死者'。这代表什么意思，应该不需要向你们这些冒险者说明了吧？"

无话可说。不只如此，他们僵硬的表情已说明了一切。

"唔——我完全不懂是什么意思，可以告诉我吗？"

"真是抱歉，市长先生。"

"能够使用那种领域的魔法，如果单纯评价，可以把对方看成是具有白金等级的能力吧。"

大概理解了情况的帕纳索雷皱起眉头。

"也就是说……我不用这种方式说话了。"

帕纳索雷的眼神变得锐利起来，光是这样给人的感觉就为之一变。从刚才懒猪般的怠惰表情变成狰狞的野猪表情。不，这才是帕纳索雷真正的面貌吧。

"也就是说，魔法师工会会长你的意思就是如此啰。足以和白金级小队匹敌的魔物，拥有白金级的能力。"

"您说得没错。"

"单纯来判断的话就是强上加强的意思吗？"

"可以这么认为。"

"如果以军队来说的话，相当于怎样的程度？"

"军队吗……这个问题有点难呢。"

拉克希尔有些伤脑筋，接着再度开口。

"这只是我个人的大概想法，先把话说在前头，这个想法并非绝对。如果把对方当成军队来评估的话，不死者不会疲劳也不需饮食……勉强来说应该相当于万人左右的军队吧。"

"你说什么！"

这个结论让帕纳索雷发出惊叹，像是要征求意见般环顾其他冒险者。除了安兹外，其他人都点头同意魔法师工会会长的说法。

爱因扎克开口表示"我来接续提欧的话"，像是接下拉克希尔的棒子一样继续说道：

"一般认为白金等级以上的冒险者，大约占该国冒险者的百分之二十左右。王国内的冒险者大约有三千人，因此在王国全境超过八百万的人口中，白金级以上的冒险者只有六百人左右。可以这样理解吗？白金级以上的冒险者就是这么少。"

"这样啊。虽然不想理解，但我已经理解了。那么，针对这样的状况，想要问一下你们这些冒险者，你们有自信前去讨伐吗？如果没办法……这个嘛，去请战士长葛杰夫先生帮忙如何？"

葛杰夫·史托罗诺夫——王国最强的战士，超过精钢等级的冒险者，可以称为王国最后王牌的人物。

不过，爱因扎克立刻出言否定。

"的确，或许没有战士能够战胜史托罗诺夫先生。不过，比他更弱的冒险者小队和史托罗诺夫先生对战的情况，获胜的一方绝对会是冒险者小队。因为冒险者小队具有各种攻守方法——以史托罗诺夫先生为例的话，冒险小队可以使用的魔法和武技是史托罗诺夫先生的四倍。对付具有特殊能力的魔物时，老实说这样的差别相当巨大。"

"唔……"

"上上之策是召集精钢级和山铜级的冒险者吧。在此之前，先让我们这些城镇最强冒险者，建立防卫网以阻止吸血鬼入侵。"

"这个方法会不会太被动了？"

"考虑到最坏的发展，这应该是上上之策。对方可是一个人便足以匹敌整支军队喔。"

"足以和庞大兵力对抗的力量，会突然出现在各种场所的恐怖……实在不愿想象。"

如果是万人的军队，可以从行军形迹轻易发现对方位于何处，而且为了维持这样的军队，也必须准备大量的粮食，这样就很难进行长期作战。

可是，如果是一个人的情况，又会变得如何呢？而且还是那种能够使用"隐形"等各种魔法、擅长秘密行动的人。

"不过，关于工会会长的意见，以我身为冒险者的身份来说，要建立防卫网是很难的一件事。为了配合彼此的行动，需要长期训练才行……"

"不需那样，只要能够共同作战即可，各位觉得这样如何？"

冒险者立刻反对市长提出的意见。

"应该办不到吧。想要有默契的行动，就必须拟定缜密的作战计划才行，但计划越是缜密，发生意料之外的情况时越是容易出错。如果是那样，倒不如别合作、各自战斗还比较好。说起来，为什么那个吸血鬼会出现在那种地方？工会方面调查到什么程度？"

"关于这方面，因为对方是强大的吸血鬼，工会还没办法查得非常详细。正想要组成调查小组时就发生昨晚那件事，人力分散到那里去了。"

"原来如此，担心这两个事件有关联吗？"

"正是如此。"

"墓地那件事飞飞先生不是解决了？从主谋的遗体和遗物上，调查到两者之间有关联的线索吗？"

这个问题让现场陷入短暂的沉默。

安兹稍感疑惑，之前回答毫不迟疑的工会会长，第一次稍微将眼神转向市长。那是询问的眼神。只是，稍微想想，这可是对都市进行恐怖攻击的犯人的相关信息，可能有些可以，但有些不可以对冒险者讲吧。

"从遗物中得知对方是知拉农。"

三名冒险者的脸色严肃起来。

不过对安兹来说，这是初次听到的名字。他不禁向根本没在信的神祈祷，希望不会被问到这个自己不懂的事情。

（无知真是可怕，必须尽快收集情报才行。）

"那个操控不死者的秘密组织啊。果然还是和吸血鬼有关联吧。"

"在都市内和都市外同时引发骚乱，目的是想要借此分散我们的战斗力吗？还是两者都是幌子，真正的计划才刚要开始……这样就太糟了呢。"

"当务之急应该要先进行侦察吧。从游击兵的报告得知，在发现吸血鬼的地点附近有个洞窟，听说，那里是强盗的巢穴……"

"吸血鬼已经离开那里的可能性比较高……不过还在那里的可能性也并非为零，应该先派人到那……"

说话的冒险者突然闭嘴。

这是理所当然的反应，因为前往吸血鬼最有可能存在的地方调查，就等于是同意跳进最危险的地方。如果真的遇到吸血鬼，对方又拥有预测中的战斗能力，那么绝对是必死无疑吧。

刚才那段话，和委婉地叫人去死没什么两样。

"这件事先搁下吧，还是先强化都市防卫要紧。因为吸血鬼或许已经在这个瞬间潜入了城内也说不定。"

"只要使用魔法，要潜入城内可说是轻而易举的事。这里不像帝国首都那样，有天空骑兵和魔法吟唱者到处巡逻。"

可能使用"飞行"从空中潜入都市，也可能使用"隐形"正面入侵。魔法就是这样棘手，因此先集中战力进行防御是极为理所当然的想法。

"可是，在没有得到任何情报的状况下也很难对付，还是应该先调查那个洞窟！"

这个极为合理的提议，让现场的意见渐渐整合起来。

这样的情况对安兹来说相当不妙。

夏提雅如今的外貌被人知道会非常糟糕。虽然不知道今后会如何发展，但夏提雅目前的模样被都市——甚至被王国内广泛得知，可能会对今后的幕后行动造成很大阻碍。

安兹拼命思考，看有没有办法可以将事情引导到其他方向。

结果，只有一个办法可以让夏提雅的外表不被泄露出去。

安兹吞下口中根本不会分泌的唾液，开口说道：

"首先，有一个错误的地方。那就是吸血鬼和知拉农没有关系。"

"为什么？飞飞先生，你知道什么内幕吗？"

"我知道那吸血鬼的名字，因为那吸血鬼是我一直以来追杀的对象。"

"什么？"

现场的空气震动起来。

安兹快速运转脑袋，接下来重头戏才要开始。

"那是非常强的吸血鬼，我会成为冒险者，目的其实也是为了收集他们的情报。"

这个故意散播的情报，让爱因扎克立刻上钩。

"他们？飞飞先生你是说他们吗？"

"是的，有两名吸血鬼，其中银发的女吸血鬼名字是……"

他突然在这里停了下来，原本想要说卡密拉，但女吸血鬼叫那种名字的话实在太过平常。如果有玩家在场，这个名字很快就会让他们察觉自己的存在。正当迟疑着这下不知该取什么名字时，他突然灵光一闪，脱口说出一个名字。

"赫妞佩妞特。"

"啥？"

他听到愣愣的疑问声。不过，并非一个人，几乎是所有人一起发出。

"是赫妞佩妞子。"

虽然是自己说的名字，但感觉好像和刚才说的不一样，但如果有人这样质疑，他打算坚称是刚才说错了。

"赫妞佩妞？"

"是赫妞佩妞子。"

虽然他将女吸血鬼名字的最后一个字取成"子"，但光是从名字，不管任何 YGGDRASIL 的玩家都绝对察觉不到是自己取的吧。安兹对于这个完美无缺的命名充满自信，在头盔底下露出自豪的笑容。

"是、是吗？那个赫妞……算了！既然知道那个女吸血鬼的名字……也差不多该让我们知道你的真正身份了吧？你是来自哪个国家——"

"很抱歉，现在还不能说呢。小弟身负机密任务。如果被你们知道后，我会离开贵国，吸血鬼就请你们自行解决，我不想让状况变成国对国的事情。市长你应该了解吧？"

市长缓缓点头，看到这个情景的爱因扎克咬紧嘴唇，目光锐利地瞪向安兹。

工会会长的目光对安兹来说根本不痛不痒，但他们对自己编出来的谎言会相信到什么地步，有没有什么矛盾的地方？安兹的心里涌现这两点不安，但甩开不安的安兹带着一点绝对不让任何人干预的愤怒情绪继续说着：

"由我们的小队负责侦察。如果在那里发现吸血鬼，我们就当场消灭吧。"

迟到的漆黑战士斩钉截铁地如此宣告。

虽然看不见他的脸，但却可以清楚地感受到语气中充满自信与决心。

令人错以为空气都震动起来的压力，让人发出倒吸一口气的声音，现场所有人甚至都觉得那是自己发出的声音。

"那、那么，其他小队——"

"不用，我不需要扯后腿的包袱。"

他打断对方的提议，轻轻挥手如此示意。

他带着桀骜不驯的态度，这样无礼地宣告。

面对同级冒险者，这样的言行举止并不恰当。不过——在场身经百战的冒险者们直觉认为，这样的态度绝对不是来自蛮横、自恋与骄傲，而是来自冷静的算计，同时也是来自他那能够如此断言的实力。

这个男人绝非常人。

像是漆黑铠甲在眼前膨胀，遭到压迫的感觉，甚至有种房间变窄的错觉。可以从这个男人身上感受到至今见过且永远赶不上的人物，例如精钢级冒险者的那种气质。

这家伙足以称为英雄。

爱因扎克忍住不说话，深呼吸了数次。不，在场的所有人都做出相同举动，市长甚至还流着汗，松开领口。

爱因扎克仿佛耳语般轻声问道：

"报酬呢？"

"这个问题之后再谈也行。不过，等完成这次的事件……发现吸血鬼并将之消灭后，我希望最少能够得到山铜等级的认证，以便在搜索另一名吸血鬼时，可以更方便行动一些，因为要一次证明我的实力也很麻烦。"

在场的所有人感到理解般地发出恍然大悟的声音。

冒险者并不是替都市或国家工作，不过这个都市目前并没有山铜级的冒险者。如果成为这个都市的最高阶冒险者，想必可以在此获得无人不知无人不晓的名声。不仅如此，还可能因为山铜级的稀有性加持，让自己的声名更加远播。这么一来，就会有更多人前来委托高危险性的任务，也变得更有机会获得强大吸血鬼的情报。

不过，有个男人即使在理性上接受，在情绪上却无法接受。

椅子发出声响，往声音来源看过去——不用说，当然就是刚才一直找安兹麻烦的伊格法尔吉。

"我不能完全相信你。说、说起来，那个吸血鬼是否真的那么强也还不清楚！即使是施展魔法操控僵尸，也可能是利用道具办到的。我也要一起去！"

即使受到震撼，伊格法尔吉依然能够如此反对，都是因为他对安兹充满不满与敌意，不愿承认安兹实力的缘故。

可能是同为冒险者对他的这种态度感到不快吧，佩洛提发出带刺的声音。

"伊格法尔吉，你那种态度——"

"没问题啊。"

安兹很干脆地答应。不过，这绝非出自善意的表现，接下来说出口的话非常冷酷。

"不过，你跟过来的话……必死无疑喔？是否会全灭倒是不知道啦。"

极为理所当然的口气，不像威胁也不像开玩笑。这种斩钉截铁地宣告他人未来命运的说法，让伊格法尔吉的身体为之一震。不，不止伊格法尔吉，在场所有人都被一阵刺骨的寒气笼罩全身。

安兹轻轻耸肩道：

"我已经警告过了，如果你还是觉得无所谓就跟过来吧。"

"当、当然！"

虽然是虚张声势，但他绝对不会在这里退缩，不可能就此退却。身为同等级的冒险者，怎么能在都市当权者的面前丢这种脸。

就在两人针锋相对的时候，稍微冷静下来的爱因扎克向安兹发问：

"自信满满是很好，但你凭什么能如此充满自信？当然，我们很清楚你的强大实力，但从敌人的实力判断，你应该也知道这件任务并不是那么容易才对。我们也有些担心是否可以将一切全都交给你处理。如果……万一你败退的话，我们也需要想好后路才行……"

像是一拍即合，安兹立刻响应：

"我有撒手锏。"

"是什么？"

安兹从怀里拿出水晶，以此回答感兴趣的爱因扎克。

"该不会是那个吧！不可能，太难以置信……"

突然大声吼叫的拉克希尔，像喘气般继续说道：

"我曾在珍贵古书中看过……听说教国有一种被称为至宝，

具有强大能力的魔法道具。这就是其中一种……封魔水晶，你为什么会拥有这么稀有的道具？！"

"真令人吃惊……你答对了。而封印在水晶里面的是第八位阶魔法。"

"我没听错吧！你说什么？"

安兹的回答让拉克希尔发出呐喊，被绞杀的鸡都不会发出这样的怪声吧。拉克希尔脸上的表情也扭曲得相当恐怖。

吃惊的人不止拉克希尔，在场所有人——不，除了市长外的所有人都因为惊愕与畏惧而露出目瞪口呆的表情。只要是稍有经验的冒险者，就能理解安兹表达的意思与那个道具的价值。

"第八位阶……那是编造出来的谎言吧？"

"或许是天方夜谭，但如果有那样领域的魔法……真的就是神话领域了。"

"开什么玩笑，那是胡扯吧！"

三位冒险者——甚至连伊格法尔吉——都浮现出畏惧的神色，目不转睛地注视着那颗放在漆黑护手上的水晶。

"不好意思！那、那个道具可以借一下吗？"

"为什么？"

"那个……单纯只是身为魔法吟唱者的兴趣而已。我发誓绝对不会做出奇怪的举动！如果你需要什么东西当抵押，我可以将身上的所有道具全都交给你，例如这条腰带——"

看到还没说完就急忙脱下腰带的拉克希尔，安兹有点受不了地回答：

"我知道了，没有那个必要。请看吧，就在这里。"

"不好意思，我也可以摸吗？"

"那我也要！"

封魔水晶辗转经过好几只手后才来到拉克希尔的手上，最后摸到的拉克希尔着迷地痴痴望着封魔水晶，像是拿到了渴望已久的宝石的女人一样。不对，或者也可以说是拿到了渴望之物的少年吧。

"太漂亮了……对了，飞飞先生，可以对它施展魔法吗？"

看到安兹挥手表示同意后，拉克希尔便兴高采烈地发动魔法。

"道具鉴定、赋予魔法探测。"

发动两种魔法的男子，表情渐渐夸张起来，接着——

"好厉害！"

之前散发出来的干练男子气概荡然无存，天真眼神中散发出纯粹的惊喜之色，口气也截然不同，看起来就像一个少年。

"真的喔！封印在这里面的确实是第八位阶！我的魔法只能看出这一点……但这还真是厉害，太厉害了！"

他像发狂般不断狂吼，让在场的所有人目瞪口呆，接下来拉克希尔做出的举动是拿起水晶，舔来舔去，拿在脸上摩擦——简直就是疯子的行为。

"冷、冷静点！你在干什么啊！"

被友人这种不曾出现的疯狂举动吓到，爱因扎克站起来靠近拉克希尔。事实上，大家都对他发出不知是惊愕还是受不了的眼神。位居都市要职的男人竟然做出这种举动，实在太难看了。

"浑蛋！这怎么可能让人冷静得了！这实在太厉害了！里面封印的真的是第八位阶喔！虽然无法知道是什么魔法！"

拉克希尔依然止不住兴奋的情绪，眼睛闪闪发亮地注视着水晶。不久终于稍微回复理性，开口向安兹发问：

"飞飞先生！这、这颗水晶是在哪里发现的！快告诉我！"

"在某个遗迹发现的，同时还发现了许多道具。当然，这颗水晶里面当时已经封印着魔法，我拜托某位大魔法吟唱者判定过了。"

"原来如此！那、那么遗迹的地点是——"

"在很遥远的地方……我只能这么告诉你。"

安兹这个理所当然的回答，让拉克希尔遗憾地紧咬嘴唇。

"那么，差不多可以还我了吧？"

"呜……啊。"

拉克希尔环顾四周，依依不舍地将封魔水晶还给安兹。斜眼看着拿起羊皮纸擦拭水晶的安兹，拉克希尔大声叫了出来：

"回到正题，我——反对飞飞先生前往消灭吸血鬼！"

现场笼罩起吃惊的沉默，爱因扎克以手遮住脸，不过还是相当慎重，表情苦涩地发问：

"为什么突然反对？虽然不用问也知道原因——但还是姑且问一下。"

"喔，这个嘛……因为太浪费了嘛……"

完全疯了，爱因扎克对朋友的现状如此断定，完全不予理会。

"那么，可以不用管拉克希尔的意见……"

"等一下！第八位阶真的是神之领域的魔法喔，竟然要将这么贵重的道具用在区区吸血鬼身上！"

爱因扎克的眼睛浮现怒火，这已经是令人忍无可忍的发言了，实在不是身居高位的人该有的态度。

爱因扎克压抑愤怒，以平缓的声音告诉拉克希尔：

"不好意思，拉克希尔。真的别再闹下去了。"

隐含在这句话中的强烈情感似乎让拉克希尔回复理性，变得哑口无言。脸色稍微泛红是因为对刚才的自己感到可耻吧。

斜眼确认朋友再次回复正常，爱因扎克尽可能冷静地说出委托：

"那么，飞飞先生，一切就麻烦你了。"

看到对方低头委托后，安兹充满自信地点头。

"了解了。"说了这一句之后从头盔的缝隙看向伊格法尔吉，"等一下要尽快出发，因为吸血鬼的惩罚就是在日光下会行动变慢。"

"惩罚？哎，就是弱点吧，确实行动会变慢。我这边很快就能准备好。"

"不用跟你的同伴讨论吗？"

"没问题，他们会理解的。"

"是吗？那么，一小时后在耶·兰提尔的正门见。"

"一小时？会不会太早了点？还有很久才会日落耶。"

"我想要快点赶去，如果你是因为勇气不足，需要一些下定决心的时间，那么我就把你留在这里自己过去，有意见吗？"

"知道了，我立刻着手准备。"

明显火大的声音，让伊格法尔吉坦率地如此响应后立刻起身。安兹冷冷地看向伊格法尔吉的背影后，转头环顾留在室内的众人。

"那么我现在立刻出发，希望其他人能好好保护耶·兰提尔。我不希望，如果我没有遇到吸血鬼回来之后，却发生什么棘手的问题。"

"嗯，虽然不能保证完全没问题，但我们会尽最大努力。你们要是遇到危险，也请立刻撤退。"

安兹点点头后离开房间。

最后留在室内的有三人，分别是帕纳索雷、爱因扎克和现在依然露出眷恋表情的拉克希尔。

"让大家看到我出糗的模样，真是抱歉呢。"

"没有啦，不要紧啦。"

帕纳索雷带着苦笑回应拉克希尔的赔罪。不过，大家对拉克希尔的评价绝对是大幅改观了吧。

拉克希尔自己也觉得很窝囊吧，但即使如此，现在仍然难掩兴奋之色。

之前遇到药师莉琪时，对方激动地谈论着药水的事情。看到那兴奋模样，自己还带着冷冷的眼神认为，有必要为那种东西兴奋成那样吗，现在心中则充满着想要嘲笑那时候的自己的心情。

他明白了，当眼前出现自己无法得到的东西时，谁都会无法压抑住心中的惊愕与激动。

"是珍贵到那种地步的道具吗？"

拉克希尔沉默了一下。那是为了压抑住刚才涌现的那种少年情绪。

"是的。那是有可能令过去和魔法相关的所有一切，全都大大改变的道具。其实，超越第六位阶的魔法只是一种传说。刚才是我第一次亲眼见识到。"

名为位阶魔法的各种魔法，听说是在六百年或五百年前才出现于这个世界。之后虽然出现了几位魔法吟唱者的英雄，但能够使用第七位阶以上魔法的英雄，除了十三英雄外其他都是谣言。

在英雄谭中，有位英雄使用过一种让人想要斩钉截铁地说"第七位阶以上的魔法也做不到"的魔法，但普遍认为，那只是一段毫无证据的故事罢了，而且十三英雄是否真的施展了第七位阶以上的魔法也是疑点重重。

不过——

拉克希尔心想，那些英雄谭或许并非全都是虚构的故事。

他把这件事记在心里，告诉自己以后有空记得调查一下。

例如挥舞白蜡树枝，消灭许多龙的哥布林王；在天空长久翱翔的带翼英雄；骑乘三头龙的魔战士；与忠心的十二骑士共同统治水晶城的公主等。

"那么，可以完全信赖他吗？"

帕纳索雷口中的他，不用说就是安兹。

从身穿黑色气派铠甲的冒险者手中拿到药水，用这瓶药水丢向吸血鬼才将对方击退——这是生还冒险者的证词。

因此，他们找来这都市中最高明的药师莉琪询问那药水的效果。结果得知，那是几乎和刚才的封魔水晶同等稀有的道具。

虽然只拥有一个稀有道具会令人觉得可疑，但拥有两个的话，就会让人想知道那人到底是何方神圣。只是，那个吸血鬼停止攻击的理由到底是什么？

可能性有二。一是敌对关系，另一个则是双方为祸福与共的同盟关系。所以才要把飞飞刚才的话和这个可能性连接起来，飞飞这个突然现身的冒险者和吸血鬼，真的是敌对关系吗？

"他和吸血鬼可能是一伙的吗？"

他们担心的地方就是这里，三人回想着飞飞这号人物与刚才的谈论。

"这个可能性很低，拉克希尔你觉得呢？"

"我的意见也一样，想要假装杀了吸血鬼，再把那女吸血鬼藏匿起来的话，还有更好的方法。"

假设他和吸血鬼是一伙的，飞飞刚才的应对方法对他一点好处也没有。

"会不会是想要成为山铜级的冒险者？"

"应该不可能吧，市长。冒险者的确享有名声和知名度，但与权力可说相距遥远。成为山铜级的冒险者后会有什么好处，爱因扎克？"

"可以获得报酬较好的委托工作，名声变得更高。运气好的话还可能获得条件不错的官职……不过，好处大概也只是这样吧。若想要获得权力，还是用别的办法比较快。"

冒险者给人比较深刻的印象是消灭魔物的专业佣兵。的确，或许可以成为冒险者工会的会长，但还是无法爬上能够左右王国政治的地位。

"如果需要钱，只要卖掉那颗水晶就可以一辈子不愁吃穿了吧。实力像他那样强的话，也可以很快提升名气吧。事实上，似乎已经有部分卫兵把他称为传说英雄了呢。"

帕纳索雷点头表示同意。

一招就解决拔地参天的巨大不死者，势如破竹地突破密密麻麻的无数不死者群，那副英姿真是名副其实的大英雄。

这是目睹飞飞战斗英姿的卫兵们口耳相传的评价，有卫兵甚至还拍胸脯保证，只要有他在，根本不用怕任何魔物。

"话虽如此，还是很遗憾，并没有任何确凿的证据可以证明他值得信赖。不过飞飞先生本身的说辞并无矛盾，而且如果他是敌人，为何要拿出封魔水晶给我们看？所以应该可以相信他吧。"

拉克希尔的这句话让其他两人面露苦瓜色，脸上明显写着，看到你刚才那种疯狂的样子，这个意见实在很难令人信服。

"市长，爱因扎克，你们两人不相信飞飞先生的理由，是因为他突然现身，还有在他现身时，吸血鬼也刚好出现对吧？不过我个人觉得，飞飞先生的话已经足以解释了。"

两人同时点头，表示的确没错。

"还有就是吸血鬼看到飞飞先生的稀有药水后就停止攻击女冒险者的这件事，如果吸血鬼是被飞飞先生追到这里，那么这也说得通。而且女冒险者没死，也可以认为是吸血鬼为了让飞飞先生知道自己在这里，才故意留下女冒险者没杀。"

"原来如此……让飞飞先生认为自己在附近，好把他困在这里啊。因为女冒险者持有药水，吸血鬼怀疑她和飞飞先生有关联才放了她，以便让自己在此处的消息尽速传开，没有矛盾……"

"从飞飞先生对那个吸血鬼如此穷追不舍来看……对于他来到这里，真的很难感到高兴呢。"

"没错，市长。不过，虽然还不知道他是来自哪个国家的神圣，在他打倒吸血鬼之前，还是先好好对待他，同时加以戒备吧。虽然个人觉得不需要那么怀疑……呵呵，我很想和飞飞先生谈论道具的事情呢，那件铠甲看起来也相当珍贵的样子。"

"说到飞飞先生，对了市长，知拉农的尸体呢？"

"不知去向。"

市长苦着脸回答。

安兹打倒的凄惨尸体，被放置在卫兵层层保护的安置所，但在天亮之后却突然不知去向。虽然猜测是有人入侵后抢走，但警卫没有遭到攻击，也没有人看到可疑的人影。

为了防止传送魔法，安置所以阻隔传送魔法的方式打造，可说是密室的一种。因此连入侵路线都不知道，简直是像烟一样凭空消失。

现在搜索工作也还在城内暗中进行，但没有发现任何相关线索，今后找到的可能性等于零。也就是说，理应可以从尸体中得到的线索已经荡然无存。

"那人进行过不死者仪式，会不会是变成不死者之后逃走了呢？"

"不能完全否定这个可能呢。"

"真是伤脑筋，还没有彻底取完证啊……唯一可能留有线索的就是位于那灵庙底下的秘密神殿吧？如果那里遗留有什么证据就好了。"

"听你这么一提，飞飞先生似乎没有进到里面去，如果发现原主不明的高价道具，可以交给他吗？"

"嗯，如果那些道具和他们进行的仪式无关，就根据冒险者规则交给飞飞先生吧。"

4

安兹奔驰在街道上。

暖风灌进头盔的缝隙，吹到相当于眼睛的部位，若是有眼球，他或许会不断眨眼吧，对没有任何器官的安兹来说，只会觉得是"有风在吹"。

往下一看，地面像箭一般迅速向后飞去，不知道是不是因为距离地面很近，还是因为其他缘故，感觉比实际速度还快，虽说如此还是一点都不觉得恐怖。只是每次当身体高高弹起，就会反射性地加强脚下的力道。

虽说仓助很会维持平衡，但除了体形超级巨大这点外，它根本就是如假包换的加卡利亚仓鼠，也因此必须把脚张得很开才能骑乘。在没有马鞍也没有马铠的不稳定骑乘姿势下，即使像安兹这种平衡能力超群的人都要小心才能避免掉下来，相当难骑。

（骑着仓助应该很难挥剑才对，或许要尽快制作仓助用的马鞍和马镫才行呢。请正在打造这次或许会派上用场的伪装用铠甲的锻冶长，顺便准备一下吧。）

会让安兹如此认为，除了因为骑起来不稳定之外，更重要的因素是身旁并行的那个身影。

在一旁骑着马并行的是娜贝拉尔，她骑在以动物雕像——战马这个道具召唤出来，穿着金属重装马铠的巨大马匹上。

娜贝拉尔技术精良地控制着巨马，奔驰在街道上的英姿实在太过耀眼。她的马尾随风飘扬，身上穿着的咖啡色长袍被迎面的强风吹拂，高高鼓起的模样仿佛电影中的一幕。

和自己骑乘的巨大加卡利亚仓鼠相比，实在是天差地远。安兹带着沮丧的心情看向前方，那里有一群男子。

是四人一组的小队，身上的武装比之前和安兹一起冒险的漆黑之剑成员更加齐备。

安兹将漆黑之剑的事情抛到记忆角落，不再纠结于回忆过去后，出神地望着四人所骑的马。

威风凛凛的马。

安兹不懂马，但是那些马毛色漂亮，体形也相当壮硕，应该是一种名马吧。

骑马的四人，以类似等腰三角形的队形奔驰，看起来也像是电影的一幕。

（骑仓助的自己看起来像个蠢蛋，实在够蠢。）

他心情相当低落，不过似乎只有安兹这么觉得。

"你骑的魔兽很惊人呢。"

骑在身旁的一位伊格法尔吉的同伴，开口向安兹搭话。口气和伊格法尔吉不同，不含敌意。可能身为冒险者的好奇心受到刺激，语气中充满惊叹与好奇。

"那叫什么魔兽？很有名吧？"

"它叫森林贤王。"

"咦？什么！是那只传说中的魔兽吗！"

瞪大双眼的男子发出惊叫。

（还是无法习惯这种反应，需要对仓鼠如此大惊小怪吗……嗯？）

安兹用余光看到仓助骄傲地摆动着它的胡须，耳朵也跟着晃动。可以从腰部传来更加剧烈的震动得知，它有一半的注意力都放到安兹他们的对话上。

安兹以戴着护具的手，毫不留情地往仓助的头劈下去之后，听见一道感慨良多的声音传来。

"没有，只是听伊格法尔吉说过……原来如此，他又眼红了啊。"

"他是怎么形容我的？啊，算了，不说也没关系，从你的表情我大概可以猜到。"

"哈哈哈，抱歉，那家伙……其实也不坏，只是有时候会贪图眼前的利益。"

"有那样的同伴，亏你们至今能平安无事。还是说小队已经换了不少人？"

"没有，自从组队以来，没有任何人挂掉。因为人格与能力不能相提并论，那家伙是相当优秀的冒险者。"

"优秀……呢。"

安兹把脸转向伊格法尔吉后，看到一道充满敌意的锐利眼神。

"真是辛苦了呢。"

安兹哼笑着，抛下这句话后，轻轻举起手向娜贝拉尔示意，命令她压抑住对伊格法尔吉逐渐涌现的激动情绪。安兹不希望在这里引起纷争，现在还有更重要的事情需要处理。

　　安兹向娜贝拉尔下达指示后，仓助抬头望了过来。

　　"主公……鄙人头很痛耶……"

　　乌黑的眼瞳发出泛泪的闪耀光芒。

　　他感到些许罪恶感，刚才或许劈得太用力了。但要是以这种速度被甩下来，那可不妙。

　　即使激烈撞上地面，安兹还是不会受到半点伤。安兹利用和自己一样具有相同减轻伤害能力的仆役进行过实验，即使从一千米的高度掉下也不会感到疼痛。

　　问题是同行者会对如此强壮的安兹感到疑惑，既然已经让他们随行到这里了，他希望能好好相处到最后，这是安兹毫无虚伪的衷心愿望。

　　"跑得再稍微稳点，我不想用力夹紧你的身体。"

　　"遵命，主公是在担心属下的身体对吧！"

　　这次仓助则是因为感激而热泪盈眶，安兹命令它跑的时候要注意前面，这时候，刚才那位伊格法尔吉的同伴又感到佩服地称赞道：

　　"喔，真厉害，竟然能够以这种姿势保持平衡呢。即使平衡力超群，这种姿势不会相当危险吗？"

　　"因为我已经习惯了……不过，之后打算替它装个马鞍。"

"马鞍啊……有点讨厌……当然是在开玩笑啦！如果是主公的意见，鄙人仓助绝对会无条件遵从！"

笼罩在娜贝拉尔的锐利眼神下，仓助拼命表现出忠心耿耿的忠臣模样。安兹的腰部传来发抖的震动，和奔驰时的那种震动感觉不同。

安兹皱起在头盔底下的那张幻影脸。

（没必要杀气腾腾地恐吓一只仓鼠吧？这么忠心是很令人高兴，但会不会做得太过火了？歧视人类是无所谓，但也要看时间和场合……这部分她似乎也没有很理解……她的设定就是这样吗？若是这样那也没办法，不过……）

光是带着仓助一起行动，就让飞飞这个冒险者声名大噪，而森林贤王自己表示忠心的模样，与感到恐惧的害怕模样，两者给人的感觉截然不同。前者会让人认为安兹是伟大的冒险者而给予良好评价吧。虽然控制它这个事实没有什么不同，但既然有机会，当然希望往提高名声的那边发展。因为他想要得到英雄的称号而非枭雄。

而且，如果能让纳萨力克以外的人效忠，对将来一定会有所帮助。

安兹稍微自我反省，对待仓助或许太过粗暴，因此轻轻抚摸刚才被自己手刀打到的部位，像是在对待小动物那般温柔。

"主公……好难为情喔……"

附近出现咬牙切齿的声音，夹杂着马匹奔驰的声音清楚传进安兹耳里。

（……我会这样做，有部分原因也出自你喔。话说回来，你是多用力啊，果然是因为嫉妒吗，应该为她做点什么比较好吧？娜贝拉尔也很尽忠职守，可是……该给她什么奖励才好呢？）

正当安兹烦恼着不知道要送戒指还是财宝时，伊格法尔吉发出一点都不友善的声音。

"喂，飞飞，已经到达目的地了喔。"

示意了解后，仓助慢慢降低速度。和马不同，能够心灵相通是骑乘仓助的最大好处。如果骑的是马，毫无骑乘经验的安兹没有自信能够驾驭自如。

（骑仓助虽然有些难为情，但能因此不用骑马也该觉得幸运吧。不过将来或许会遇到需要骑马的情况，为了应付不时之需，还是稍微练一下骑马比较好吧。）

安兹从仓助身上跳下，带着感谢之意轻抚仓助后，看到娜贝拉尔把马变回雕像，男子们将马牵到一边。

"那么，出发吧，要以什么队形前进？"

"我们走前面，你们跟在后面即可。"

"你们要怎么做我们管不着，但请顾虑我们小心行动喔。"

听完伊格法尔吉不耐烦的回应后，安兹带着娜贝拉尔和仓助走进森林。

在卡恩村附近的森林时也一样，人迹罕见的森林非常难走，但对身穿各种魔法道具的安兹来说简直是如履平地。此外，也因为担心夏提雅的缘故，他的脚步很自然地不断加速，有时候甚至会被伊格法尔吉要求走慢点。

虽然他要求得没错，但粗暴的言辞中却充满敌意，跟在旁边的娜贝拉尔好几次都差点儿破口大骂，却被安兹硬是挡了下来。

"快到了，别轻举妄动。"

看到娜贝拉尔看似纳闷的表情让安兹在头盔底下笑了出来，这时候仓助察觉到有些不对劲，像是要听清楚声音的来源般不断动起耳朵。

知道仓助是因为什么缘故才做此反应的安兹，在仓助的耳朵旁说了一句：

"别听了。"

"什么？主公，您在说什么——"

"如果你听到的是金属声，那就是我的手下发出来的声音，别在意。"

"是、是这样啊，失礼了，主公。"

"那么，除此之外，发现什么跟踪的迹象了吗？"

已经命令妮古蕾德监视，此外也采取许多预防措施，不过保险起见还要再次确认。

"没有，除我们之外，似乎没有任何人跟踪。"

"喂——发生什么事了吗？"

之前骑马走在安兹旁边的男子探过头来询问。并非队伍代表的伊格法尔吉过来询问，理由应该不用说也知道吧。

安兹把手轻轻一挥，回答对方没什么。

"是吗？"

男子好像不怎么接受的样子，但知道安兹不打算说之后，男子便耸耸肩不再说话。

（虽然我对你们完全没有恨意啦。）

安兹没有说出口，只在心里如此嘀咕，默默于森林中前进。

进入森林一段距离后，从后方陆续传来急忙拔出武器的声音。安兹停下脚步，优哉地回头望去。

"怎么了吗？"

"还问怎么了，走在前面的话至少也稍微警戒一下吧。"

男子们第一次对伊格法尔吉充满敌意的声音表现出赞同的态度。

"喂！躲在那边的家伙，给我慢慢出来！"

伊格法尔吉喊话的方向，有棵足以让人躲起来的树。

剑拔弩张的气氛中，安兹若无其事地往那棵树的方向走去。虽然后方有慌张的声音叫他，但完全不予理会。

娜贝拉尔露出一副理所当然的表情，仓助虽然感到有些疑惑，但也没有阻止。

一走近树木后，像是要回应般，一位和安兹穿着相同颜色铠甲的人物从树木后方现身，手上拿着一把发出微弱的病态光芒、有着巨大斧头的武器。

魄力十足的战士现身，让现场笼罩一股异样的气氛。不，应该说只有部分地方笼罩异样气氛才正确吧。

安兹轻轻举起手一挥，开口问候：

"辛苦了。"

"谢谢您，安兹大人。"

现身者——雅儿贝德恭敬地行君臣之礼。

"那么，夏提——"

"她到底是谁？是你的同伴吗？还有安兹大人是怎么回事？"

接二连三的疑问陆续从安兹的后方大声传来。

这对伊格法尔吉他们来说是理所当然的反应，但对现在依然维持君臣之礼的雅儿贝德来说，却是罪该万死的举动。像是要将周围全部燃烧殆尽的猛烈怒火，迸发出来。

仓助发起抖来，全身的毛也整个竖起，超越以往的程度。

第三者都出现这种反应了，面对怒火的当事者，当然全都脸色惨白，感觉下个瞬间就会小命不保，额头冷汗直流。

"替大家介绍一下吧，这位是我的同伴——雅儿贝德。"

"安兹大人，竟然将我这种人称为同伴……我是您忠心的臣子。"

"说得也是，刚才的话撤回，她是我的部下，这样足以回答你们的问题吗？那么雅儿贝德，按照当初的联络，采取下一步行动吧。"

正当男子们个个目瞪口呆之际，起身的雅儿贝德往男子们走去。

"差点儿忘了，我不叫飞飞，真正的名字是安兹。不过，也没必要记住就是了。"

看到男子们毫不犹豫地露出一头雾水的表情，雅儿贝德可爱地笑了出来。不过，那笑容里带着极冷的情绪。

"那么……雅儿贝德，把他们解决掉吧，只要捉一个人……不，多捉一个人来当备份吧。已经发动干扰了，可以放心使用魔法通讯。"

正当那毫无感情的平静声音让伊格法尔吉一行人感到惊愕莫名时，安兹继续下令：

"也将尸体带回纳萨力克，具有这种实力的话，可以拿来实验，看看可否用来当作高阶不死者的媒介。"

"遵命。"

雅儿贝德缓缓地轻挥有着巨大斧头的武器。

这个举动不含杀气，也没有敌意等任何负面情绪存在。

这是理所当然的。因为砍下低等生物的头，对雅儿贝德来说，就像是切掉萝卜上的叶子一样。

如果这不是安兹的命令，或许根本不需要使用武器来确认自己的状态是否无恙吧。

伊格法尔吉一行人即使无法理解现在的状况，也知道自己身陷危机，全身受到惊愕眼神笼罩，全都拿起武器应战。

安兹只是稍微耸耸肩。

"不好意思呢。在工会时我说错了，不是'跟过来的话必死无疑'，而是'跟过来的话就杀了你们'才对。"

安兹向众人宣告死刑。

"我已经警告过了，但你们不听。那么这就是你们选择的结果。心甘情愿地认命吧。"

伊格法尔吉一行人选择撤退。

没有做出任何沟通意见的手势与动作而立刻选择逃走，是因为他们知道彼此的实力差距。选择的方法也并非一起逃，而是分开逃这个活命概率较高的方式。

对方的举动似乎大大超出雅儿贝德的意料，她晚了一步才开始行动。虽然她的身体能力远超安兹，但要将逃进森林的敌人一网打尽还是有些棘手。

她瞬间就追上了第一个选择的目标，使用捕捉系的特殊技能，让对方昏厥。

雅儿贝德以敏锐的听觉，捕捉到夹杂在昏倒的人发出的惨叫声中不断远去的金属声，但因为被森林的树木挡住了视线，难以确定位置。而且没有穿金属铠甲的人，顶多只会发出踩踏草木的声音，不具有游击兵和盗贼职业技能的雅儿贝德更难掌握了。

雅儿贝德摇头叹气起来，然后下令：

"马雷，去收拾那两人。啊，对了，对安兹大人不敬的那家伙记得要解决掉。"

伊格法尔吉拼命狂奔。

在工会的时候，他早已了解飞飞这个男子是比自己强的冒险者，但他还是不愿承认这个事实。

只是，目睹了他骑乘魔兽——这附近自古相传的大魔兽"森林贤王"的威风模样，即使不愿意也只好承认。能够凭实力驯服那样的魔兽，他的能力确实已经超越秘银级。

知道当时大家在房间中谈论的话并无虚假后，伊格法尔吉的内心充满怒火。

不知道他是哪个国家的名人，但可别妨碍自己。如果想搜集情报，我可以给你们，但请你们到旁边凉快。

自己的地盘遭到入侵——伊格法尔吉实际上是如此认为的。

自己一行人为了实现梦想拼命锻炼，历经无数九死一生的冒险才慢慢爬升的阶级，却被人从旁连跳好几级，当然只会让人感到不快。

有机会的话就要把他踢落，即使散播不实谣言也要破坏他的评价，伊格法尔吉是带着这样的企图才跟他同行的。

正因为如此，当飞飞身穿黑色铠甲的同伴现身，宣称要杀掉伊格法尔吉一行人时，他才能毫不迟疑地选择撤退。即使害怕，依然能够比任何人更快采取行动，就是受到想要快点将对飞飞——不，安兹这个人的不利消息向工会报告这种恶意的想法所驱使。

（活该，我一定会活着回去，把你干的好事全部公之于世！）

即使知道这个瞬间，那把恐怖的武器可能会从后面砍下——即使知道生命可能有危险，伊格法尔吉依然难掩心中的情绪，发出嘲笑。

他完全不管同伴死活，不，如果他们能够成为让自己活下来的肉盾，那就万万岁了。

（我要成为第一，然后进入山铜级、精钢级，成为人人口中的英雄。）

除了自己以外，不需要任何强者。同伴都是为了让自己攀上巅峰的垫脚石，自己才是和过去的十三英雄一样解救世界的英雄。这就是小时候，伊格法尔吉从来到村庄的诗人口中听到英雄谭后所立下的目标。

破坏这个梦想的人——超越自己一行人的男人。而且，特别还是那种打零工的家伙，更是无法原谅。

狂奔，狂奔，再狂奔。

能够在森林中脸不红气不喘地不断狂奔，就证明伊格法尔吉是名副其实的秘银级冒险者吧。

不过——

伊格法尔吉的内心产生涟漪，而且还是相当大的涟漪。

（这是哪里？怕他们或许会埋伏在安置马的地方……所以应该绕了路……咦？）

伊格法尔吉的感觉是那样正确，他的方向感如此告诉他。不过，他的第六感却说并非那么回事。即使是第一次造访的森林，他也不可能迷路。但不知为何，还是不知道自己身在何处。

一定是我的错觉。

他如此判断。不过，他一点都不觉得这是错觉，虽然不愿意但也只能承认并非错觉。

"迷路了吗？怎么可能……身为巡林者的我会迷路？"

伊格法尔吉学的职业是专精野外行动的巡林者。就某种意义来说，森林就像他的后院一样。但如今却有股莫名的异样感涌现，这座森林好像变成了肉食动物的血盆大口。

"简直像迷宫一样……"

应该熟悉到不行的森林出现巨变，让他打从心里感到不安与焦虑。

这时候——

一道小小的沙沙声响起。

想起刚才的黑色死刑执行者，伊格法尔吉急忙转头看向声音来源，见到一个从树后探出头的小孩。

那是黑暗精灵，是森林精灵的近亲，居住在森林深处的人种。

（为什么这里会有黑暗精灵？）

听说黑暗精灵的巨大村落位于更加南方的大森林深处，人迹未至的地方。黑暗精灵基本上就像那样，应该居住于远离文明的地方才对。这一点和会跟人类交易的森林精灵大不相同。

这样的黑暗精灵，而且还是小孩子一个人独自出现的异样感，让伊格法尔吉产生疑问。这时候，小孩战战兢兢地走出来。

（是个小丫头啊。）

身上穿的是女性装扮，那端丽无比的容貌浮现害怕的表情，刺激着伊格法尔吉的虐待欲望。虽然曾想过这丫头或许是飞飞派来的人，但两者的态度实在相差太大，因此他觉得不可能。

更为重要的是，这丫头如果是居住在这座森林的黑暗精灵，一定知道安全路线吧。而且若是黑铠女追来，还可把这丫头拿来当作肉盾。如此盘算的伊格法尔吉打算要挟对方乖乖听话，踏出一步。

"喂。"

他故意发出充满恐吓感觉的低沉声音，让黑暗精灵吓得往后退开一步：

"那个，对、对不起……"

看到那种胆战心惊的模样让伊格法尔吉露出冷笑，觉得计划应该可以顺利进行。

"不用道歉啦，有点事情想问你，过来一下。"

"呃……呃呃，那个……对、对不起。"

不知道对方为什么要再次道歉，伊格法尔吉的头上冒出问号，但黑暗精灵少女手上的檀木法杖已经早一步挥了过来。

植物像锁链般将伊格法尔吉的全身绑得密密麻麻。

他惊愕得全身发抖。

秘银级的自己竟然无法挡住这种小丫头发动的魔法?

就算使尽全力想要挣脱,植物还是一动也不动。内心焦躁的伊格法尔吉虚张声势地大吼:

"臭、臭丫头! 如果不放了我,就宰了你喔! 喂! "

黑暗精灵战战兢兢地低着头,走向伊格法尔吉。

这时候,伊格法尔吉才发现对方的装扮非同小可。服装和铠甲皆相当惊人,几乎都是伊格法尔吉不曾获得的精良物品。还有,她的眼睛——过去从森林精灵的朋友口中听说过的记忆,再次朦胧地浮现脑海。

只是,在记忆完全成形之前,一道影子就落到脸上。

少女用力地挥下法杖。

少女的脸上依然还是害怕的表情,但眼睛却不带任何情感。对接下来要向伊格法尔吉做的事情完全没有任何感觉。那畏畏缩缩的态度,看起来像是被人指示的一种演技。

他把眼前这位少女和刚才那位恶魔般的黑铠女联想在一起。

"等、等一下! 你想干什——"

雅儿贝德到达时,正好是马雷的法杖往男子头上挥落的瞬间。头盔被法杖打到变形,底下的头颅也整个凹陷,眼珠子被强大的撞击力道挤压出来。脑袋就这样被完全打烂,像是在夏天海边打西瓜那样。

"辛苦了。"

"那、那个，雅儿贝德大人，办、办完了……这、这样可以吗？"

脱掉头盔的雅儿贝德，对畏畏缩缩抬起视线的马雷露出微笑。

"很棒喔，虽然杀的方式有点脏，但完全没问题吧。安兹大人应该也会称赞你。"

"真、真的吗！嘿嘿嘿。"

开心地露出笑容的黑暗精灵看了一眼尸体后，雅儿贝德问道：

"还有一个人呢？"

"啊，那、那个……已经解决了。那、那个……尸体移到树木后面……"

"是吗，很完美呢。那么马雷，可以替我把尸体运回纳萨力克吗？"

"知……知道了。"

雅儿贝德再次对拿着沾满血的法杖，笑嘻嘻地点头响应的少年露出微笑。真是个老实的乖小孩。

不过，要是再落落大方一点就好了。

6

"事情办完了，安兹大人。"

脱下头盔抱在腰旁，走回来的雅儿贝德说完第一句话后，安兹便满意地点点头。这么一来，就没有任何目击夏提雅的人了。解除铠甲的束缚，轻松自在的安兹向雅儿贝德问道：

"辛苦了。那么回收的事情处理得如何？"

"已经命令马雷运回纳萨力克了。"

"是吗，那么问题算是解决了。被吸血鬼杀害的他们就节哀顺变了，存活下来的我们则继续前进吧。"

"遵命。那个……安兹大人，抓着您披风下摆的那个是什么？"

安兹转头一看，发现那是很自然地——因为个头很大，还能这么做实在令人费解——抓住他披风下摆的仓助。那双大眼睛明显有些湿润，毛也因为害怕而竖起。当然，害怕的对象是雅儿贝德。

"它算是我的宠物，名叫仓助。"

"什么！这家伙竟然得到了纳萨力克所有人都梦寐以求的地位！"

"嗯？啊，仓助。这位是对我忠心耿耿，管理我的居城纳萨力克地下大坟墓的雅儿贝德，也是你的上司。问候一下吧。"

"鄙人正如同主公介绍名叫仓助，今后也请多多指教，雅儿贝德大人。"

"多多指教，仓助。"

"好了，问候就到此为止吧。从这里开始，就先暂时由我和雅儿贝德前往，娜贝拉尔带着仓助和马雷一起返回纳萨力克吧……要稍微留意一下我放进你嘴里的那个东西。"

"是！"

娜贝拉尔回答得相当有精神。仓助在嘴里转动那个在墓地取得的智慧道具，含含糊糊地向娜贝拉尔发问：

"了、了解了，主公。还有，这个东西有点吵耶！我可是还有重要的事情要问呢！你稍微给我在嘴巴里安分点！那么，鄙人有个问题想请教……娜贝拉尔大人，鄙人不会有危险吧？会不会被吃掉啊？"

"你既然是安兹大人的宠物，大家当然不会在没有允许的情况下把你吃掉。我会好好向大家转达，不用担心。"

安兹脸上虽然没动，但却在微笑。看来在耶·兰提尔让他们一起行动后，两人的感情似乎变得更好了。

"好了，那就上路吧，雅儿贝德。"

"遵命。"

在娜贝拉尔和仓助的目送下，安兹带着雅儿贝德往夏提雅的所在地前进。

"对了，安兹大人。因为那些男人的尸体让属下想起安兹大人在王座之厅说过的事，不需要回收昨晚安兹大人解决的那些男女的尸体吗？"

"这个嘛……"

他正想把昨晚告诉过娜贝拉尔"必须将他们当成这次事件的主谋者交出去"这件事再次拿出来讲时，被雅儿贝德说出口的话打断。

"和安兹大人战斗时，有些情报可能会被他们掌握，既然有能让死者复活的魔法，就应该回收尸体才不会造成麻烦吧？难道是有什么特别的理由？"

安兹停止呼吸，不，原本就没在呼吸。

雅儿贝德的这句话真是一针见血。

（糟糕。）

在这个世界有起死回生的魔法存在，也就是说，有比验尸更好的方法，可以找出既正确又详细的情报。

安兹想起那晚的事。自己的真正身份、纳萨力克的名字还有娜贝拉尔的能力。那些男女都知道，尤其是那个女子更是特别不妙。

这并不是说一句失败就能了事的失误，这个失误实在是太致命了。

只能期望这里没有会使用复活魔法的人，但从阳光圣典那里得到的情报显示，在斯连教国中好像有人会使用。不仅如此，最高阶冒险者会使用的可能性也很高，国家高层也可能背地里掌握一些能使用复活魔法的人吧。

那么，一旦他们判断死者掌握了重要情报，耶·兰提尔的高层就应该会找人使用复活魔法。听说他们差点引发的问题足以撼动耶·兰提尔，那么高层应该会想要探听出更详细的情报。

安兹感觉到自己不存在的心脏似乎快速地发出怦怦的声音。

（该如何是好？）

不用问，只要现在去把尸体抢回来即可。不过，该命令谁去呢？

安兹在那个地方命令娜贝拉尔不用管尸体，应该开诚布公地告诉她那是失误吗？

（不，应该别说。）

在不知道夏提雅为什么背叛的情况下，还是应该避免说出这种会让他们的忠诚度更加降低的话。这种时候别慌忙下令肯定比较好。

安兹似乎体会到公司上司不愿承认失败的理由，带着祈祷的心情做出结论。

"你说得没错，不过，我有特别的理由才会放任那些尸体不管。放心好了，所有一切都在我的掌握之中……除了夏提雅背叛的这件事以外。"

"这样啊！真不愧是安兹大人。我想到的事情，安兹大人早已料到了啊。多嘴了……非常抱歉。话说回来，为什么安兹大人完全不使用复活魔法？收集情报时，应该可以对死亡的人类等对象使用啊。"

"哎呀？"

安兹很自然地发出一道走调的惊呼声。

"我没说过吗？那么你听过迪米乌哥斯的治愈实验吗？"

"有的。砍断四肢，然后在砍断的地方施加治疗魔法的那个实验对吧？"

"没错。那么再问你一个问题。你知道复活魔法要施加在什么地方吗？"

"不是尸体吗？"

"不是喔，嗯，应该不是吧？"

雅儿贝德和安兹一起陷入沉思，雅儿贝德的眼睛突然一亮。

"啊，我说错了。安兹大人说得对，并非尸体，是灵魂！"

"没错。在迪米乌哥斯的实验中，被砍落的四肢会消失，然后从身体长出来。那么对灵魂施加魔法的话，尸体又会变成怎样？"

在 YGGDRASIL 中，想要发动会让经验值消失的复活魔法时，有四种方法可以选择。

第一种是当场复活，第二种是在迷宫等处的入口复活，第三种是在附近的安全城镇复活，第四种是在公会根据地等指定的重生点复活。

那么，在这个世界使用复活魔法时，又会是怎样的复活方式呢？

安兹最想避免的当然是第四种回到重生点的复活方式。如果尼根的重生点是在斯连教国，就等于是亲切地干了一件将拥有情报的敌人复活，然后放虎归山的蠢事。

因此，才无法进行复活系魔法的实验，结果反倒造成了事与愿违的后果。

"原来如此，是这么回事啊，这的确是需要留意的地方。真不愧是安兹大人，如此明察秋毫令人佩服。"

看到雅儿贝德低下头如此感叹，安兹立刻摇头响应：

"你真的不用如此在意。不过，必须得找地方做个实验才行……嗯嗯。那么，重新打起精神出发吧。"

安兹在雅儿贝德的引导下，往森林中迈步前进。

两人来到森林中一处开阔广场。

可说是充满淳朴风情的这个地方，站着一位完全不搭调的鲜红盔甲人物。在阳光照射下，闪亮耀眼的模样的确充满梦幻的氛围，但散发出来的血腥恶臭将整个气氛完全破坏。

夏提雅。

外观和出现在"水晶屏幕"上的时候完全一样，甚至她的姿势看起来也没有改变过。因此安兹一瞬间甚至涌现一种自己是不是正在观看屏幕的错觉。

不过，这里有真实的触感，那就是随风而来的血腥恶臭。

安兹不断呼吸，当然他的身体无法呼吸，只是模仿呼吸的动作，或者是带着那种情绪。

"夏提雅。"

安兹开口呼唤。

他觉得自己发出的应该是充满威严，而并非嘶哑低沉的窝囊声音。

但是没有得到回应。

再次呼唤之前，安兹目不转睛地仔细打量夏提雅。

夏提雅并非不理睬，她张开的红色双眼空洞无神，令人觉得似乎没有意识存在。

同行的雅儿贝德对夏提雅的这种态度感到愤怒。

"夏提雅！你不但连一句解释的话都没有，还对安兹大人如此无礼——"

"雅儿贝德，啰唆！安静！别动！不准你靠近夏提雅！"

安兹口气粗暴地制止想要踏出一步的雅儿贝德。平常安兹很少会对过去同伴创造的NPC表现出这种态度，但只有这时候无法克制情绪。

安兹对夏提雅的现状就是如此震惊。

"难道这是……有可能吗？难以置信啊。"

将自己过去看过的光景与现在夏提雅的模样互相比较，安兹感到惊愕。同时精神也被强行稳定下来，做出冷静的判断，知道那个可能性最高。

安兹开口向雅儿贝德说话。他想要把心中的想法告诉其他人，借此让自己也了解事实。

"可以确定了，夏提雅正受到精神控制。"

"这是安兹大人在王座之厅所说的那个原因造成的吗？"

"还不知道是否如此……从阳光圣典那里获得情报时，我曾目睹过类似的光景，这果然是精神控制的结果。虽然不知道身为不死者的夏提雅为何会受到精神控制，但果然是这个世界才有的某种事物造成的吗？”

安兹抱起胳臂，目光锐利地瞪着站得直挺挺的夏提雅。

“夏提雅的精神受到神秘人物控制，而在对方下达命令之前又发生了什么事吧。或许是同时出手时将对方打倒了……才会导致她在没有命令的状态下独自待在这里吧。应该八九不离十了。不过靠她太近或向她攻击，她可能会采取防卫行动，偏向恶属性的NPC大都会攻击，所以别随便接近。”

“遵命。可是，这样就无法强行将她绑回纳萨力克了……若是控制夏提雅精神的某人已经死去还无所谓，但如果对方还活着，在此久留将有危险。”

“你的顾虑很正确。”

夏提雅不知道缘何受到精神控制。说不定是这世界特有的可以对不死者发挥作用的能力。这么一来，安兹留在这里的话也可能遭到精神控制。

“虽然使用这个道具有点浪费，但还是尽快解除夏提雅的精神控制吧。”

安兹动了动手指。他手指上戴着一个没有任何装饰的朴素戒指，散发出银色光芒的戒指上刻着三颗流星，这枚戒指所蕴含的能力是安兹持有的戒指中最强的。

“那是……”

对着雅儿贝德感到疑惑的表情，安兹——脸虽然没动——却露出骄傲的笑容，告知戒指的名字。

"这是可以不耗用经验值，使用三次超位魔法'向星星许愿'的超级稀有道具，流星戒指。"

这是安兹连年终奖金都赌上去才得到的扭蛋道具。

公会成员中只有安兹和夜舞子两个人才拥有这个无比稀有的戒指。

不对，与其说这戒指是稀有道具，还不如说是一个愚蠢象征——竟然在游戏上花这么多钱。

蕴含在戒指中的超位魔法"向星星许愿"，消耗的经验值比率越多，随机出现的可选择愿望就越多。也就是说，消耗百分之十的经验值发动的话，有一个可以选择；消耗百分之五十的话有五个。

这些可选择的愿望选项似乎相当多，根据攻略网站统计，据说有超过两百个以上。而且其中还有容易出现的愿望和不容易出现的愿望，因此是一个不小心就可能让经验值白白浪费的恐怖魔法。

而且魔法吟唱者要学会这个超位魔法还得到达九十五级才行，即使在升级容易的 YGGDRASIL 中，要到达这个等级也需要相当的经验值，因此会让人犹豫是否要把经验值用在这种类似赌博的魔法上。

借由此戒指发动的超位魔法"向星星许愿"出现的愿望选项，和平常一样完全随机。不过容易出现有用的效果，比较不会出现搞笑效果。就某种层面来看，说它是一种位阶更高的优秀魔法也不为过。而且同时出现的愿望数量最多可以到十个，发动超位魔法的时间为零，真可说是最强的付费道具。

使用这样的付费道具——而且还有一点赌博的成分——当然会觉得可惜，但夏提雅是无可取代的。只是耗用自己过剩的经验值，会影响使用其他需要消耗经验值的特殊技能，因此选择时会感到迟疑。

安兹注视着戒指。

安兹希望发动的愿望是可以取消对象的所有效果，虽然还有其他几种候补选项，但浮现在脑海的就是这个最直接的效果。

因为也会将正面效果取消，这个愿望在游戏中很少被选择，于是安兹对选择这个愿望的自己笑了出来。

"那么，戒指啊，听我许愿！"

当然，不说这个台词也能发动魔法道具。不过为了从两百个以上的愿望中选到最适用于当下的强烈愿望，让安兹如此呐喊。就像在攸关胜败的游戏中，会在掷骰子时高声呐喊的情况一样。

因为YGGDRASIL的魔法也可在这个世界发挥相同效果，这个戒指发动的能力一定可以将夏提雅神秘的精神控制效果完全解除。不，这只是安兹的期望。

魔法顺利发动，安兹最担心的结果并没有发生，戒指也毫无问题地在这个世界解放封印的魔法……安兹眼窝中的红色灯火缩小起来。

"这是……什么……"

像是脑袋被输入新情报的——不悦感，同时也感受到一种和某种事物连接在一起的——巨大幸福感。多种和身为人类时相同的情感袭向安兹。

当身上的情感涟漪消失后，安兹理解到这世界的"向星星许愿"变得和 YGGDRASIL 里的不一样。

知道恩菲雷亚的天生异能时，他曾妄想过发动"向星星许愿"的话，或许能够夺取过来，这个猜测并没有错。在这个世界"向星星许愿"已经变成可以实现心中愿望的魔法。虽然会根据消耗的经验值而定，但"向星星许愿"已变成一种能够化不可能为可能的魔法。不仅如此，若消费五级——百分之五百的经验值，还可变质为能够实现更强愿望的魔法。

这么一来，安兹确定能够解除施加在夏提雅身上的魔法效果，带着获胜的心情高声呐喊：

"将施加在夏提雅身上的所有效果全部解除！"

声音响起后过了一秒，安兹眼窝中的灯火瞬间增强变大起来。

"怎、怎么可能？"

安兹激动的模样让雅儿贝德了解到情况出现变化，不安地开口发问：

"怎、怎么了？安兹大人！"

安兹没空回答，回想长期在 YGGDRASIL 中的游戏经验，在攻略网站吸收的讯息，然后将这些知识与来到这世界之后获得的各种信息互相结合。而最重要的是，刚才想要使用时，像是要将安兹之前的知识全部覆盖的"向星星许愿"使用相关知识。

就在得出结论的瞬间，安兹涌现出难以置信的焦虑与愤怒。不过，即使精神应该能够保持稳定，还是感受到一种情感——那就是害怕。

狼狈的安兹发出大喊：

"撤、撤退！雅儿贝德别接近！快点撤退！"

"是！遵命！"

安兹立刻发动传送魔法，下个瞬间，隆起的大地映入眼帘。虽然回到安全的家，安兹还是慌张地下令：

"雅儿贝德！小心戒备跟着传送过来的人！"

"是！"

雅儿贝德拿起武器站到安兹身边。安兹也空出双手，摆出能够随机应变的架势。

随着时间的流逝，安兹才慢慢放松紧张的情绪。雅儿贝德也从沉下腰的迎敌姿势变成平常的站姿。

"可恶！"

冷静下来后，出现的情绪是强烈的愤怒。变成不死者之后，安兹的强烈情感会被自动压抑，但即使遭到压抑，立刻又有新的愤怒涌上。

"可恶！可恶！可恶！"

安兹不断用力跺脚。

因为安兹的身体能力非比寻常，因此踢出了大量泥土。如果几天前没有下雨，周围一定会扬起惊人的沙尘吧。即使如此，还是无法平息安兹的愤怒。

"安、安兹大人，请、请您息怒……"

觉得雅儿贝德的声音带着恐惧，安兹才终于察觉自己做出不符合绝对主人身份的举动。他迅速回复冷静，用力地吐出不存在的气息，像是要把熊熊燃烧的心中怒火完全吐出一般。

"抱歉，我似乎有点失去理智，刚才的失态你就当作没看见吧。"

"您别这么说。不过，安兹大人能够听进我的意见，真是感谢！如果安兹大人命令我当作没看见，我会将这件事全部忘记。但是——到底发生什么事了？是我让安兹大人感到不悦吗？如果您愿意告诉我，我会努力不再让这样的事发生！"

"我并不是针对你，雅儿贝德。而是因为我知道，发动戒指的力量之后，我的愿望并没有实现。"

看到雅儿贝德默默不语，安兹知道解释得不够清楚，所以继续说明：

"凌驾于'向星星许愿'这种超位魔法的力量只有一种。"

之前的话，他或许也会觉得可能是这世界的某种力量作梗，但安兹可以充满自信地回答并非那些力量造成。因为他在发动时，从涌入的感觉中就已得知。

"不、不会吧……那是……"

"是的，雅儿贝德，只有一种……那就是世界级道具。"

那是在 YGGDRASIL 中为数仅仅两百的道具，甚至连公会武器、神器级道具都比不上。若是使用世界级道具，要控制不怕任何精神效果的不死者根本是易如反掌。

这时候，安兹想起位于纳萨力克外面的守护者，他们也有可能被盯上。

责备没有立刻想到这件事的自己，安兹向雅儿贝德下令：

"雅儿贝德，立刻将外头所有守护者全部召回。必须调查他们是不是也像夏提雅一样受到控制，我要马上前往王座之厅！在那之后要前往的地方是……宝物殿。"

4章　**面临死战**

第四章 | 面临死战

1

安兹看向在后方待命的三名女子。

脱去铠甲换上白色礼服的雅儿贝德打量四周，美丽脸庞露出真心赞叹的表情。在安兹回到纳萨力克后为他送上戒指的由莉·阿尔法也一样。

只有一人和刚才的两人不同，没有发出感叹，只是静静地回看安兹。

那人的五官相当精致，简直像是出自人工之手。散发着如宝石般冷冽光芒的翠玉眼瞳只露出其中一侧，另一侧戴着眼罩。金红色长发在天花板星光的反射下闪闪发亮。

她是名为自动人偶的异形类种族，CZ2128·德尔塔，简称希姿。

身为战斗女仆的她，身上的穿着虽然和娜贝拉尔、由莉相似，但和两人的最大不同是她佩戴着都市迷彩色的小配件，裙摆上还贴着一张中央写有"二圆"的可爱贴纸。另外就是腰上的武器，那是一把白色的火枪，像剑一样插在腰上。

顺道一提，不管是这柄魔枪、自动人偶，还是希姿的职业"枪手"，都是在超大型改版"女武神的失势"之后追加的数据。

由莉推了推没有镜片的黑框眼镜，似乎是因为女仆的使命感所以无法忍受如此杂乱的状态，她出声发问：

"安兹大人，为什么没有好好保管这些宝物呢？即使有施加保护系魔法，这也不能算是良好的保存状态。只要您下令，我们马上着手整理……"

"你再仔细看一下四周。"

大约一个呼吸的时间——由莉环顾四周后，出言道歉。

"非常抱歉，请原谅我的轻虑浅谋。"

"不用在意。不过，就是这么回事，埋在金币山中的只不过是一些价值低的东西。"

由莉随着安兹目光望过去的地方，就是让她道歉的原因。四周的墙壁摆放着许多高到天花板的巨大柜子，安放在里头的宝物闪耀着比金山还要耀眼的光芒。

镶嵌着血玉石的短杖、镶嵌着石榴石并以绯绯色金打造的防护手套、镶嵌在小银环中的黑金刚石制镜片、黑曜石制成的犬只雕像、淡紫水晶打造的匕首、镶嵌着无数白珍珠的小型祭坛、以像散发着七彩光芒的玻璃材质制成的百合花、星红玉打造的精巧蔷薇、有着黑龙飞舞图案的壁毯、装饰着巨大金刚石的白金皇冠、到处都是宝石的黄金香炉、以蓝宝石和红宝石打造的雌雄狮子像、有如火焰般镶嵌着火蛋白石的袖扣、施以精美雕刻的紫檀烟盒、黄金兽皮制作的外套、青生生魂金属制作的十二个盘子、镶嵌四色宝石的银质脚链、精钢封面的魔法书、黄金打造的等身大女性雕像、缝着大颗帝王黄玉的腰带、顶端全都是不同宝石的西洋棋组、一整块绿宝石雕刻而成的小精灵像、缝上无数小宝石的黑色斗篷、独角兽的角雕成的角杯、镶嵌着水晶球的黄金台等。

这不过是其中一小部分。

此外还有使用许多蓝晶的镜子、成人大小的红水晶、堪称鬼斧神工并且发出银白光芒的巨大战士像、雕刻着不明文字的石柱、大到要双手张开才能抱住的紫翠玉。

这些数不清的宝物清楚地告知由莉正确答案，那就是根本没有地方放。

"走了喔。"

两人出声响应安兹，只有希姿没有出声，仅点头表达了解之意。

安兹发动"全体飞行"后，四人便一起飞上天空。

这才发现，空气中飘散着淡淡的紫色危险气体。

由莉四处张望寻找紫色气体的源头。但不管是天花板、墙壁、角落，完全没有看到发出紫色光芒的东西。

由莉的端正俏脸浮现些许困惑之色，一道缺乏起伏的声音传来。

"由莉姐，空气中含有魔法系的剧毒。"

"咦？"

一道冰冷的目光迎向由莉感到不可思议的眼神，那道目光来自希姿平静的绿色瞳眸，那眼神中没有任何情感。

应该说是让人无法感受到情感的眼睛。希姿的五官相当精致，但说不好听点简直像是能剧面具一样。

因为身为自动人偶的希姿，基本上不会将情绪表现出来——是如此设定的缘故。

"耶梦加得之血？"

希姿说出这个在带有剧毒效果的道具中，能发挥最大效果的道具名字后，安兹回答：

"嗯，答案正确。虽然没有告诉你们，不过宝物殿这一带的空气都含有剧毒。如果身上没有毒无效系的道具或能力，不到三步就会立刻死亡。"

"所以，才会选我——失礼了，才会选择在下三人同行吗？"

没错。

扶好眼镜的无头骑士由莉和表情僵硬的自动人偶希姿，两人都具有异形类种族的特性，百毒不侵。

恶魔种族的雅儿贝德虽然无法抗毒，但当然会以其他方式将之无效化。

"带你来的理由是这样没错，但……希姿就不只如此，也是为了进行确认。"

安兹等人就这样利用"全体飞行"省去跨越黄金山脉的工夫，来到位于另一侧的门前。

不对，该说是门吗？那是一个有着门的形状，看起来却像个无底洞的黑影贴在墙壁上。

来到这个如同图画的门前，安兹陷入沉思。

"这里就是武器库了，密码是什么呢……"

"安兹大人，有武器库的话，那就表示除此之外的宝物是收藏在其他地方啰？"

（咦？雅儿贝德也没有掌握宝物殿的相关情报吗？）

安兹对于雅儿贝德会有如此疑问感到不解。不过，她不知道这些情报也说得通。宝物殿并不在纳萨力克地下大坟墓里面，必须使用安兹·乌尔·恭之戒进行传送才能到达，建造得相当难以入侵。十天前才获得戒指的雅儿贝德不知道这些信息也很正常。

从这里可以知道，关于NPC到底拥有哪些知识，还有很多令人费解的地方。安兹稍微思考后，回答刚才的问题。

"啊啊，我有一个名叫源次郎的同伴，他喜欢将东西收拾得整整齐齐，应该依照用途分门别类整理过了。"

"是创造出我们同伴艾多玛的那位至尊吗？"

"是的，由莉你说得没错。不过，是否喜欢整齐还有待商榷呢，如果真是喜欢整齐，那些金币山中的宝物也该整理得井然有序才对，也不会让自己的房间是脏房间。话说回来——那些东西应该是按照防具系、武器系、饰品系、其他道具系、消耗品系、制作物系等分门别类放好才对。另外，还有用来维护管理纳萨力克的房间……对了，还有收纳数据水晶用的房间呢。"

顺着滔滔不绝解说的安兹手指的方向一看，果然也有一个二次元的黑影出现在墙壁上。

"不过，其实里面都是同一个地方，不管从哪儿进入都没有很大的差别……喔，抱歉。讲得稍微多了呢。"

　　"不会，感谢安兹大人这么欣然地回答我们的问题。"

　　两位战斗女仆随着雅儿贝德的这句话一起行礼道谢。

　　（都已经没时间了，我还在干什么啊，好像一讲到纳萨力克可以炫耀的事，嘴巴就停不下来呢……）

　　安兹耸耸肩后，重新转向正前面的黑影。

　　这是一道需要说出特定密码才能打开的门，魔法或盗贼系的角色或许能够强行打开这道门，但安兹没有学过那种魔法，也没有那种特殊技术，因此必须说出密码才能开启——

　　（嗯，忘了。）

　　这也无可厚非。

　　因为像这样的机关在纳萨力克中多不胜数，如果是经常前往的地方还能记住密码，但之前没有什么机会来宝物殿，所以不可能记住这种地方的开门密码。

　　只有把赚的钱拿来缴纳纳萨力克的管理费时才会来这里，所以已经有很多年没来过了。

　　无法从记忆深处中找到密码的安兹，说了一句适用于所有机关的万用密码：

　　"'安兹·乌尔·恭充满荣耀'。"

　　漆黑大门对这句话出现反应，像在水面上浮现影像般，现出一些文字。浮现的文字是"Ascendit a terra in coelum.

iterumque descendit in terram. et recipit vim superiorum etinferiorum".

"翠玉录桑真是完美主义者呢。"

安兹不禁脱口而出的这句话，让雅儿贝德出现一些反应。

安兹脑中浮现设计"安兹·乌尔·恭"机关的其中一个人。

纳萨力克地下大坟墓内的小机关，有两成是经由他手设计。异常精密的设计，就这样吃掉许多纳萨力克地下大坟墓内的自由设定数据量，造成其他成员无法自由设计而引发抱怨，所以他便负起责任，购买许多付费道具来扩充资料量。

安兹认真注视浮现在表面的文字。这一定是密码的提示，但到底是什么意思呢？

安兹花时间不断寻找埋藏在自己脑海深处的答案。

不久，安兹终于找到沉眠在记忆中的开门密码。

"应该是——如斯，汝独揽全世界荣光，一切黑暗将远离汝身——吧？"

如此开口的安兹，像是要确认般看向希姿。

希姿点头回应安兹的确认。

负责设计和翠玉录不同机关的同伴创造了希姿这个NPC，希姿的角色被设定成熟知纳萨力克机关的解除方法，因此希姿应该能轻易解开刚才的密码提示吧。

不过，安兹没有请她帮忙，只是任性地想要凭一己之力打开门。

安兹来到这世界后，赋予了纳萨力克大坟墓生命。所以他想要第一个在这片土地踏上脚印，就是这个类似想要踏上新雪的愿望，促使安兹想自己打开门。

像是要响应安兹的心意，黑影被一个点吸了过去，没多久原先的黑影便消失得无影无踪，只有一个拳头大的黑色球体飘浮在空中。

因为始终覆盖在上头的黑影消失，可以从打开的洞口看到里面。那是一个管理得井然有序的世界，和之前那些地方截然不同。如果要比喻的话，最贴切的形容就是仿佛博物馆的展示间了。

亮度不强的房间很长，一直向内延伸。

地板到天花板的高度大概有五米吧，这不是以人类为前提设计的高度，左右的宽度达十米。

地板由散发黑色光芒的石头紧密铺成，看起来像是一整块的巨大石头，反射着天花板洒下的微弱光芒，透露出宁静庄严的气氛。

左右两边也整齐排列着无数武器，看起来相当壮观。

"进去啰。"

安兹不等随侍在旁的三人响应，直接走进武器库。

迎接三人的是阔剑、巨剑、穿甲剑、焰刃剑、弯刀、拳剑、弯钩刀、反曲刀、双刃刀、短剑、齿钩剑……

当然，装饰在这里的武器不光是剑而已，还有单手斧、双手斧、单手殴打武器、单手枪、弓、十字弓……

光是大致分类，数量就已经多到数不清了。

除此之外，还有许多华而不实的武器，已经不知道是否可以称之为武器了。像是一些完全无法收进剑鞘，只注重外观的武器等等。不对，绝对是这类的武器比较多。

这些武器几乎都不是用铁这种普通材质打造的。

有剑身使用蓝水晶打造的武器、纯白剑身雕有金色花纹的武器、在黑色剑身刻上紫色符文的武器，甚至还有弓弦看似光线的弓。

其他还有光看就觉得很危险的武器。

斧面会渗出鲜血的双手斧、黑色金属部分时而浮现痛苦表情时而消失的巨大钉头锤、像是人手纠缠在一起的枪。这类武器也是数不胜数。

可以猜测大都是魔法武器，至于是什么效果就不得而知了。剑身像是火焰般晃动的武器还可隐约猜到，但像蜈蚣般有着蠕动鞭子外貌的剑，实在无法了解会有何种魔法效果。

一行人从旁看着这些武器，静静地走在武器库中，走了差不多一百米——大约是陈列了数千把武器的距离吧——抵达的终点处有个长方形的房间。

可能是用来接待客人，空荡荡的房间里只摆放着沙发和桌子，往左右一看，可以看到一些出入口，和安兹他们进来时的那个入口很类似。

与进来方向相反的地方只有一条路可以通往里面，当中的气氛截然不同。如果说到这里为止是博物馆，里面就是古墓。

里间的高度及宽度和这里差不多，但光线变少的昏暗空间不断往内延伸。虽然角度不好难以辨别，但是可以看到一个大凹洞，里面似乎摆放着什么东西。

听到后面传来惊讶声，安兹开口回答：

"这里面是灵庙。"

"是灵庙吗？"

"嗯？雅儿贝德……你不知道里面那间房间的名字吗？"

（虽然是我自己取的名字……刚才雅儿贝德也是这样，说不定她也不知道这间宝物殿的管理者是谁。）

"那么，你认识潘多拉·亚克特吗？"

"是的。就管理职责而言，我知道他的名字与外表……潘多拉·亚克特是宝物殿的领域管理者，拥有和我、迪米乌哥斯同等的实力。负责的工作除了管理此处之外，还必须准备用来支付发动纳萨力克内防护网时消耗的金币等，简单来说就是财政负责人。"

"大概是这样吧。但并不完全正确，那家伙——"

安兹的话被打断——在话还没说完之前，三位NPC转头望去的其他道路上，突然出现一个身影。

有着一副奇怪的外表。

虽然是人的身体，却有着一颗类似扭曲章鱼的头部，右半边的头部有一半以上都被歪七扭八的文字刺青占满，那些刺青和浮现在门上的文字很像。

这怪物皮肤的颜色像尸体一样，苍白中混杂着一些紫色，仿佛覆盖着一层黏液，散发出诡异的光泽，四根细长的手指之间长着用来划水的蹼。

他身上装饰着处理成黑色的银饰，穿着相当合身且散发皮革光泽的服装。上头挂着好几条扎带。像是要套在身上般，黑色的披风在身前收合。

简直就是名副其实的异形种族角色。他蠕动着从嘴边延伸到大腿附近的六根触手，转动那双没有瞳孔的蓝白色混浊眼睛看向一行人。

雅儿贝德发出充满惊讶的声音：

"翠玉录大人！"

此人正是四十一位无上至尊之一。若单纯比较攻击力，他是比安兹还强的魔法吟唱者。

"不，不对！"

雅儿贝德随即呐喊。

两位女仆跟着雅儿贝德的反应，迅速开始行动。

希姿拔出火枪，枪托靠在肩膀，枪口朝向出现在眼前的人物。

由莉在胸前击打双拳，金属手套相撞发出钟声般的响亮声音。

接着，她滑动到雅儿贝德身旁，安兹和希姿的前面。安兹是魔法吟唱者，希姿是枪手，这是可以掩护不擅长肉搏战的两人的最佳位置。

"你是谁！即使你想伪装成至尊，但我不会笨到连自己的创造主都认不出来！"

面对雅儿贝德的质问，外貌像是翠玉录的神秘人物只是稍微歪起头来，没有出声回应。

"是吗？干掉他。"

一道冷冽的声音响起，两位战斗女仆稍感迟疑。虽然对方身份不明，但要出手攻击外貌与创造主相同的人还是有点不敢下手。

这种情况下，战斗女仆并没错，只能说毫不迟疑地冷静判断的雅儿贝德相当优秀吧。

这是以安兹这位保护对象的安全为第一优先考虑的处置方式。

雅儿贝德对没有行动的两人咂了一下嘴，正要冲上去时，感到不快的安兹先开口了：

"可以了，潘多拉·亚克特，回复原状吧。"

翠玉录的身形扭曲起来。

隔了一拍，原本冒牌翠玉录所在的位置上，出现的还是一个异形，不过已经是不同的人了。

这人的一张脸相当平坦，鼻子等隆起部位都被抹平，眼睛和嘴巴的部位只有三个空荡荡的洞，没有眼球、牙齿和舌头，只有三个像是小朋友用笔涂黑的黑洞。

仿佛粉红蛋的头光溜溜的，连半根汗毛都没有。

如此奇异的角色——和娜贝拉尔一样都是二重幻影。

他正是潘多拉·亚克特，安兹亲自设定的百级NPC，负责管理这个宝物殿。他擅长易容，能够复制四十五种外表，还可以使用对方的能力——虽然能力只能达到本尊的百分之八十。

头上帽子的帽章是安兹·乌尔·恭的会徽章，身上穿的制服和二十年前在欧洲生态建筑战争中，引发话题的新纳粹亲卫队制服相当类似。

他用力靠拢脚踝发出声音后，夸张地将右手放到帽子旁敬礼。

"欢迎光临，我的创造主飞鼠大人！"

"你看起来很有精神嘛。"

"是的，每天都精神饱满！话说回来，您这次是为何而来，竟然还带着守护者总管和女仆小姐们一起过来？"

看到领域守护者登场后，由莉和雅儿贝德回到安兹后面的跟随者位置，三人各自展现出不同的态度。

对战斗女仆这个地位感到骄傲的由莉被称作小姐后，推了推眼镜，露出若有似无的不悦。

站在安兹旁边的雅儿贝德，对于潘多拉·亚克特的创造者是安兹这件事感到嫉妒，在安兹看不到的地方嘟起嘴唇。希姿则没有任何变化，只是将手上的武器收回而已。

"到最里面的秘库取世界级道具过来。"

"您说什么！发挥它们力量的时候已经来临了吗？"

潘多拉·亚克特装模作样地做出夸张的惊讶表情，这样的态度让安兹皱起不存在的眉毛。

服装也是，为什么连动作也要设定成这么夸张呢。不对，安兹知道为什么。

创造潘多拉·亚克特的人是安兹，也就是说他的一举一动都是安兹觉得拉风，内心得意扬扬地设定的。

"唔，看了实在是……"

过去一直觉得穿军装的人很酷，既然是亚克特（亚克特的英文为演员的意思）动作就该夸张点，可是像这样看着实际拥有智力的他，做出夸张动作后——

"哇啊——好逊喔——"

安兹不禁小声地脱口说出内心的真实想法，小到没人听见。

简直是黑历史。

活生生的黑历史——"潘多拉·亚克特"。

如果现在这个 NPC 变成真人的话，纳萨力克地下大坟墓有其他公会成员在，一定会有很多人笑到跌倒吧。就是这么觉得，没有特别指谁啦。

"算了，我得重新振作。身为不死者的我可是没时间去感受那种精神打击的。"

安兹悄悄地如此警告自己，重新回复镇定。

"嗯，你说得没错。我打算拿'贪婪与无欲''许癸厄亚之杯''几亿之刃'和'山河社稷图'。"

"剩下的两个打算如何处置呢。"

"放着就好，那是只能用一次的道具。因为威力强大，必须仔细考虑使用的时机才行，或者知道如何重新取得后再使用。"

"确实如此呢，那些超级道具，威力强到足以称为撒手锏，能够化腐朽为神奇，甚至能够改变整个世界——"

"潘多拉·亚克特，我想考考你，世界级道具全部共有两百个，你知道几个？"

"抱歉，飞鼠大人，我知道的只有十一个。"

安兹点了点头表示了解，那是安兹·乌尔·恭拥有的世界级道具数，他并不知道还有一个被夺走的世界级道具"撑天之神"。也就是说，虽然还有不明白的地方，但可以得知NPC的知识虽然受到设定影响，但遇到有矛盾的设定还是会弃之不顾吧。

关于这样的NPC设定，经过安兹几天的观察后得知一些事，那就是NPC性格没有设定的部分，以及NPC同伴间的感情等，有些地方似乎继承自过去的公会同伴。如同夏提雅和亚乌菈的关系，迪米乌哥斯和塞巴斯的关系那样。

安兹表情不变地笑了出来。

（简直就像是大家的孩子嘛。）

仿佛不在此处的过往同伴就在自己身边的感觉，让安兹感到高兴的同时也感到寂寞。

安兹摇了摇头甩掉伤感的情绪。

"这样啊，潘多拉·亚克特。问了你无聊的问题呢。"

"不会，我的知识浅薄，非常抱歉。"

接着，他敬了一礼。一举一动全都夸张得有些装模作样了。

"算了，我等等要去灵庙，这里有没有发生什么事？"

"没有，因为这里的所有一切全都属于飞鼠大人等人，怎么可能有事发生。"

他带着演戏般的口气与动作指着四周。

"不过还是有些遗憾，还以为飞鼠大人来这里是想要差遣在下。"

安兹停下动作，开始打量起这个异形。

没错，安兹的确想要动用他。潘多拉·亚克特的设定，不管是智能或谋略都属于纳萨力克的顶尖等级，虽然平时会把这些智能、谋略用到一些奇怪的地方，但在紧要关头还是很难舍弃他的智慧不用。

不仅如此，潘多拉·亚克特的能力，可应用的范围也很广泛，有时候甚至可以取代所有守护者。

不过安兹创造他的理由并不是为了战斗或经营组织，而是为了保存这个"安兹·乌尔·恭"的身影，留下同伴的模样。

"你是最后的王牌，不想差遣你做杂事。"

"那真是非常感谢。"

带着欲言又止——大概吧——的表情，潘多拉·亚克特夸张地低头行礼。

"遵命。那么，今后我也会继续努力管理好宝物殿。"

"嗯，好好干吧。还有，今后叫我安兹，安兹·乌尔·恭。"

"喔！知道了，我的创造主安兹大人！"

潘多拉·亚克特敬礼后，安兹带着话已讲完的态度转身。这时候，背后传来一道声音。

"不过，安兹大人。虽然知道有些不敬，但如果已经出现必须使用世界级道具的情况，还是让我离开宝物殿到其他楼层行动会比较好吧。"

"哦……"

这个论点很正确。

潘多拉·亚克特是一个宝物，但若只让他摆着好看却因此失去更贵重的宝物，那就太愚蠢了。应该将这种情况视为紧急状况动用他才对，而且也得把宝物殿的金币移到王座之厅。

做出结论的安兹转身后，刚好看到慢慢将一只手放到胸前的潘多拉·亚克特在推荐自己。

安兹也听到表情没有任何变化的希姿，轻轻哇了一声。

这道声音深深刺伤安兹的心——但精神随即稳定下来。

潘多拉·亚克特的动作的确太过夸张，让创造者安兹觉得，他的动作和姿势处处充满着显而易见的"我很酷"的情感表现。

如果真的是很帅的男人，那样的言行举止或许很搭，但对方是个蛋头，实在太格格不入了，甚至会让看到的安兹感到难为情。

安兹静静注视着潘多拉·亚克特一段时间，接着从空间中取出一个戒指，丢给潘多拉·亚克特。

戒指画出一道弧线，漂亮地掉进潘多拉·亚克特的手里。

"这是……安兹·乌尔·恭之戒，具备的能力是……"

安兹举起一只手，让想要继续说下去的潘多拉·亚克特住嘴，虽然他露出很遗憾的表情，但这时候就先不管了。

"这是预先准备。雅儿贝德，先让纳萨力克内的仆役们知道潘多拉·亚克特的存在吧。在此之前，潘多拉·亚克特，你只能往返于王座之厅和宝物殿之间。"

"遵命。"

两人出声响应，潘多拉·亚克特以要发出声音的力道用力并拢脚跟，手指也伸到连指尖都直得不行，非常郑重地行礼，说难听点就是装模作样。

望着那颗蛋头，安兹轻轻摇头。

这家伙不坏，能力也不差，可惜就是——

"哇啊——"

（为什么会把他设计成这种性格啊。过去的自己竟然会觉得那样很酷。不对，虽然我现在也依然觉得军装有点酷……）

如果安兹可以脸红的话，现在一定是满脸通红吧。

"喂，潘多拉·亚克特，跟我过来。"

安兹抓住潘多拉·亚克特的肩膀，拉着他往一旁走去，当然也顺便告诉雅儿贝德和女仆们待在原地。

"我问你一件很重要的事，我是你的创造者，是你尽忠的对象，对吧？"

"完全没错，安兹大人，我是由您创造的，如果要我和其他无上至尊战斗，我也会毫不迟疑地全力以赴！"

"是吗……那么，不管是当作主人的命令也好、拜托也好，像你这样的人……不对，这样的男人……可以不要敬礼吗？"

潘多拉·亚克特的空洞眼睛，紧紧注视着安兹，眼神中写满了不解。

"嗯。那个，怎么说呢，敬礼不是很奇怪吗，不要再敬礼了，军装……看起来很强可以不用改，但真的不要再敬礼了。"

"如果我的神如此希望的话。"

"这是德文吗？也不要这样讲话了。不，要这样讲也可以啦，但请别在我面前讲，拜托了。"

"是、是的。"

潘多拉·亚克特第一次表现出受到震慑的模样，回答得有些怪怪的。不知不觉间靠近到几乎可以接吻的距离，安兹这才把脸移开，无力地要求：

"真的拜托你了喔，真是想都没想过会因为这种事强制稳定精神。比骑乘巨大仓鼠还要令人难为情……实在难以置信，虽然想要和你再仔细详谈，但现在事态紧急，就先到此为止吧。"

"那么，进入灵庙前有件事必须先做。雅儿贝德，把我给你的安兹·乌尔·恭之戒寄放到潘多拉·亚克特那里。"

安兹把拿下戒指的理由告诉一脸疑惑的雅儿贝德。

"这是设在这里的最后一道陷阱，里面的哥雷姆、不死化身设定成会攻击身上戴有戒指的人，就算戴上戒指的人是我或你也一样。"

"原来如此……入侵这里会用到戒指。那么，陷阱就一定会发动呢。"

"很阴险吧？"

"没、没有那回事！"

雅儿贝德依依不舍地从左手无名指取下戒指，包在丝巾里递给潘多拉·亚克特。看着这一幕的安兹也取下戒指，放入从空间中取出的戒指盒内。

"哎呀！"

好像临时想起什么事的安兹叫了一声，连同放在空间中还没有决定要给谁戴的其他戒指也一起拿出来放入戒指盒中。

因为即使存放在空间，也会被认定为持有戒指，一进入灵庙就会遭到不死化身们的袭击。

"雅儿贝德大人……可以请您放手吗？"

听到一道似乎感到无奈的声音，让安兹再次转头看向雅儿贝德和潘多拉·亚克特，结果看到两人拉着丝巾在拔河。

"我、我的戒指……"

"安兹大人不是说了，戴着戒指进去会遭到攻击，只是稍微拿下来一会儿而已……"

"你说什么！这可是安兹大人送我的戒指喔！怎么可以咕呜——"

"雅儿贝德，时间紧迫，如果你不愿意寄放，我就……"

"对不起，我准备好了！"

雅儿贝德突然放开手，让潘多拉·亚克特失去平衡，发出惊叫声，脚步踉跄往后退。

"是吗……那么进去吧。潘多拉·亚克特你就差遣由莉和希姿，将一些财宝搬到王座之厅……虽然有点麻烦，但考虑到雅儿贝德的想法，别使用她的戒指，用我刚才给你的吧。"

"非常感谢您，安兹大人！我无法容忍其他人使用安兹大人赏赐给我的戒指。当、然，现在是紧急状况，所以并不是真的不愿意。只是想要让安兹大人知道，我对于安兹大人赠送的戒指是如此重视的这个心意，但不用我说出口，安兹大人就已经先察觉到——"

"遵命！那么，要让谁留在这里，等待安兹大人回来时前去迎接？"

自我宣传遭到潘多拉·亚克特打断的雅儿贝德，露出优雅美女绝对不会出现的表情。安兹将那样的雅儿贝德逐出视野，不想让自己心目中的美女形象遭到粉碎。

"应该会花一些时间吧，我之后会发'讯息'给你，到时候再赶来即可。因为没有戒指的话无法离开这里。"

"了解了。"

在潘多拉·亚克特和两位女仆的低头目送下，安兹带着雅儿贝德走进灵庙。

只有点亮昏暗灯光的这个空间安静无声，是一个相当适合安置灵魂的场所。安兹虽对于打扰了这分安宁有些罪恶感，但还是开口向身旁的同行者发问：

"对了，雅儿贝德，关于世界级道具，你知道多少？"

"是的。就我所知，那是无上至尊们收集而来的最顶级的宝物。而承蒙厚爱，其中 个宝物现在由我所有……大概只知道这些而已。"

"是吗？那么改天，我把所知的道具全都写在纸上吧。让越多人知道这些情报越安全，在此之前，先跟你说一下危险的道具吧。"

安兹一面走一面将世界级的道具，笼统地告诉雅儿贝德。

世界级道具。

这些世界级道具和 YGGDRASIL 这款游戏的世界观有很大关联。

YGGDRASIL 这棵世界树长满无数的叶子，但有一天却出现吞食这些树叶的巨大魔物，因此树叶一片一片凋落，最后只剩下九片树叶。这九片树叶正是阿斯嘉特、亚尔夫海尔、华纳海尔、尼达维勒、米德加尔特、约顿海姆、尼福尔海姆、赫尔海姆、穆斯贝尔海姆这九个世界的前身。

不过，那只吞食树叶的魔物也不断进逼这剩下的最后九片树叶。玩家们为了保护自己的世界，踏上未知世界冒险，这就是游戏的背景故事。

那么这些世界级道具代表什么呢？它们相当于那些落叶——也就是说，一个世界级道具等于一个世界。因此在设定上世界级道具拥有庞大的力量，实际上有很多世界级道具都拥有异常到极点的力量。

玩家甚至出现许多意见，认为这样的道具会不会太破坏游戏平衡了，但开发厂商斩钉截铁地表示"世界的可能性没有那么小"，完全没有想要更新这些平衡破坏者的打算。

感觉游戏开发公司似乎对"世界"这一词投入很多感情，在YGGDRASIL这款游戏的设定中，只要名字冠上世界的职业、敌人都比一般的强很多。

在官方比赛活动中，吃了树叶而得到强大力量的最终BOSS"九曜世界吞食魔"，就是最具代表性的世界级魔物。另外，只有在比赛中赢得冠军的人才能成为"世界冠军"这个设定上由九大世界挑选出来的职业。

就在安兹解说时，两人来到一处于左右两侧凹洞中整齐地排列着武装雕像的地方。

这个王座前的房间，整体气氛和魔法阵很像。不过魔法阵的哥雷姆没有任何武装，反观这里的雕像，身上的道具却都具有超强威力，蕴含的力量甚至不比安兹的主要武装逊色。

"安、安兹大人……这些雕像是不是模拟无上至尊……"

"你发现了啊。没错，不死化身就是根据我昔日同伴所打造的雕像。不过……你能看出来还蛮厉害的嘛，外表看起来很丑陋吧？我觉得帅气程度连他们的一成都不到呢……"

"身为无上至尊的孩子，不可能看不出来。"

"是这样吗？"

"是的，就是这样。不过安兹大人……不管是此处的名字，或是这些雕像……莫非，其他至尊都已经去世了吗？"

"这个答案……不能算对。"

不，或许这才是正确答案。安兹停下脚步，静静望着这些雕像如此心想。

不知道怎么看待安兹的沉默，雅儿贝德露出不安的神情。

绝世美女顶着一张悲伤的脸，看到这种表情没有男人能够无动于衷。而且，还是昔日同伴创造出来的心爱宝贝做出这种表情，即使是不死者的安兹也会涌现出罪恶感与焦虑感。

可是，在现实社会中没有和女性交往过，甚至连朋友都没有的安兹，不可能想到什么安慰或是贴心的话。内心慌张，不知如何是好的他打量四周，寻找话题。

这时候，发现某样东西的安兹，不假思索地开口说话：

"你、你看，那里有四个空位？"

确认雅儿贝德的目光转向那里后，安兹开始简单说明为什么那些地方没有雕像。

"那里的其中一个空位是预定放我的不死化身喔。"

没有那回事。

要说这些不死化身原本到底是谁打造之后放在这里的，其实正是安兹本人。正因为如此，即使安兹退出游戏，既然早已没有其他公会同伴存在，那么当然就不可能有人把安兹的不死化身放在这里。

公会成员说"给你用吧"，将自己的武装和购买的付费道具转让给安兹后退出了游戏。为了穿戴这些装备，也为了纪念退出游戏的同伴，安兹才会使用付费道具创造出这些能够穿戴武装的哥雷姆。

这也是不死化身看起来会如此丑陋的原因。

之前制作潘多拉·亚克特时用过，因此手边还留有公会成员的外观资料，但安兹没有能力和特殊技术可以独自打造出与成员相同的角色。

因此才会将购买的外观数据强行装入哥雷姆身上制作出来。结果就变成这副手脚有的胖有的短，或是头部超级巨大的扭曲外表，仿佛噩梦中的怪物一般。

不过，这种不匀称的丑陋外表却散发出一种诡异的气氛，给人强烈的不安感，因此如果是站在想要打造出来当作最后看守者的这点来看，安兹应该算是歪打正着吧。

（怎么说呢，好像也有种儿时制作的人偶正出现在自己眼前的感觉，令人有点难为情……）

除了难为情之外，安兹涌现另一个更强烈的感觉。

那就是寂寞。

在同伴相继退出游戏后，安兹打造出不死化身当作他们的装备品保管处。当时还没退出的公会成员曾经问安兹为什么要打造这些不死化身，他是这么回答的。

说不定是想将他们当成最后的看守者。

不过，在成员人数陆续减少的过程中，安兹打造出不死化身的动机其实只是因为寂寞而已。因为过去一起玩游戏的同伴不断地减少。

为了表示同伴们曾经在这个纳萨力克地下大坟墓中和自己同生共死，还有为了当作补偿才会打造这些不死化身。

把这里取名为灵庙也是这个缘故。一开始是叫宝物殿密室，但安兹改了名，为了纪念那些离开——或者说消失于YGGDRASIL这款游戏的同伴，才让这里变成同伴沉睡的场所。

（即使如此，内心还是想要相信，同伴也被传送到未知的异世界，大家也都身处在这世界的某个角落也说不定……）

正当安兹如此沉思时，一道悲痛的叫声响彻整条道路。

"请不要——请不要这么说！"

刚才感受到的寂寥感瞬间消失，安兹急忙看向雅儿贝德后，一股更加强烈的惊讶感向他袭来。雅儿贝德的眼眸中充满晶莹泪水，只要稍微眨眼就会潸然落下吧。

"安兹大人。留到最后，慈悲为怀的安兹大人，我等竭智尽忠的至尊，请不要讲这种话！衷心希望您能够永远当我们的君主！"

雅儿贝德屈膝趴跪在安兹面前。

夹杂着哽咽声，不断重复着"求求您……求求您"的嘶哑低喃，像是祈祷声也像是悲伤痛苦的叫声。

在安兹至今为止的人生中，从来没有看过有人如此不顾己身地苦苦哀求。

没想到自己带点玩笑的话会让雅儿贝德如此激动，让安兹充满罪恶感，扶起跪在地上的雅儿贝德。

"原谅我。"

自己没想过是被过去的同伴抛弃吗？

在独自一人的纳萨力克地下大坟墓时，或者因为每个人都不在而感到失望的每一天时——

没有因为寂寞而愤怒吗？

知道这分辛酸的自己为什么无法理解雅儿贝德的心情，为什么会让雅儿贝德感受到这种痛苦呢？

起身后，早已哭成一副大花脸的雅儿贝德依然泪眼潸潸。

安兹取出手帕，动作笨拙而温柔地拭去雅儿贝德的泪水。

虽然想要再次道歉，但却没有说出口——找不到适当的话语。

因为人际关系太过贫乏的缘故，不知道该怎么安慰才能止住她的泪水。

不断抽泣的雅儿贝德向不知所措的安兹请求：

"安、安兹大人，请跟我约定，答应我，不会抛弃我们离开这里！"

"抱歉，不过……"

说到不过之后，安兹就没有继续说下去。那是因为某个想法的缘故，但雅儿贝德却认为安兹是因为其他缘故才沉默不语。

"为什么！为什么不能和我约定呢！内心早有想要抛弃我们的想法了吗？为什么！是有什么事让您感到不快吗？如果您愿意说明，我立刻改进！如果认为我碍手碍脚，我立刻自裁！"

"不是！"

安兹大声呐喊。大吃一惊的雅儿贝德，肩膀跳了一下。

"听我说。首先，目前等于……没有任何方法可以解救夏提雅。夏提雅的精神控制绝对是来自世界级道具的效果。想要不受世界级道具效果的影响，除非持有世界级道具，不然就必须成为特殊职业。"

被安兹像小孩子般拭去泪水的雅儿贝德，抽泣着发问：

"所、所以，您才会来这、这里拿、拿世界级道具对吧？"

"没错，为了让守护者们持有这些世界级道具。实际上若是使用相同的世界级道具应该可以解除夏提雅身上的精神控制。但我却感到迟疑，不知道是否该使用里面的世界级道具……真是窝囊的主人。因为我把区区一个道具看得比忠心耿耿的部下还要重要。"

"没、没这回事！世界级道具是无上至尊们辛苦收集而来的，所以比我们还有价值！"

"是吗？"

如果是在游戏中，安兹也这么认为，但内心也同时存在着并非如此的想法。

不过，在目前这种状况下，安兹无法下决心使用这些王牌也是事实。

在几乎都是平衡破坏者的世界级道具之中，更是有被称为"二十"的，二十个拥有无与伦比超凡能力的道具。

在"二十"中有一个很有名的道具"屠圣之枪"，能够将目标完全删除，但必须付出使用者也被完全删除的代价。

被这个世界级道具删除数据之后，除了使用其他世界级道具复活之外没有任何手段回复，不管是使用付费道具还是复活系魔法都没有意义。如果有人将这个道具使用在纳萨力克的NPC身上，那么还会依据被使用该道具的NPC等级数，删减大本营的特别优惠——NPC可创造等级总数。

安兹的脑海里浮现出好几个类似的疯狂道具。

可以对正义值为负的目标发挥强大效果的"光轮善神"，效果足以遍及一个世界。

可以要求YGGDRASIL制作公司变更部分魔法系统的"五行相克"。

能要求制作公司变更系统的范围比"五行相克"还要大的"永劫蛇戒"。

还有最强的世界级道具"世界意志"，平常只有一般的棍棒威力，但可以毫无极限地不断变强。因此，即使在纳萨力克地下大坟墓所有成员都在的巅峰时期，只要一个敌人拥有这个道具就足以攻下整座根据地。

名为"二十"的这些道具，因为能力太强，所以只要使用一次就会消失。因此才会舍不得当作王牌轻易用掉。

安兹·乌尔·恭引以为傲的，"二十"中的其中两个世界级道具，必须在敌人使用相同等级的道具时才能拿出来对付，因为只有相同等级的道具足以匹敌。

而且如果只是消失也就算了。

但消失之后，若是落到其他人手里，尤其是落到纳萨力克敌人手里的话又会如何呢？

纳萨力克受到世界级道具保护，所以内部还不至于受到影响，但一个搞不好，或许会被对方攻到入口处。

因此不能使用世界级道具，必须用其他方法解救夏提雅。

"雅儿贝德，谢谢你刚才的话。我这就告诉你，为什么我刚才会以沉默来回答你吧。"

身体还留着过去的人类感觉，安兹深深吸气吐气。会像过去活着的时候那样深呼吸，是因为知道接下来要说的话相当重要。

"我打算和夏提雅单挑。因此……不知道是否能够活着回来……"

"我明白必须与夏提雅一战，因为放着她不管是下下之策！"

安兹在心中点头认同这个想法。

不知道敌人为何没有对夏提雅下达命令，但如果对方下令，事情将会变得非常棘手，因为纳萨力克的所有一切可能都将曝光。

"可是，为什么要单独应战呢？不是能够以数量取胜吗？我们无法帮上您的忙吗？"

拭去雅儿贝德再次涌出的泪水，安兹开口回答：

"不是的，雅儿贝德，我很信赖你。只是……这个嘛，有三个理由，第一……我对自己身为主人是否真的合适感到疑惑。"

"安兹大人，怎么这么说！"

安兹举起手打断雅儿贝德的话。

"如果当初有冷静思考玩家存在的可能性，应该也能想到有世界级道具的存在才对。所以说，像我这样迟钝的家伙是否有身为统治者的价值，是否有资格领导大家？"

"安兹大人光是身处在这里就具有价值！即使有所不及，我们也会全力辅佐您！"

"谢谢你，但这次的事最该受责备的人还是我。"

如果这个世界真的有屠圣之枪，付出一个村民的代价，将守护者完全消灭的情况也有可能发生。夏提雅受到精神控制虽然是个不妙的状况，但站在另一个角度来看或许算是幸运——站在了解到危险的这个角度来看。

"您的意思是说，您是为了赎罪才要独自和夏提雅战斗吗……有谁能够处罚纳萨力克最高统治者的安兹大人呢！"

"不只是这样而已，这是第二个理由……夏提雅独自一个人在那个地方。那很可能是陷阱——而且，还很可能是致命的陷阱。"

看到雅儿贝德露出一头雾水的神情，安兹继续说道：

"我们——安兹·乌尔·恭在PK时采取的方法和夏提雅的现状很像。我们也都是让公会成员当作诱饵，猎杀上钩的猎物。当然，诱饵被杀的可能性很高，但我们确实将袭击过来的敌人——消灭了。"

"那样的话，安兹大人——"

"等一下，我的话还没说完，你知道设下这种陷阱的我们最怕的是什么事吗？"

还没等到响应，安兹就主动告知答案：

"那就是袭击过来的人数比诱饵数还少的情况。如果上钩的人数少，我们也必须提防对方是否有伏兵，必须戒备这陷阱是否反倒成为对方将计就计的陷阱。"

确认雅儿贝德充血的通红眼睛浮现理解之色以后，无法呼气的安兹还是煞有其事地呼了一口气。

"而最后一个理由，是我要杀了夏提雅。"

"那样的话就让我去！收到世界级道具的我最适合这份工作了。"

"你有胜算吗？不要骗我，告诉我打赢的最大概率有几成？"

看着安兹平静的目光，雅儿贝德不甘心地咬紧嘴唇。

"雅儿贝德……你的想法没错，夏提雅很强。"

夏提雅·布拉德弗伦。

她是纳萨力克地下大坟墓的最强守护者，就算雅儿贝德——不，甚至是其他百级的 NPC 也没人是她的对手。

"正因为如此……我才要去。能够单挑夏提雅并打赢她的人只有我而已。"

"这、这个……如果是安兹大人的武装，或许的确能够打赢她，可是……"

全身装备着神器级道具，甚至还使用付费道具的安兹，和只有滴管长枪这个神器级道具的夏提雅，如果从武装的层面来看，的确是安兹占有绝对优势。不过，如同雅儿贝德没有明讲的话中含意，安兹也有个胜算不高的理由。

那个理由安兹也心知肚明。

那就是夏提雅·布拉德弗伦是安兹·乌尔·恭的天敌。

安兹在角色扮演中的职业是不死者魔法师，是重视死灵系魔法的职业结构。

也就是含有娱乐性质的职业结构。

但夏提雅却是以严谨的职业结构创造出来的。不仅如此，夏提雅的信仰系魔法吟唱者这个职业，拥有好几种可以用来对付不死者的魔法，也擅长肉搏战。

光是这样两者就已经有很大差距，而且安兹擅长的死灵系魔法对不死者夏提雅也不是很有效果。

擅长领域无法发挥的安兹，和可以在对付不死者时占到便宜的夏提雅。

另外，关于安兹持有的道具，在考虑到可能会被夺走而没有装备的情况下，两者正面交锋时，安兹的胜算可说是非常低。不，搞不好连一点胜算都没有。

"你是想说，处境对我不利吗？"

被安兹说中的雅儿贝德低下头来。

或许如此吧，安兹也这样认为。自己应该打不赢夏提雅。

不过——

就让你们见识一下，被你们称为纳萨力克最高统治者的我并非浪得虚名吧。

"你的想法很正确，不过也有错误的地方。你们只拥有被灌输的知识而已。"

"咦？这是什么意思？"

"你经验丰富吗？"

"什么，经验吗？"

雅儿贝德瞬间满脸通红起来。

"是的，战斗的经验。"

"啊！是这个意思啊！是的，我能够将至尊们赋予的力量全都好好利用。所以，应该算是很有经验吧。"

安兹摇头否定雅儿贝德的答案。和那个叫作克莱门汀的女人交手时，他已经得到了很多启发。

"不对，能够运用力量和获得经验是完全不同的两码事。你还记得，过去纳萨力克遭到大规模入侵时，夏提雅和玩家战斗时的那段记忆吗？"

"虽然没有详细听说，但她好像说过还有一点被杀的模糊记忆。"

"除此之外呢？"

雅儿贝德摇头表示没有。

"对付单枪匹马的入侵者时，通常都是由我们直接对付……这种小气个性如今倒是帮了个大忙。那么，还是应该由我出马吧，由胜算最高的我去对付。"

安兹发出冷笑。当然，脸上完全没动。

不过，雅儿贝德似乎充分感受到绝对统治者表现出来的笑意，仿佛少女看到心仪男子一样，双颊染上红晕。

安兹向不在此处的人物宣战。

"身为安兹·乌尔·恭公会长的我，进行PVP时，实际上胜率较高……即使面对职业结构毫无破绽的人也都是所向披靡，怎么可能输给那种只靠性能的家伙。而且更重要的是，我和佩罗罗奇诺的感情深厚。这根本是一场'还没开始就已经结束'的战斗……知道吗，夏提雅？"

"安兹大人，我不会再阻止您了。不过，最后请和我约定，一定要平安回到这里。"

安兹静静望着雅儿贝德，接着缓缓点头。

"我和你约定，一定会打倒夏提雅，然后再次回到这里。"

2

来到一片翠绿的世界，安兹环顾四周，对传送之后做的第一件事是确认附近是否有人的自己轻轻一笑。如果附近有安兹必须警戒的人，自己老早就受到攻击了，根本无法如此好整以暇吧。

传送目的地距离夏提雅的位置超过两公里以上，就是为了以防万一。

虽然已经使用魔法确认过，但还是无法保证附近没有控制夏提雅精神的世界级道具拥有者。不过就结果而言只是杞人忧天，放心地垂下肩膀的安兹转头看向跟随在后方的两人。

"我们在这里分手吧。"

如此告知同行的亚乌菈和马雷。

在即将展开的激烈战斗之前，安兹允许同行的人只有他们两个。

他已撤回命令，让在外工作的大部分部下全都退回纳萨力克。目前在外工作的纳萨力克成员除了亚乌菈和马雷之外，只剩下塞巴斯和索留香而已。

会选择这两人的最大理由是一种利用敌人感情弱点的作战。因为亚乌菈、马雷这两个人型种族和迪米乌哥斯、科塞特斯这些异形类种族不同，或许对方会手下留情，不忍杀死这么可爱的人类小孩。

当然，对方也许会冷酷地痛下杀手。即使如此，为了防止突发状况，还是想要派些人在后方支持。

（虽然是毫无帮助的一步坏棋也说不定。）

安兹望着戴在马雷双手上那两个颜色、形状各不相同的金属手套。右手的金属手套仿佛天使的右手般平滑，散发出银白色光辉，但左手的金属手套却像恶魔一样，长满尖刺与钩爪，从宛若熔岩的龟裂中散发出红色的光芒。

接着，他将目光转向亚乌菈，看向她挂在腰际的大卷轴。

"敌人数量较多时，立刻撤回纳萨力克。"

"遵命。"

亚乌菈表情僵硬地点头响应，马雷也急忙跟着低头行礼。

"听好了，绝对要撤退喔。因为这也是我的计划之一，还有，交给你们的这些东西是纳萨力克的秘宝，绝对不能被抢走，在某些状况下甚至比你们的命还宝贵，知道吗？"

安兹如此叮咛。对于亚乌菈有些迟疑的回答感到不安，如果因为太过忠心而违抗命令，或许会造成致命的问题。

听到两人——一人精神饱满，一人畏畏缩缩的回答后，安兹在心中出现疑问。

（自己实际上到底比较重视哪一个呢？）

想要救夏提雅却不使用世界级道具。如果光是这样来看，应该可以看成是比较重视道具吧。

但不使用世界级道具的理由就如同在宝物殿告诉雅儿贝德的那样，因为那是最后的王牌，在任何状况下都具有反败为胜的能力。

如果已经没有任何办法可以解救夏提雅就另当别论了，但或许还有办法的现在，还是别使用才是明智的抉择吧。

撇开这些理由不说，同伴们打造出来的忠实部下——已经成为一个具有智慧的尽忠NPC，和在YGGDRASIL这款游戏中提升安兹·乌尔·恭的地位，代表冒险象征的世界级道具，到底哪一个价值比较高。

安兹对于陷入思考后还是无法找到答案的自己感到困惑。

在来到这个世界之前，一定可以斩钉截铁说出的答案，如今却说不出口。

公会成员在设定上呕心沥血，精心打造出来的结果就是这些充满喜怒哀乐的NPC。

（因为我现在正打算杀掉这个……这个如同小孩的NPC，打算杀掉佩罗罗奇诺的女儿。）

安兹心烦意乱起来。

这也可以说是一种罪恶感。

不过——

安兹目光锐利地瞪着夏提雅可能伫立的方向。

"要粉碎世界级道具的控制，只有这个办法。"

脱口说出这句话是为了说服自己。

看着亚乌菈和马雷担心的眼神，觉得让两人继续担心下去也不是办法的安兹转移话题。

"那么，你们就和他们合作，好好侦察四周吧。"

安兹手指的地方有四只飘浮在前方引导的巨大肉块。

直径约有两米，身体是粉红色，不过那些魔物有着数不清的混浊眼睛，仿佛是从各种生物的尸体中挖出眼睛后，乱七八糟地缝到一起一样。

这是利用"创造高阶不死者"魔法创造出来的不死者，眼球尸。

安兹利用一天的最大额度创造出这些眼球尸，是因为他们是隐秘系能力——魔法、特殊技能拥有者的天敌魔物。

那些混浊的眼睛并非装饰品，而是具有出色的看穿能力，媲美专精于游击兵的亚乌菈，甚至有过之而无不及。虽然战斗力没那么高，但安兹这次看重的是探查能力而非直接战斗力，目的是为了让他们辅助亚乌菈。

"遵命！不过，他们会好好听从我的命令吗？"

"没问题，关于这点我可以保证。另外，也利用魔法替你们进行精神联结吧。如此一来，你就可成为指挥中心，安全地巡逻了。"

"是的！虽然我直接行动会比较快，但不知道对方有哪些家伙呢！了解了！那么对马雷使用提升隐秘能力的魔法之后，我们就在这一带进行埋伏。"

"这样没问题，那就麻烦你了。"

安兹静静地——露出看不见的微笑。

最后进入房间的迪米乌哥斯快步穿过室内，在空位上一屁股坐下。即使不用明讲，他这种平常绝对不会出现的粗鲁动作，已经将他的心情充分表现出来。

　　"那么，请好好说个清楚吧。"

　　迪米乌哥斯闭着眼睛，口气激烈地向桌子另一端的雅儿贝德询问。

　　"你为什么会答应这件事呢？"

　　虽然口气平稳，但那只是被一层薄薄的表面掩饰，谁都能感受到其中的尖锐语气。

　　平常冷静的人出现强烈感情时，因为落差大所以会让人觉得更加激动。不过此时状况并非如此，因为迪米乌哥斯现在的情绪真的非常激动，甚至连同伴都不曾见过如此激动的他。

　　不过，明明面对这种超过敌意，甚至已经充满杀气的逼问，雅儿贝德还是一如往常。

　　"这是安兹大人的决定啊！我们这些下人如何反对……"

　　"为什么？"

　　一道如刀刃般锋利的质问，打断雅儿贝德的话。

　　"为什么？在安兹大人前往人类都市时，坚持一定要让守护者跟随的你，为什么会答应这次的事？那时候你应该也是担心安兹大人的安危才对。"

雅儿贝德点头响应，迪米乌哥斯的表情明显扭曲起来。

"那么，我再问一次！为什么你答应这件事？"

几乎让房间产生震动的愤怒情绪，这完全不像是迪米乌哥斯会出现的情感表现。

科塞特斯慢慢转头，担心地注视着互瞪的两人。

"而且，你应该知道安兹大人在说谎吧？"

带着压抑愤怒的低沉语气，迪米乌哥斯如此问道。

雅儿贝德再次点头后，科塞特斯发出咯咯的声音。两人知道，这道清脆的高音是科塞特斯感到疑惑时会发出的声音。

"你刚才也说过安兹大人告诉你，他要独自前往的理由。但是你不觉得奇怪吗？因为从安兹大人的说法来看，采用波状攻击不是比较安全吗？由我们轮流进攻，慢慢削减夏提雅的体力和魔力不是更安全？"

"你说得没错，科塞特斯。我们都能轻松想到的对策，安兹大人不可能没想到。也就是说，安兹大人是故意说谎吧，为了隐瞒其他理由。"

"是什么理由？"

"无法得知是什么理由……所以我才想要问。既然不知道理由，你为什么还让安兹大人独自前往？"

"因为几天前的安兹大人和现在的安兹大人，简直像是完全不同的两个人。"

轻轻张开眯眯眼的迪米乌哥斯露出一头雾水的表情，要雅儿贝德继续解释下去。

　　"那时候的安兹大人，露出的表情不像男子汉，怎么说呢……虽然我知道这样说有些失礼，但那时候他的表情像是一个想逃跑的小孩子。"

　　"我并不那样觉得啊？会不会是你的错觉？"

　　迪米乌哥斯稍微转移目光，看向位于那里的"水晶屏幕"。上头清楚呈现主人在森林中行走的模样。

　　"是吗？我不认为自己会看错心爱男士脸上的表情……"

　　雅儿贝德的目光也跟着移向"水晶屏幕"，露出陶醉女人的表情，但这个表情却惹恼了焦急的迪米乌哥斯。

　　"那、么！这次又是怎样的表情呢？"

　　"现在安兹大人的脸上出现坚定的决心，身为女人——这样想或许不敬，但既然知道心爱的主人想要贯彻那份决心，我就绝不会在一旁多说什么。而且安兹大人已经跟我约定了，一定会再回到这里。"

　　看到雅儿贝德已经不打算再说什么之后，脸上露出明显不悦的迪米乌哥斯不屑地说：

　　"还是太天真了，缺乏理性，这根本是感情用事的判断。安兹大人可是留在这里的最后一位无上至尊，知道他有生命危险时，必须想办法排除那危险才是我们的职责。即使之后会遭到责骂，即使会牺牲生命，都应该挺身而出才对吧？"

发出一道碰撞声，迪米乌哥斯站了起来。

"你要去哪里？"

转身走出去的迪米乌哥斯背后，传来的声音相当冷静。

"还用问吗，当然是派出我的部下——"

感觉有奔跑声跟过来的迪米乌哥斯转头一看，看到拔出刀——而且是神器级道具的科塞特斯。

"原来如此……叫我回来，同时又命令我来到这里，就是这么回事吗，雅儿贝德？"

"没错，迪米乌哥斯……第七楼层已经在我和安兹大人的联名下完成封锁，也已经掌握了所有仆役，他们会听从谁的命令应该不用说了吧？"

"真是愚蠢，如果安兹大人因此身亡，你要如何负起这个责任！安兹大人才是我们最后必须尽忠的对象！"

"安兹大人一定会回来。"

"你有何保证可以如此断定？"

迪米乌哥斯睁大双眼，那双眼并非眼珠，而是完全没有瞳孔与虹膜，有着无数小切角闪闪发亮的宝石。

"相信主人吧，这也是我们身为被创造者的本分。"

嘴巴一张一合的迪米乌哥斯，这时紧紧闭上嘴巴。

因为他也认为——或许是那样没错。

对四十一位无上至尊绝对尽忠的所有纳萨力克ＮＰＣ，他们的尽忠方式各有微妙的差异。对于如何尽忠，迪米乌哥斯和雅儿贝德当然也有不同的想法。

不过，雅儿贝德这样的尽忠方式，让迪米乌哥斯受到强烈冲击。

即使如此，还是会感到担心，心中的不安不会因此消失，所以才会说出那些话。

如果安兹大人像其他至尊一样消失的话，今后我们该向谁尽忠才好？

为了向他们尽忠而被创造出来的我们，失去那价值后又有什么存在的意义呢？

像是要掩饰自己的情绪，迪米乌哥斯粗暴地再次坐回椅子上，一点都不像平常的他。

"如果……安兹大人有什么三长两短，你要辞掉守护者总管的职位。"

"迪米乌哥斯，你竟敢要求雅儿贝德大人辞掉无上至尊们决定的守护者总管职位，这实在太不敬了！"

雅儿贝德对感到吃惊的科塞特斯露出微笑。

"没问题。不过迪米乌哥斯，若是安兹大人平安归来，今后遇到相同的情况时，你要乖乖听从我的命令。"

"当然。"

"那么，科塞特斯，你认为安兹大人的胜算有多少？"

科塞特斯无奈地告诉两人自己的判断。

"三成对七成，安兹大人是三成。"

迪米乌哥斯的肩膀不禁为之一震。在场的最强战士科塞特斯说出如此不吉利的话，让迪米乌哥斯无法假装没听到。但雅儿贝德就不同了，听到这句话后依然露出的灿烂微笑中，带着游刃有余的十足把握。

"是吗，那就让我们拭目以待，看看安兹大人如何化险为夷、赢得胜利吧。"

●

和两人分开后，安兹往夏提雅的所在地迈出步伐。能够分清东西南北，在森林中以直线朝夏提雅的方向移动，全靠自己的特殊技能。

穿过树丛，看到模样和之前完全相同、简直宛若人偶的夏提雅，让安兹觉得有些难过，同时也对自己感到愤怒，但最让他愤怒的还是那个世界级道具使用者。

"该死。"

咒骂的声音不大，但语气中充满强烈的情绪，甚至连能够压抑情感起伏的不死者安兹都压抑不住。

"为了寻找同伴，明明必须宣扬安兹·乌尔·恭的名声，甚至不择手段也在所不惜。可是，我还是低调行动避免引发无谓争端，但怎么还是发生这种事？"

到底是谁、何种势力、为了什么而对夏提雅使用世界级道具？完全摸不着半点头绪。

"不管对方是谁，只要让我从夏提雅口中得到情报……一定不会善罢甘休。"

安兹涌现浓郁的黑暗情绪，激烈的敌意与杀气，让应该不会动的骷髅头看起来甚至有种大幅扭曲的感觉。

"绝对会让你们深深后悔自己的愚蠢，别以为惹上我们安兹·乌尔·恭，可以就这样轻易脱身。"

把心中的怒火化为语言说出来之后，安兹的焦躁情绪才逐渐平复。

接下来，即将展开真正的战斗，必须冷静下来才行。

"我还真愚蠢呢，明明知道有更好的手段。"

安兹露出自嘲的笑容。

"是罪恶感吗，还是不愿面对……只是想要逃避而已。"

虽然夏提雅是最强守护者，但差距并没有那么大。只要让其他守护者轮番攻击，还是可以稳妥获胜。

但安兹没有选择这个手段的原因只有一个。

那就是不想目睹心爱的孩子们互相残杀的景象。

如果对方是出于自己的意思背叛安兹·乌尔·恭，安兹一定会坦率接受她的反叛事实，运用一切力量消灭她。如果那是出于NPC自己的意思，身为纳萨力克的统治者应该严肃应对。

如果是因为设定而背叛，他会找出最佳的折中办法。

不过，这次的夏提雅和那些情况都不相同。她是遭到精神控制，错的人是没有事先想到会发生这种状况的安兹，那么就只能由他自己负起责任。

想要亲手做个了断。

安兹取下戒指，那是几乎不用付出任何代价即可复活的付费道具。取下这个道具代表安兹破釜沉舟的决心，因为若是能够复活，内心将产生松懈。

并非自暴自弃，带着如此坚定决心的安兹望向天空。

"敌人到现在都未采取攻击，目前只能感应到来自纳萨力克的情报系魔法……对方有监视吗？"

平常的时候，安兹会采取多种防御魔法，在卡恩村发动的反情报系魔法就是其中一种。

在YGGDRASIL时代，因为友军攻击无效，所以同伴可以对安兹正常发动情报系魔法。但这个世界不同，如果雅儿贝德他们想要侦测安兹，当下安兹就会自动发出对抗魔法了吧。

如此一来，对抗魔法会冲击到纳萨力克的防护网，一个不小心，安兹还可能遭到防护网的反击，受到无谓的伤害。

因此安兹才会解除连动的攻击魔法，只留下可以调查哪里有发出情报系魔法的措施。从中得知的讯息是，除了纳萨力克之外，没有其他人以魔法监视安兹。

安兹不明所以地歪起头来。

（难道夏提雅被丢在这里，真的是一种偶然？）

"而且……不知道雅儿贝德是否看穿了我的谎言？哎呀哎

呀，不过……你不觉得这真的很像一场赌博吗，夏提雅？"

表情呆滞的夏提雅当然没有响应。

安兹望着夏提雅，拟定作战计划，有点想要逃避。

即使刚才口气坚定地下定决心，实际站在这里后，还是感受到一股强大的精神压力。

即使有壮烈成仁的心理准备，不，正因为带着必死的决心，铃木悟这个人类残留下来的怯懦精神才会令安兹感到恐惧。

接下来展开的搏命战斗，并非 YGGDRASIL 那种游戏里的打打杀杀——而是货真价实的生死决斗。

和来到这世界后，陆续和尼根、克莱门汀那种实力相差悬殊的家伙战斗，保证一定会打赢的蹂躏戏码不同，这次是生死未卜，而且处于绝对不利的状况下开始战斗。

如果自己不是不死者，而且——

"如果我并非纳萨力克地下大坟墓的统治者，也不是公会的代表，或许连拳头都握不起来吧。"

安兹哈哈大笑，光是如此就把一切负面情绪全都抛开。

对死亡的恐惧已经消失得无影无踪，或许会败北的不安也不见踪影。

骄傲的光荣回忆赋予安兹力量。

"我是安兹·乌尔·恭。那么，怎能赌上这个名号后还被打败？"

只能证明纳萨力克地下大坟墓主人的这个地位，绝非徒有虚名。

安兹眼神锐利地看向毫无防备的夏提雅。

"那么……开始吧!"

安兹高声呐喊,发动魔法。谨慎地从持有的众多魔法中挑选出——第十位阶防御魔法开始发动。

"光辉翠绿体。"

安兹的白色骷髅身体发出绿色光芒,接着——

"哈哈哈!"

在发动魔法时,视线完全没有离开夏提雅的安兹哈哈大笑。因为除了对不出所料的结果感到高兴外,也赢了一场很大的赌注。

"果然是这样没错,只要没有把我方的举动看作完全的敌对行为,NPC甚至不会进入战斗准备!简直和游戏中的时候一模一样!"

这样的举动和在YGGDRASIL中受到精神控制的魔物相同,游戏中的理论也适用于这个世界,这稍微缓和了绝对的不利状态。

"既然如此,那么夏提雅,不好意思啰,在战斗开始前就请你先保持原状吧。"

安兹继续发动不同魔法。

"飞行""魔法吟唱者之祝福""无限障壁""魔法结界·神圣""生命精髓""高阶全能力强化""自由""虚伪情报·生

命"看穿""超自然直觉""高阶抵抗力强化""混沌披风""不屈""提升感应""高阶幸运""提升魔法""龙之力""高阶硬化""天界灵气""吸收""穿透力上升""高阶魔法盾""魔力精髓""魔法三重最强化·爆击地雷""魔法三重化·高阶魔法封印""魔法三重最强位阶上升化·魔法箭"——就这样，几乎没完没了的无数魔法包围安兹。

"那么，要上啰！"

准备完成后发出的这句话是安兹对夏提雅，也是对自己所说。

安兹选择的第一招是魔法的终极招式，超越第十位阶的超位阶魔法。

名字就称为超位魔法——

以魔法的位阶来说，已属于位阶外的这个魔法，既可说是魔法，也可说不是魔法。首先是发动时不需消耗MP，反之一天能使用的次数却有一定的限量。

在刚学会的阶段，一天只能使用一次，但超过七十级之后，每提升十级可以增加一次使用次数。

至于能够学会的数量为每个等级一个。

与其说是魔法，还不如说是特殊技能比较合适。

也就是说，普通玩家的话，到一百级时只能使用四次的超位魔法。那么这时大家可能会产生疑问，只要连续使用超位魔法不就能够打倒夏提雅？的确，超位魔法和第十位阶魔法的破坏力根本不能相提并论，只要能够连续发出超位魔法，光是单纯地计算伤害量，即使百级玩家也只有极少部分能够撑下来。而其中并不包括夏提雅，可以切实打赢她。

但事情没有那么简单。

因为，超位魔法不能连续发动。

首先，每种超位魔法都有设定发动准备时间，虽然可以使用付费道具来消除这些准备时间，但另一项惩罚却又造成超位魔法无法连续发动。

当小队的成员发动超位魔法时，小队全员都会受到这个惩罚——会有一段无法发动的时期，称为冷却时间。

这种惩罚设定是为了在爆发公会战争时，不让其中一方利用连续发动超位魔法的方式来决定胜负。而且，不管何种付费道具或特殊技能都无法消除这个冷却时间。

因此在PVP时，先发出超位魔法的人，很容易被人认为是笨蛋。

因为还没有摸清对手底细，就用掉自己王牌的一方通常会输。实际上在PVP时，先发出超位魔法而获胜的例子真的不多。

不过，安兹的第一招却是超位魔法。

脸上并无任何焦躁与混乱之色，在那空洞的眼窝中，只有冷静的光芒。

一个巨大的圆顶状立体魔法阵，以安兹为中心在方圆十米左右的范围展开。

魔法阵发出白色光芒，浮现类似文字或记号的半透明图案，这些图案不断变化令人眼花缭乱，每一秒的形状都不相同。

如果使用付费道具，可以立刻发动超位魔法，但安兹并没有那么做，他的目光从夏提雅身上移开，环顾四周。

"没有伏兵吗……还是仍在隔岸观火？这时候应该算是绝佳的攻击时机才对啊！"

发动超位魔法中的魔法吟唱者，防御能力会下降。而且施法者只要受到一定程度的伤害，超位魔法就会自动取消发动。

因此，发动超位魔法时基本上都会让好几名同伴保护发动超位魔法的人。也就是说，现在正是攻击没有受人保护的安兹的绝佳时机。

不过，周围并没有任何变化。

"难道是太过谨慎吗？"

安兹笑了笑后耸耸肩。

虽然只是直觉，但安兹已经确定，夏提雅并非被放在这里当成诱饵，而真的只是被丢在这里而已。

"到底是怎么回事啊？哎，没有神之眼的我，当然不可能有看穿一切的能力。如果有的话事情就不会演变到这种地步吧。"

喃喃自语后，安兹装模作样地转动肩膀。

发动超位魔法时也无法随意行走，只能像木头人般呆呆站着等待时间过去。

为了有效利用时间，安兹从空间中取出一个弯曲的金属板，将它放到手上后，金属板便牢牢固定在手上。金属板上有一排数字，随着时间一秒一秒经过，那排数字也跟着变化。

不需多做解释，那就是块手表。

安兹将手指放到金属板上，触摸显示在上面的文字。

"飞鼠哥哥！我要设定时间啰！"

一道勉强装得幼稚的女孩娇哆声音在周围响起，这种声音真的很难不让人皱起眉头。

"这手表为什么不能关掉声音啊……"

安兹发起牢骚，不过这只是做做样子而已。只要在创建工具中设定一下即可关掉声音，但安兹却一直没有关掉。

替手表配音的人是创建亚乌菈和马雷的公会成员泡泡茶壶。

如果把她的配音关掉，这个道具就和一般的表没什么两样。

身为实力派声优的她会配这种令人皱眉的声音，主要是想捉弄安兹。

创建夏提雅·布拉德弗伦的佩罗罗奇诺是她的弟弟，和安兹的交情很好。因此，泡泡茶壶把安兹看作弟弟的朋友，才会导致这样的结果。

不过，或许不是恶作剧。

她经常替 H-Game 中的萝莉角色配音。刚才那个奇怪的声音，也是这种萝莉角色的声音。所以，她可能只是将工作用的声音配进去而已。

发现想买的 H-Game 中可能会有姐姐的配音时，购买欲因此大幅下降。想起同伴以前曾经如此抱怨过的安兹露出苦笑。

"真的是这样呢，浏览网站时，如果听到泡泡茶壶的声音，我也会被吓到呢。"

安兹向不在场的公会朋友如此发表感想后，继续从空间中取出数根长十五厘米左右的平坦木棒，每根木棒上面都雕有文字，分别刻着"月读""后羿弓""地球回复""女教师愤怒铁拳"等。

腰带上装有几个可以放入卷轴的架子，他默默记住这些架子的顺序，谨慎地将木棒慢慢放进去。

这些准备工作花了不少时间，结束时魔法阵的蓝色光芒已经变得更强，这就是可以发动超位魔法的状态。

"那么，发动吧。"

做好心理准备的安兹露出坚定的眼神——

"超位魔法——坠落天空。"

5章 PVN

第五章 | PVN

1

一道声音响起，仿佛点燃火焰的木棒掉进水里的——滋滋声。

发动超越位阶的魔法——宛若太阳从大地升起般，眼前的视野全被染白。

超高热源产生的热气瞬间膨胀，贪心地将效果范围内的一切燃烧殆尽。

如此绝杀的光景大概只维持了五秒吧，但感觉有好几十倍的时间那么长。

不久，白色世界消失后，随着急速退去的超高热源，眼前出现一个内外景色截然不同的大圆圈。

效果范围外，没有受到任何影响，树木依然还是树木，大地也像森林一样充满生命力。这是没有任何改变的森林——极为普通的世界。

相对地——圆圈内呈现焦黑之色，变成一大片令人瞠目结舌的死亡大地。

在惊人热量的侵袭下，周围植物全被燃烧殆尽，只留下几棵遭到碳化的巨木树根，一片焦黑的大地中，有几个结晶化的地方，现在依然还在冒烟。

站在这个不容许生者存在的世界边际之外，安兹被里面散发出来的可怕气氛笼罩。

由里面唯一一个人所发出。

在必死无疑的热量中，不可能会有生命存活下来。

"呜啊——呜啊——"

难以想象竟是咬牙的吱吱声，夹杂在这道奇怪的声音中传进安兹耳里。

转头望向声音的来源，看到焦黑的世界中出现一点红。

全身冒着烟，像是在说这样还不足以杀掉我般冷笑的夏提雅·布拉德弗伦，充满敌意与杀气的深红瞳眸自正面抓住安兹的身影。

"安兹大人，很痛耶！"

夏提雅缓缓迈出步伐，将脚下的烧焦大地踩出裂痕。

一步一步慢慢拉近和安兹的距离，挥动手中的滴管长枪，咻地响起一道划破空气的声音，说明现在还能战斗。

魔力系魔法吟唱者只有在远距离时才能发挥真正价值，对目前没有前锋的安兹来说，被敌人拉近距离的话只有百害而无一利。但安兹没有急忙后退，仿佛迎战挑战者的王者般态度傲慢地向夏提雅出言挑衅：

"这是不成敬意的薄礼，不知道你还满意吗，夏提雅？"

"哈哈哈哈哈！"

打从心里感到高兴般，夏提雅笑了出来。

"太棒了，竟然必须杀掉拥有如此强大力量的安兹大人！"

"大人啊。为什么要叫我大人？你现在的主人是谁？"

"真是奇怪的问题。称呼无上至尊的您为大人，不是理所当然的事吗？至于我现在的主人……"

夏提雅整张脸皱成一团，那是感到困惑的模样。

"我为什么要和安兹大人战斗……啊，是因为遭到攻击？但是安兹大人为何要攻击我……遭到攻击就必须全力消灭吗？为什么？"

没多久，夏提雅好像自己找到结论，脸上露出和刚才一样的笑容。

"虽然不是很清楚，但既然遭到攻击就必须消灭安兹大人呢！"

"这样吗……了解了。我了解你的状态了……"

"喂喂，怎么了吗？安兹大人，您好像有些虚脱呢，这样怎么打赢我呢？"

"哼，你在误会什么？像你这种家伙怎么可能打赢我——安兹·乌尔·恭呢。'安兹·乌尔·恭'不可能败北。夏提雅，你才要臣服在我的脚下。"

"哈哈哈哈哈！还真是令人害怕——呢！"

带着连疾风都相形失色的速度，杀气腾腾的夏提雅冲了过来。每跨出一步，脚底的焦黑大地就像爆炸般炸裂开来。克莱门汀的突击速度也很快，但夏提雅的速度更快，根本不是同一个境界。

安兹感谢不需要眨眼的自己，因为她的速度已经快到一眨眼就会消失踪影。

将自己的笑声抛到后方而冲刺过来的夏提雅，举起长枪，将枪尖瞄准安兹刺出。这招枪突击原本是骑马的骑士靠着马匹速度与重量来发动的招式，但夏提雅利用超凡臂力与惊人速度发出的这一击，轻易地凌驾在其之上。

一击必杀都不足以形容的致命一击，划破天空朝安兹胸口飞去。

不过，即使枪尖不断逼近，安兹依然纹丝不动。

只是温柔地开口。

"很危险喔。"

发出这般担心夏提雅安危的慈祥警告，这是安兹针对夏提雅的攻击设下的反击手段。

在夏提雅攻击过来时，之前施展的"魔法三重最强化·爆击地雷"会自行发动。

产生的三道冲击波，将夏提雅的身体远远地往后震飞出去。

看到这一幕的安兹，更加温柔地道歉：

"夏提雅，请原谅太晚提出忠告的我。其实那里设有地雷……魔法最强化·重力涡。"

安兹向震飞出去的夏提雅投掷一个黑色球体，这是连夏提雅这种等级的人也会受到相当损伤的超重力螺旋球。

这时候，被震飞出去的夏提雅立刻从倒地的姿势站起，挥出空无一物的那只手。

"石壁。"

巨大石壁从地面蹿出，将夏提雅团团围住，和安兹发出的超重力旋涡产生激烈冲撞，石壁歪斜、扭曲，轻易地遭到粉碎，但重力涡也因此消失得无影无踪。

"哼! 魔法最强化·肋骨束缚。"

继续发招追击后，从大地飞出的巨大肋骨宛如捕兽夹般袭击夏提雅。白骨前端的利齿深深咬进夏提雅的身体。

"咕!"

原本这道魔法，在给予伤害后会继续缠住目标，但夏提雅却轻而易举地摆脱束缚。这是因为她具有移动阻碍的绝对抗性，才会造成束缚无效。

"夏提雅，忘记跟你说了，我已经在这附近设下陷阱，用飞行的方式攻击我如何?"

"安兹大人，我才不会上您的当，空中也有设下陷阱吧?"

"有这么显而易见吗?"

"是的，早就被我看穿了。"

彼此轻轻一笑，安兹眼窝中的红色灯火稍微转暗。

根本没那回事。安兹设下的地雷魔法只有刚才那招而已，而且也没有在空中设下魔法陷阱。这一战并不是那种可以随便浪费 MP 的轻松战斗，没有多余的 MP 用在那种没什么效果的魔法上。

因此，他才会设下地雷来虚张声势，阻碍夏提雅的机动性。

看到她踏入陷阱，安兹才眯起眼睛。不过，现在还不是安心的时候。

在这次的战斗中，安兹才是挑战者。钢索非常细，一不小心就会失足落下。明白这一点的安兹，没有笨到会因为这种小胜利就得意忘形。

"不过真不愧是安兹大人，像刚才那种单纯的冲刺，还是无法和您拉近距离呢。"

夏提雅的眼睛和声音中有着真诚的赞赏之意。同时，安兹也强烈感受到她身上散发出全力以赴的斗志。

（接下来才是重头戏呢。）

如果安兹的身体能够流汗，现在应该已经汗流浃背了吧。

（总之，在我的MP耗尽之前，只能不断给予伤害。）

如果无法办到，安兹将注定走向败北之路。

夏提雅架起滴管长枪，缓缓瞪向站在面前的魔法吟唱者、自己的主人安兹·乌尔·恭。

虽然不知道自己为什么一定要和崇敬的主人作对，但脑袋却告诉自己这并不是什么大不了的问题，杀了他之后再慢慢想就行了。

如此冷静思考的夏提雅，面对单枪匹马的不死者，嘴角扬起微笑，认为这个情况对自己相当有利。

魔法吟唱者，尤其是魔力系魔法吟唱者拥有强大的力量，但那些力量全都仰仗MP，只要MP耗尽，自然也会失去战斗力。反观夏提雅虽然属于信仰系魔法吟唱者，却擅长肉搏战，即使MP耗尽，只要还有HP就能战斗到底。

因此，在这场战斗中，即使没办法将对方的HP削减到零，但只要让对方的MP耗尽，就能立刻分出胜负。更何况身为魔力系魔法吟唱者的安兹，根本没有任何有效的体力回复方法。

（所以，请对不断减少的HP和MP感到害怕吧，啊哈哈。一想到安兹大人的恐惧模样，夏提雅心头就小鹿乱撞起来呢！）

那么，何种战术才能达到这种效果呢？那就是进入持久战。

夏提雅笼统地拟定出一套战斗流程，握紧神器级道具滴管长枪。

设定在这把武器上的特殊能力，是只要给予对方伤害，就会根据伤害量回复使用者的伤势。不对，也可说这个神器级道具就是特别强化此效果的武器。所以原本都是当后卫角色的安兹，才没有召唤一些喽啰出来当前锋。他非常清楚，如果召唤一些弱小魔物出来当前锋，只会被滴管长枪拿来当作回复体力的工具吧。

（啊啊，可怜的安兹大人。无法召唤前锋，只能孤零零地一个人独自战斗。）

露出虐待狂般的笑容，夏提雅发动"魔力精髓"。

这招可以暂时看穿对手的魔力，因此安兹的剩余魔力浮现眼前。

（魔力值真的非常庞大呢……不知道如何才能得到那么多的

魔力。）

　　安兹的魔力量或许有夏提雅的一点五倍以上吧，找遍整座纳萨力克，都不可能找到有那么多MP的人。

　　（真不愧是无上至尊，可说是非凡的不死者……超级不死者……不对，是神级不死者吧。）

　　虽说如此——她还是　点都不觉得自己会输。不知道其他守护者是怎样，但对夏提雅来说，那种强化死灵系攻击手段的对手，并非强敌。

　　（不过也不是能够掉以轻心的对手。但安兹大人为何没有穿戴神器级道具呢？）

　　安兹身上穿的长袍，不知为何感觉很寒酸，完全没有平常那件漆黑长袍的威严。

　　（难道是穿来对付我的？很有可能，不过一直这样大眼瞪小眼下去，也不会有什么结果，先来回复体力准备长期抗战吧……）

　　"生命力持续回复。"

　　夏提雅发动即使是不死者也能慢慢回复体力的魔法，回复刚才受到超位魔法攻击的损伤，这时安兹终于开始攻击，发出和刚才相同的超重力球。

　　"魔法最强化·重力涡。"

　　漆黑球体快速迎面而来，虽然脑海中也闪过刚才的选项，发动"石壁"来阻挡，但这样无法向对手施加压力，如果想要大幅削减对方的魔力，就必须自己主动出击。

夏提雅选的招式是——

"高阶传送。"

这个方法是利用传送拉近距离，和对方进行肉搏战。

视野扭曲起来，眼前原本应该立刻改变的光景却感觉有点变慢。

（啧！）

夏提雅判断，这是阻碍空间传送的魔法"延迟传送"造成的效果。

果然被夏提雅料中，本该传送到滴管长枪攻击范围内，但安兹的位置却离那里相当远。眼前反倒出现了三个闪烁的光球——"飘浮大诡雷"。

察觉诡雷的夏提雅，看准飞来的瞬间，使用雾化技能躲过。这个特殊技能会将身体雾化，算是非常具有吸血鬼风格的一招，虽说是雾化，但并非那种自然现象，而是变成非实体的幽冥魂，利用此招完全躲开现实世界的攻击——魔法造成的三重爆炸。

"天真！"

不过，随着安兹的咆哮，"魔法最强化·幽冥一击"立刻袭来。

这招可以对付非实体的魔法，命中雾化后防御力稍微减弱的夏提雅全身。

在痛苦中解除雾化状态的夏提雅嘴唇裂开，感觉有一道柔滑的液体从那里流出。

"太厉害了，真不愧是安兹大人！"

安兹没有响应这个坦率的称赞，只是带着疑惑的眼神看向对方。

"您无法相信我吗，但我真的觉得您是值得我效忠的人。"

果然很擅长魔法战。

不过——夏提雅的嘴唇还是不禁上扬，露出微笑。因为安兹的魔力已经大幅下降了。

夏提雅的体力的确有减少，但这些体力的消耗量都在夏提雅的掌握中，而安兹的魔力消耗量却是超乎预期得多，已经非常回本。也就是说，夏提雅离胜利更近一步了。

（那么，接下来的这招又如何呢？）

夏提雅发出下一招。

"力量圣域。"

夏提雅的周围被白色光芒完全笼罩，这是纯粹利用魔力形成的防护罩。这道防护罩虽然也会造成发动者的攻击失效，但可以完全阻断对手的攻击。

透过这道光罩，可以看到安兹慌张地想要发动魔法。

"没错喔，如果不赶紧发动魔法，后果可是不堪设想喔。"

看起来像是安兹占上风的这场战斗，夏提雅已经知道是什么原因造成的。

能力——否。

武装——否。

准备——是。

没错，会造成这样有利的结果，都是因为安兹事前已经发动了许多防御魔法，做好万全准备了吧。魔法吟唱者的强度会根据事实准备的情况出现大幅变化，当然夏提雅也是如此。因此，安兹应该会立刻破坏夏提雅身上的防御，不让她做好充分的防御准备。

夏提雅根本没打算发动不擅长的防御魔法，她的目的是消耗安兹的魔力。看到安兹焦急地发动魔法后，夏提雅向安兹露出微笑。

（哎呀哎呀，完全按照我的计划在进行嘛，安兹大人。不过，竟然没有使用卷轴、法杖或短杖，是在保存实力吗？因为太过慌张吗，还是知道那些都对我没什么效果呢……嗯？）

安兹的魔法抗性，可以让低阶到中阶的魔法攻击完全无效，不管那个魔法是由多强的魔法吟唱者发出都一样。反观夏提雅的魔法抗性，却会受到对手的能力、等级影响，如果是由弱小魔法吟唱者发出的魔法，即使是第十位阶的魔法也无效，但若遇到强大魔法吟唱者——例如安兹——顶多只能挡下第一位阶的魔法吧。

关于卷轴，有些地方会受到创造者的特殊技能影响，但基本上都是以最低等级制成，等级也会维持固定，不再改变。因此如果利用卷轴发动魔法，很有可能无法贯穿夏提雅的防御，所以安兹才没有使用吧。

即使在夏提雅冷静分析战况的期间，安兹也持续发动魔法。

"魔法最强化·千根骨枪。"

无数——远远超过一两千根的众多骨枪，以安兹为中心，自四面八方碎裂大地猛烈地蹿出。白色骨枪从不同地方重复冲撞防护罩，没多久就听到玻璃碎裂的声音，夏提雅施展的防护罩也随之粉碎。散乱的碎片四处飞溅，仿佛融化般消失得无影无踪。

"啧！"

耗费不少魔力发动的魔法防护罩竟然遭到一击粉碎，实在太过出乎意料，感到不可置信的夏提雅继续遭到追击。

"还没结束！魔法最强化·千根骨枪。"

"高阶传送。"

传送地点选择不在"延迟传送"范围内的上空任一地方。

"别想逃——魔法最强化·重力涡。"

夏提雅原本就知道安兹应该会使出一些招式来追击自己。像是看准了夏提雅传送后的时间点，安兹的魔法立刻飞来。

依然从容不迫的夏提雅，对于安兹的高超战斗技巧相当着迷，若非经验老到绝对不可能有这样的身手。

"还很好整以暇嘛。"

夏提雅不知何故必须杀死的对象，如此平静问道：

"为什么和我战斗你还能够如此轻松自在？等级大同小异，

但我的武装却比较强，擅长领域遭到封锁的部分是对我比较不利，但也仅此而已。可是我却能感受到你充满自信，认为自己稳占上风，绝对会打赢。"

面对如此询问的主人，夏提雅充满优越感。

"哈哈哈，那么让您看一个我会如此游刃有余的秘密吧。您知道我会这样的特殊技能吗？"

露出胜利者的笑容后，夏提雅发动不净冲击盾。如血液般的黑红色冲击波向外扩散，就在黑色重力球即将命中之前，将其一击化解。

这是夏提雅兼具攻击与防御效果的一招特殊技能。

"啧！"

一道咂嘴声从安兹的口中传来。如果夏提雅刚才的咂嘴声是因为事与愿违而发出，那么安兹的咂嘴声就是因为不再游刃有余而发出。

"哈哈！"

夏提雅对安兹的态度感到好笑，继续表演另一招特殊技能。

手上浮现一根超过三米的巨大战神枪，枪头部分特别巨大。另外，从散发出来的清净感觉可以证明，这把武器绝对非比寻常。白银光辉在日光的反射下灿烂夺目，美丽异常。

"喔……没看过呢，是利用特殊技能召唤出来的吗？"

"哈哈哈，看您还能逞强到什么时候呢，安兹大人？您好像不知道这件武器，那就让我告诉您吧，它的名字叫清净投掷枪!"

夏提雅嘲笑安兹的无知,发出白银色的长枪,并不是用投掷的方式,而是长枪自行浮起往空中急驰而去。这是一把可以借由消耗 MP,赋予必中效果的武器——

"咕啊!"

安兹的胸部遭到贯穿,看在夏提雅眼里,似乎连不会动的骷髅头都痛苦到整个扭曲一样。

"哈哈哈!真不愧是具有神圣属性魔法的武器,看来好像效果很强呢!"

夏提雅再次于手中浮现巨大长枪,接着立刻投掷出去,长枪以无法躲避的速度飞行而去,这次则贯穿安兹的肩膀。

"咕!别小看我!魔法最强化·现断。"

安兹发动一招强大魔法反击。

这招是"世界冠军"这个战士系最强职业在最高等级时,才能学会的超级最终特殊技能"次元斩"的劣化版,但在第十位阶中,也是具有顶尖破坏力的魔法。

空间遭到切断,鲜血像是喷水般从夏提雅的盾口喷出。

被这招几乎任何魔法防御都无效的强力攻击魔法命中,造成的伤害——却像是时间倒流一样,变成体力回到夏提雅的身体,完全失去效果。

看到这幕光景的安兹高声怒吼:

"你干了什么好事!"

"别那么大惊小怪嘛，安兹大人，这也是特殊技能喔。"

夏提雅沉浸在优越感中，回答这个问题。

"啧！也就是说，我的特殊技能毫无效果，你却可以尽情使用的意思吗？"

"别觉得我卑鄙，因为这是佩罗罗奇诺大人赋予我的能力。这也证明了，那位大人比安兹大人还要优秀，不是吗？"

"这句话感觉是发自内心的呢。"

变得毫无表情，或者说这道毫无情绪的平静声音，让夏提雅感到疑惑，但在此之前，安兹再次呐喊：

"我要出招了，夏提雅！我要让你知道，不管你拥有什么特殊技能，永远都不如我的魔法！"

"哈哈！是要以火力一较高下吗，安兹大人？您这么说的话，我也不会输喔！"

"魔法最强化·现断"和清净投掷枪交错而过，伤害彼此的身体。

两人再度以魔法互射的同时，夏提雅在内心嘲笑安兹的愚蠢，同时也感到疑惑：为什么要和安兹大人战斗？

夏提雅·布拉德弗伦身为纳萨力克地下大坟墓的楼层守护者，负责守护地下一楼到地下三楼，同时也是由佩罗罗奇诺这位无上至尊创造出来的忠诚部下。那么，和眼前这位安兹·乌尔·恭，旧名飞鼠的至尊战斗，不是太奇怪了吗？怎么可以和身为四十一位无上至尊一员的安兹大人兵戎相见呢？

如果是自己的创造主如此命令，她会遵从命令全力战斗，即使与纳萨力克所有人为敌，也会毫不犹豫地全力以赴，但事实并非那样。

　　即使不断思考还是找不到答案。

　　不过，就是无法收手，像是有人在耳边呢喃——夏提雅你要使尽全力杀了对方才行。

　　夏提雅利用"魔力精髓"监视安兹的MP消耗情况，忍住心中涌现的笑意，同时倒转时间，让体力回复到原来的状态。

　　越强的魔法，魔力的消耗量就越多，特别是"现断"这招魔法，如果站在杀伤力和魔力消耗量的比率——也就是杀伤效率来看，算是不好的那一类。即使如此，安兹依然连续使用此招。夏提雅认为，或许是安兹想要在进入肉搏战之前，尽量削减自己的体力，这样才能分出胜负吧。

　　（没错，短期决胜的这个想法非常正确，因为一旦进入长时间对战，对我就会比较有利……或许也因为安兹大人知道，弱化系的魔法对不死者没什么效果吧。）

　　夏提雅眯起眼睛，注视着连续发出强大魔法的安兹。

　　（很好，那我就将计就计地配合吧。）

　　夏提雅的特殊技能，也区分成可无限使用的和不能无限使用的类型。倒转时间来回复损伤的特殊技能，一天只能使用三次。清净投掷枪也一样，至于不净冲击盾则只能再使用一次。

　　不过，也没什么值得惜用的诱因。夏提雅原本就打算在最后决战中采取肉搏战。MP和特殊技能都只是用来削减安兹MP的道具罢了。

（我即使没了MP依然能够战斗，但安兹大人只要耗尽MP就非常致命了。）

夏提雅能利用HP和MP的总和战斗，但安兹只能靠MP战斗，两者在起跑点时就已出现极大的落差。

夏提雅对只能使用魔法的安兹露出温柔眼神，与其说那是宛如母亲对自己小孩露出的眼神，还不如说是强者对弱者露出的怜悯眼神。

发出最后的清净投掷枪之后，夏提雅立刻受到"现断"的反击。她决定进入第二阶段的战斗。

"那么，这招又如何呢？召唤第十位阶魔物。"

"休想得逞！高阶排除。"

召唤出来的魔物瞬间遭到消除，耳里传来安兹的得意笑声。

"不会让你拖延时间喔，夏提雅。"

（我不能笑出来喔，我只是单纯地想在特殊技能后，使用MP罢了！）

夏提雅装出严肃表情，发动另一招魔法。

"是吗？那么我就直接发招了！魔法最强化·朱红新星。"

"魔法三重最强化·万雷击灭。"

针对弱点发出的朱红烈火笼罩安兹，夏提雅则被三根集结了众多雷电的巨大雷击贯穿全身。

感觉体力遭到大幅削减，在这场战斗中直到现在才第一次出现的感觉，让夏提雅脸上浮现不悦之色。

（他做好了对付火焰的措施？）

不管多强，都不可能事先做好对付所有属性攻击的措施，就算是异形类种族获得了种族的抗性，选择能够学会抗性的职业，全身穿戴了具有抗性的神器级道具，还是有一定的极限。不过相反地，如果能够针对某几个属性攻击进行防御强化，也有可能将自己的弱点属性提升到完全抗性。

也就是说，安兹舍去其他属性，只针对火属性攻击进行防御强化了吧。

（这下可棘手了，根本不知道安兹大人舍弃了哪些属性没有强化。）

如果想要查出安兹害怕的属性有哪些，唯一办法就是使用能够看穿对手体力的"生命精髓"，然后发出各种属性攻击，看哪一种属性的损伤量最多。

（这么麻烦的事我才不干呢，那就针对他确实会害怕的属性进行攻击吧。）

"魔法最强化·灿烂光辉。"

"魔法最强化·真实黑暗。"

受到神圣属性的光芒包围，安兹的身体遭到净化，夏提雅的身体则被无属性的黑暗侵蚀。

就在这一瞬间——夏提雅没有错过，她看到安兹的身体稍微晃了一下。

虽然他还在改变姿势企图蒙混过去，但怎么可能被这种显而易见的手法骗过，这就是他忍耐疼痛的举动。

夏提雅不动声色地偷笑，因为她已经找到了敌人的弱点。

不，这也怪不得他吧。对不死者来说，最致命的弱点就是神圣属性的攻击。这个弱点非常难以消除，若是将装备拿去应付火属性攻击，就更不可能消除了。

彼此互相瞪视，夏提雅发动下一个魔法。

夏提雅选的魔法当然还是"灿烂光辉"。

就这样你来我往地展开好几场魔法攻防战，即使是夏提雅，体力也被削减了不少。如果没有偷偷使用 MP，发动可以减弱魔法效果的特殊技能，或许 HP 早就归零了。

（真不愧是安兹大人……在魔法战中，不论攻击或防守都远胜于我。虽然连续使用了好几次神圣属性魔法……但安兹大人的体力损伤量还是比我少很多吧，不过，也让他减少了很多MP。）

呈现在视野中的安兹 MP，和一开始的时候相比已经少了很多。即使如此，安兹的眼中还是充满熊熊燃烧的战斗意志。

（真是心痒难耐呢，好想快点看到这么出色的安兹大人意志崩溃，变成丧家之犬的失败模样。）

夏提雅压抑住从下腹部涌现的感觉。如果是在自己的房间内就会呼唤吸血鬼新娘过来，但可惜的是她们并不在这里。而且，当然也不能在这里自我安慰，发泄涌现的欲火。

这样的话——就以战斗来获得满足吧。

夏提雅带着因欲火而湿润的眼神注视安兹，舔起嘴唇。如果这时候继续拉开差距，他又会出现怎样的表情呢？

"那么，我要进行回复啰。魔法最强化·大致死。"

活人会因正能量回复体力，因负能量受到损伤，不死者则刚好相反。因此具有庞大负能量的"大致死"，对夏提雅来说正是最大的回复魔法。

"原来如此，我的体力刚好也减少了——'大致死'。"

夏提雅连眨了好几次眼睛，不敢相信发生在眼前的事实，不过看到安兹的损伤不断回复，即使不相信也只能承认吧。

"咦？为什么安兹大人能够发动信仰系魔法'大致死'呢？在您的职业学成表中有这个魔法吗？"

"没有，很遗憾这并非我自己的能力，是利用魔法道具得到的附加能力。这个魔法道具只能挑一种特定魔法使用，而且还得浪费一个装备空间，也不能加入魔法强化系的特殊技能，和本职发动的魔法相比威力也差很多，可说是缺点多多呢。"

口中如此发牢骚的安兹再次使用"大致死"，让夏提雅暗自碎碎念——这样不就打乱了我的盘算？不过这也算是达到削减对方 MP 这一个目的，计划还不算乱了套吧。

夏提雅如此判断，继续发动"大致死"回复自己的损伤。因为夏提雅高达百级，所以没那么容易回复完毕。

最后，发动了——

"魔法最强化·大致死。"

"光辉翠绿体。"

治疗损伤后，换安兹对自己发动防御魔法。

身为信仰系魔法吟唱者，而且并没有从佩罗罗奇诺那里得到太多知识的夏提雅，不知道"光辉翠绿体"有什么效果。不过，看到方才笼罩安兹身体的绿光再次出现，夏提雅判断应该是防御系魔法。

（完全正确呢，接下来就直接进攻吧。）

夏提雅想要尽情挥舞滴管长枪，正要开始行动时，耳里传来一道像是不禁脱口而出的牢骚。

"还真是一场不利的战斗呢。"

这个牢骚出乎夏提雅的意料，握住滴管长枪的手稍微松懈下来，接着想要开口说：

终于察觉了喔。

虽然这么想，但夏提雅的理性判断，对自己的主人安兹吐槽还是有些失礼，所以并没有把话说出口。

（主人？安兹大人？）

不断浮现脑海的单词让夏提雅感到困惑，自己为什么必须与主人安兹大人刀剑相向？不过这也很正常，世上有许多难以理解的事，这一定也是其中之一罢了。

如此判断的夏提雅，感觉到安兹的行动似乎缺乏一贯性，因此带着不像在战斗中的轻松口吻开口问道：

"如果觉得不利，选择撤退不就得了？"

"嗯，话是这么说没错啦……"

安兹的骷髅头明明无法做出表情，但却让人觉得像是露出苦笑。

"我啊……没错，非常任性。夏提雅，我不想逃避。"

安兹注视着自己空无一物的骷髅手，受到吸引的夏提雅也将目光转向那只手。

"这样做可能不会被人理解，甚至会被认为是笨蛋。不过，现在的我，在此刻得到了身为公会长的满足感，这是为什么呢……我……虽然身为公会长，但做的事情都是杂务或协调，而非身先士卒采取行动。不过，现在的我却为了公会站在最前线战斗……或许这只是我的自我满足吧。"

"原来如此，这就是所谓男人的矜持吗？"

"是……那样吗？说不定……也有包含一点自暴自弃的情绪在内。似乎被我的无聊话题打断了。抱歉，那么重新开战吧。"

2

安兹冷静注视着架起滴管长枪的夏提雅。为了赢得胜利，必须克服这场肉搏战才行。

夏提雅的背部装甲隆起，像是贯穿铠甲般冒出蝙蝠翅膀。

安兹知道接下来出现的会是什么东西。

有好几只巨大蝙蝠从她的背后蹿向天空，这种生物是利用"召唤豢畜"产生的上古吸血蝙蝠。不仅如此，还陆续出现吸血蝙蝠群。

虽然并不是什么强大的魔物，但也不能让它们任意妄为，安兹立刻发动魔法。

"巨颚龙卷。"

一个高一百米、直径五十米的巨大龙卷风突然出现在眼前。席卷大地的黑色龙卷，将企图逃脱的蝙蝠群一一卷入，困在龙卷之内。

在高速转动的龙卷中，可以看见敏捷游动的影子，仿佛在海中游泳的那些影子——是六米长的鲨鱼。那些鲨鱼像是看到掉入水中的饵一样，群聚到拼命想要逃离龙卷的蝙蝠群处。这个对飞行生物相当有效的魔法发挥其真正价值，转眼间就把上古吸血蝙蝠的翅膀、身体咬得支离破碎。

正当吸血蝙蝠遭到啃咬、不断被消灭时——却有一道影子突破龙卷飞出。

突破龙卷从正面高速飞出的是一道红色影子，那道影子往前刺出长枪，像是喷射机后方冒出的火焰般留下一道残影。

来不及反应的安兹，全身涌现一阵剧痛，感觉身上的骨头被粉碎。

"咕啊！"

安兹发出疼痛的叫声，被这个附加殴打属性的武器命中，让安兹的体力瞬间大幅下降。

不死者安兹不怕疼痛，和精神一样，只要疼痛到达一定程度就会自动被抑制。因此即使是铃木悟这个毫无战斗经验的门外汉，也能不受疼痛影响，冷静对待。

不过，这次的疼痛非同小可。

感觉生命不断流失，仿佛失去大量血液，这种类似视野变暗，逐渐失去意识的感觉令安兹——不对，让铃木悟的脆弱精神受到强烈打击。

不过，安兹的意志超越这个脆弱的精神。

因为目前在这里战斗的人并非铃木悟，而是纳萨力克地下大坟墓的最高统治者——安兹·乌尔·恭。

即使在安兹摸索着下一步该采取什么手段时，夏提雅依然没有停下攻击。

在枪尖刺入的状态下，不断往前推进，枪尖整个刺穿，后面较粗的地方也继续刺入安兹的身体，他感受到身体被撕裂，同时也蹿起一阵剧痛，还有生命力更加减少的感觉。

因此安兹决定发动"光辉翠绿体"。

笼罩全身的绿色光辉就此粉碎。

第十位阶魔法"光辉翠绿体"可以在效果时间内降低殴打属性的伤害，此外在发动后也可以让殴打属性的伤害完全失效一次。

长枪所造成的损伤被"光辉翠绿体"吸收，因此仿佛时间倒转般，枪尖移动到安兹的体外。

安兹移动到长枪刺入前的位置，让夏提雅露出不知所以然的表情，这时候安兹继续发动魔法。

"骸髅障壁！"

由无数持有武器的骸髅组成的骸骨墙壁挡在两人中间，墙壁中的骸髅手持武器攻击夏提雅，发出下砍、突刺、横斩等各种招式。

不过，没有一招命中夏提雅的身体。

"魔法最强化·力场爆裂。"

看不见的冲击波以夏提雅为中心向外爆炸，受到无形冲击波撞击的骸髅墙壁大幅倾斜，就这样被粉碎。

粉碎的骸骨发出下雨般的哗啦哗啦声。不过这也争取到一点时间，对安兹来说是有利的。

"解放！"

随着安兹的命令，"高阶魔法封印"让三个魔法阵各自发出三十发、一共九十发的白色光辉。这些白色光辉是无属性的攻击魔法"魔法箭"。拖着残影的魔法箭，像振翅飞翔的美丽天使，不过却是告知死亡的天使。

第一位阶魔法无法突破夏提雅的魔法防御，但安兹还是发出这样的魔法，感到有些异样的夏提雅急忙往旁边回避，但白色光弹却九十度转弯，完美地追踪上去，如骤雨般打在夏提雅身上。

九十发的白色魔法攻击连续命中夏提雅，让她的体力一下子大幅下降。

能够贯穿夏提雅防御的秘密在于，安兹利用了特殊技能，将魔法箭暂时提升到相当于第十位阶的魔法。

安兹的攻击还没完。

"起舞吧，魔法三重化·黑曜石之剑。"

空中浮现三把散发黑光的长剑，像是拥有思想般立刻朝夏提雅飞去。

别来碍事——如此呐喊的夏提雅挥出滴管长枪一一挡开，但即使遭到抵挡，黑曜石之剑还是继续进攻，魔法生成的黑曜石之剑很难用物理攻击方式消灭。

"魔法解体。"

夏提雅使用所剩不多的 MP，发出解除魔法的魔法。

不惜耗尽 MP 也要发动的魔法，让两把黑曜石之剑消失在空中。但还剩下一把没有消失，持续朝着夏提雅进攻。"魔法解体"的魔法解除概率是根据发招者的能力而定，从这点就可以证明，到底是哪一位魔法吟唱者的实力较高。

"啊，烦死了！"

夏提雅不理会攻击过来的长剑，朝着安兹进逼而去。这样的损伤，对夏提雅来说根本是不痛不痒。

挥舞过来的滴管长枪，将安兹往一旁打飞出去。安兹比较无法抵挡殴打系的攻击，不能忽略这次的伤害，被打飞到空中的他利用"飞行"魔法取得平衡。接着——

"可恶！"

在这场战斗中，安兹首次发出心慌意乱的咒骂声。

安兹的体力并非不足以抵抗这种程度的攻击，但问题是发生在眼前的现象。因为安兹的体力被吸走，用来回复夏提雅的体力。

她的回复速度超越黑曜石之剑造成的伤害数，为了削减她已经回复的体力，安兹发动攻击魔法。

"魔法三重最强化·现断。"

连续出现三次穿越空间的劈砍让夏提雅的身体喷出鲜血，但不予理会的夏提雅，为了拉近距离继续向前进攻，背后还跟着穷追不舍的黑曜石之剑。

（MP耗尽的夏提雅只能拉近距离，在滴管长枪的有效范围内进行战斗……吗？但这却是我最讨厌的战法……）

安兹利用"飞行"后退，持续发出攻击。

"魔法三重最强化·现断。"

即使不断往后退，彼此的距离还是每个瞬间就被拉近一点，这就是"飞行"的速度与受到特殊技能强化过的飞行速度之差别。

喷着血逼近到眼前的夏提雅，突然缩起身体，同一时间，空气扭曲——一道冲击波以夏提雅为中心向外爆发。

（不是"力场爆裂"！而是不净冲击盾吗！）

利用特殊技能发出的冲击波，粉碎黑曜石之剑，朝着安兹迎面而去，就这样将安兹远远撞飞出去。

"咕！呜！"

可能在不净冲击盾的冲击上又加入了一些特殊技能吧，安兹在地面翻滚了好几圈——靠着"飞行"和身上的魔法道具，才得以强行回复姿势。

不知道是因为没有命中要害，还是不死者的特性，没有头昏眼花的安兹瞪着拉开距离的夏提雅。

这是幸运的结果，肉搏战并非安兹所愿，能够拉开距离的话，就还有机会可以施展魔法。

正打算发动魔法时，安兹看到夏提雅面前聚集了一团白光，接着慢慢变成一个人类大小的模样。

安兹很清楚那是什么。

安兹不会动的脸颊僵硬起来，反观夏提雅却露出获得压倒性胜利的赢家笑容。

"来了吗……终于来了吗，虽然早知道一定会发出这招，但竟然是在这种节骨眼使用'勇者之魂'——这张夏提雅的最大王牌。"

白光完全成了人类模样。

如果去掉染白的铠甲和散发出朦胧白光的肌肤，这道白光非常酷似夏提雅。

安兹了解，并非只有外表相似。

虽然少了魔法发动能力和部分特殊技能，也没有道具可用，但武装及能力值和夏提雅完全相同。并非不死者种族，而是类似哥雷姆的人造物，两者的抗性也可说几乎相同。

　　也就是多了一个只会直接攻击的夏提雅这么回事。

　　早就预测到会有这个情况发生，但要同时应付两个百级的对手，负担还是相当大。

　　不仅如此，夏提雅还召唤出无数的豢畜、狼、蝙蝠、鼠群等——

　　这些豢畜虽然都没有勇者之魂那么强，但也绝对不能轻忽它们群起而攻的杀伤力。

　　（可以使用范围魔法将这些豢畜一扫而空……但剩下的勇者之魂该如何解决呢？）

　　正当安兹观察着对方要如何出招时，勇者之魂就朝着安兹冲过来，这也出乎安兹的意料。

　　夏提雅为何没有动？她不是打算群起而攻吗？

　　不过这个疑问在安兹移动目光后，便获得了解答，同时空虚眼窝中的灯火也随之熊熊燃起。

　　"太卑鄙了！"

　　安兹不禁坦率地开口咒骂，竟然会使用这种招数。

　　呈现在安兹眼前的光景是，夏提雅召唤出来的豢畜不断被消灭，身体一一被滴管长枪刺穿。

　　夏提雅以滴管长枪消灭召唤出来的豢畜，借此回复自己的体力。

利用滴管长枪回复体力时，不用说也知道，回复量会受到给予的损伤影响。同样等级、防御力又高的安兹和弱小的豢畜，哪一个比较能够回复体力应该不言而喻吧。实际上，夏提雅的体力看在安兹眼里，目前正不断回复中。

豢畜接二连三地遭到滴管长枪刺穿，不断消失。

实在是太过出乎意料的残酷事实。

因为友军攻击有效，所以这也是理所当然的手段呢。

安兹回复冷静，开始修正作战方针以便应付这个意外的情况。

不过，看到眼前这个绝对不可能发生在YGGDRASIL中，杀害自己召唤出来的魔物借此回复体力的光景，还是让安兹无法完全压抑住激动的心情。因此才会被来到眼前的勇者之魂，结结实实地击中一招。

"咕啊！"

面无表情的勇者之魂，继续追击发出惨叫、被震飞的安兹。

遭到追击不断后退的安兹决定发动自己的撒手锏。

夏提雅的豢畜召唤并非无限，差不多也该结束了吧。但即使如此，让夏提雅将周围所有魔物用来回复也很不妙。

原本就是打算在勇者之魂出现时使用撒手锏，算是按照计划进行。如果把夏提雅利用杀害豢畜来回复体力的这点屏除在外的话。

安兹的职业等级加起来有六十级左右，其中有一种职业非常特别。

这个职业即使在 YGGDRASIL 中也非常珍贵稀少，只有少数玩家学会。

安兹能够学会这项职业，是他没有拘泥在变强上，只是作为角色扮演的一环专心将死灵系练到极限的缘故。如果想要追求强大角色，就无法发现这种偏颇的职业构成所造成的偶然结果。

这是因为，前提条件为死之统治者五级，而且还要专练死灵系的魔法职业，才能在总级数达九十五级时学到这项职业。

如果是一般的游戏，只要有人找出这种还没被发现的职业，就有很高的概率会被写进攻略网站和所有玩家分享。不过，YGGDRASIL 这款游戏的信息都具有很高的价值，例如世界级道具之类的信息，即使被人发现，也很少人会愿意免费告诉他人。特别是拥有撒手锏招式的职业更是如此。

这个职业就是"日蚀"。

在职业说明中写道：只有真正穷尽死亡的死之统治者，才能成就这个职业，像日蚀般吞噬所有生命。

而现在安兹打算发动的招式，就是在"日蚀"的最高等级五级时才能学会，而且在一百个小时中只能使用一次的"特殊技能"。

"日蚀"的撒手锏。

这个特殊技能名为"死亡是所有生命的终点"。

在此瞬间，安兹背后浮现一个标示出十二点的时钟，接着发动魔法：

"扩大魔法效果范围·女妖哭喊。"

女人的哭泣声响彻云霄，这是具有即死效果的叫声。

安兹利用各种特殊技能强化的这招魔法，威力比平常还要强大，也更难抵抗。不过面对完全不怕即死效果的不死者夏提雅和人造物勇者之魂，这招魔法当然无法发挥效果。

但奇怪的是，一部分无法抵抗即死的豢畜也没有倒地。

虽然情况似乎有异，但安兹无动于衷，反而可以说正合他意。

滴答。

安兹身后的时钟发出滴答声，配合魔法发动慢慢开始移动指针。

被勇者之魂不断挥出的长枪命中，体力遭到削减的安兹瞧向视野角落的夏提雅，同时感到相当失望。

（还是无法一决胜负吗，可恶的佩罗罗奇诺，专门用来对付我吗？竟然让她持有复活道具，可恨啊！）

安兹在心中抱怨公会的好朋友。

安兹手忙脚乱地躲避勇者之魂的攻击，经过十二秒后，时钟的指针转完一圈，再次指向天空。

接着，安兹的撒手锏发动。

瞬间——世界毁灭。

并非比喻。

一切全都迈向死亡。

架着长枪的勇者之魂在安兹的面前变成白雾，开始瓦解。即使是人造物的无生命者也即死。夏提雅的豢畜们也一样，全都无力抵抗走向毁灭。

不仅如此。

连没有生命的空气也堕入死亡，形成一个直径超过两百米的无法呼吸的空间。假使在这个范围内有需要呼吸的生命体存在，也会因肺部被死亡空气污染致死吧。

大地也逃不过死亡的命运，以安兹为中心，直径两百米内转眼间全都变成沙漠。

在这个只有死亡存在的世界中，只剩下安兹和夏提雅还能动。

安兹的撒手锏"死亡是所有生命的终点"可以强化具有即死效果的魔法和特殊技能。即死效果被这项特殊技能强化过后，即使遇到具有抗性的对手，也可以让对方在一定时间之后即死。

防御手段可以像夏提雅那样，在十二秒的时限内，对自己发动复活系的效果。

连空气和大地都死亡也是这个缘故。

在 YGGDRASIL 中，空气和大地终究不至于跟着死亡，但在这个现实世界中却表现得更加贴切。全都一律平等地以"死亡"形式表现。

连安兹也对这样异常的效果感到吃惊，在 YGGDRASIL 中并不会像这样连大地都死亡。将游戏的力量运用到现实世界后，竟然会出现这样的变化，让安兹不禁摇头。

不过，安兹忍住惊讶，内心的傲气不允许自己坦率地表现出惊讶之色，一副这种效果本来就是在预料之内的模样。带着如此符合统治者的高傲态度，向唯一生还者轻声问道：

"目睹了连无生命者都会致命的力量，有何感想呢？"

新鲜的风流通进来，稀释了死亡空气，彼此的声音借由这些风互相传递。

"太厉害了，真不愧是安兹大人。我的豢畜无一生还。不过，您的MP也几乎完全耗尽了呢。反观我的体力……却是满格喔。"

在夏提雅眼中安兹的MP几乎等于零，似乎还剩下一些，但也只能再使用两三次魔法而已吧。MP这么少的话，不管使用何种魔法都无法消灭夏提雅。

就算是能够给予不死者巨大损伤的超位魔法"坠落天空"也不行。

"差不多只能再使用两次第十位阶魔法吗？安兹大人您的魔力太过强大，所以光这样仍然无法判断您还能使用多少魔法呢。"

"没错，差不多还可以使用两次吧？"

此言非虚。

赢了。

夏提雅嘴角扬起，露出会心一笑。

谁胜谁负已经不言而喻，胜者是夏提雅·布拉德弗伦，败者是安兹·乌尔·恭。

以胜者自居的夏提雅，一派轻松地称赞勇敢战斗至此的败者。

"太厉害了，我的MP完全耗尽，特殊技能的使用次数也几乎用完，才能让安兹大人您的MP所剩无几，能够战斗到此真是值得称赞。"

夏提雅用力握紧滴管长枪，最后只剩下在肉搏战中给予致命一击而已。

"完全没错呢，我就坦率地接受你的称赞吧。"

夏提雅的额头抽动了一下。

非常不爽。

她很不爽安兹·乌尔·恭的好整以暇。不过，夏提雅还是将涌现的不安压抑下去。

不管如何思考，夏提雅都想不到在这种状况下，安兹还能有什么逆转的手段。一招逆转的撒手锏也已经用过了，那么他这种态度就是等待死刑执行的犯人心态，并非好整以暇，而是看破一切的达观吧。

夏提雅慢慢前进缩短距离，即使对方想利用卷轴发动魔法，夏提雅也有自信能够比对方更早攻击，因此不需过于躁进。

安兹没有逃走，只是直挺挺地站在原地而已。从他的这个姿势中感受到已经做好觉悟的氛围，夏提雅开口发问：

"有什么遗言想说吗？"

"这个嘛……因为你觉得我比较不利，认为我把 MP 耗尽就和小喽啰没两样……所以毫无保留地全力对付我，关于这点谨向你表达感谢之意，夏提雅。如果你能够谨慎作战，事情就不会进展得这么顺利了。"

"啥？"

夏提雅怀疑自己的耳朵，是不是听到什么莫名其妙的话。

不理会感到困惑的夏提雅，安兹继续平稳地说明：

"在 PVP 中，最重要的关键在于可以让对手相信多少不实的情报。例如变更武装后，明明不怎么怕神圣属性，却营造出效果强烈的惧怕感觉。相反地，将害怕火属性的这个弱点继续保留。不过……我有点估计错误呢，以为你会使用'生命精髓'，所以我事先用了'虚伪情报·生命'，白白浪费了这招。如果还有下次，记得要查清楚对方的体力，因为这可关系到作战计划的拟定和实行喔。"

这不是夏提雅想听的话。

夏提雅听不懂这些话的意思。不对，是不想理解。

他还不想承认失败——不对，可以感受到他的强烈意志。不仅如此，甚至充满胜利已经手到擒来的胜者感觉。

夏提雅往前迈出步伐拉近距离，但心中涌现的想法让脚步慢了下来。

（安兹大人为什么不拉开距离？魔力系魔法吟唱者的他，不可能在这样的距离下打赢我，这一定是虚张声势！）

"我的朋友佩罗罗奇诺在创造你的时候，告诉我很多事喔。来到这个世界之后，我已经将所有人的数据全都记在脑袋里，不过，除了黑历史之外，在纳萨力克所有NPC中，我最熟悉的NPC或许是你呢。"

"您不是说……不知道我的特殊技能……"

安兹一笑置之。

"当然是骗你的啰！只是觉得这么说的话，或许你会上这个当。因为要是让你将不净冲击盾保留到最后才用，或许会很难分出胜负呢。"

对不死者来说毫无意义的体内血液，似乎整个往下倒流的感觉袭向夏提雅，反之却有股焦躁情绪涌上全身。

所言非虚。

现在的这些话，没有半点谎言。

眼前的安兹·乌尔·恭，因为觉得胜利在握，所以才没有逃走。

"啊啊啊啊！"

夏提雅开口大叫，只是一味地将涌现的情绪以声音抒发出来。

狮子是夏提雅，兔子是安兹，我才是猎食的一方——不，弄错了。

原本应该是狮子之间的战斗，只是夏提雅擅自将安兹看成兔子罢了——

焦躁不安的夏提雅刺出滴管长枪，想要结束这场战斗，即使遭到抵抗也要连续发招杀掉对方——

　　安兹的魔法早了一刻发动，同时伸手要将长袍扯去。

　　清脆的声音响起。

　　夏提雅不禁怀疑起眼前的光景。

　　这根本是不可能发生的事。

　　滴管长枪被纯白金属反弹回来。

　　如果是受到魔法反击，夏提雅会立刻追击吧。因为她知道安兹的 MP 所剩不多，那样不过是在垂死挣扎罢了。但夏提雅无法理解眼前发生的景象，愣了一下。

　　那道纯白光辉并非魔法造成。

　　而是来自铠甲。

　　那是一件纯白铠甲，胸部中央镶嵌着一颗巨大蓝宝石，从中散发出清净的神圣光芒。

　　那件铠甲穿在安兹身上，弹开了滴管长枪的突刺。

　　安兹以身高优势，朝下看着夏提雅。

　　不对……或许真的是带着瞧不起人的眼光看着夏提雅。

　　虽然的确可以感到愤怒，但夏提雅已经心有余而力不足，因为耳里传来一道冷峻的声音。

　　"我也是一开始就打算以肉搏战一决胜负喔。"

●

砰地发出一道拍桌声，受到拍打的气派桌子随之大幅震动。

守护者们一直在这里注视着这场战斗。

虽然刚才也出现过好几次拍桌声，但这还是那个人第一次拍桌。

"不会吧！那是那位至尊的铠甲！"

"塔其·米大人吗？"

雅儿贝德盯着水晶屏幕，低声说出那位无上至尊的名号。

"没错！那是塔其·米大人的铠甲啊！"

似乎非常激动的科塞特斯——不对，实际上也非常激动吧——发出兴奋叫声。

安兹身上的纯白铠甲，正是 YGGDRASIL 中仅仅九位得到"世界冠军"这个职业的其中一人所拥有。

只有在官方武术锦标赛中获得冠军者，才能得到世界冠军这个特别的职业，游戏公司会赠送一件特别武装给世界冠军当作冠军赠品。

塔其·米选择的赠品就是这件纯白铠甲。这件符合世界冠军身份的特制铠甲，能力超越神器级道具，到达足以和公会武器匹敌的领域。当然，因为这是件比赛的冠军赠品，因此只有得过世界冠军的人才能装备，不过——

"只要发动战士化的魔法——'完美战士'……好像……就能够不受任何职业造成的惩罚，使用战士的武器装备呢。"

迪米乌哥斯的声音中带着敬畏，雅儿贝德也低声惊叹。

"竟然如此深谋远虑……"

毛骨悚然的雅儿贝德，以双手抱住身体。

利用魔法变成战士的话，就可以使用一些原本只有得到特定职业的人才能使用的武装。这是游戏公司的补救措施，让非特定职业的玩家也能使用手里剑、金刚杵、袈裟等奇特的武装。不过这项补救措施，并没有将只有在官方比赛中夺冠才能获得的世界冠军装备排除在外。

"太惊人了……竟然可以算计到这种地步……实在让人佩服得五体投地。"

虽然尚未分出胜负，但在场守护者还是对安兹的谋略与深厚的经验无比佩服，竟然能够拟定出如此缜密的计划，并且顺利执行。

对于愈来愈高不可攀的主人感到欢喜与赞叹，带着如此激动的情绪望着水晶屏幕的守护者们，再次听到拍桌的声音。

"那是！"

发出声音的人依旧是科塞特斯。

3

喇的一声响起。

"呀啊——"

令人无法置信的光景出现眼前，让有些大意的夏提雅发出惨叫。从肩口砍入的刀刃砍断夏提雅的胸骨，一直到达没有跳动的心脏位置。

朱红铠甲被染得更红的夏提雅踉跄后退，惊愕地瞪向安兹。

安兹手上握着一把刀，那是一把雷电缠绕，锐利且巨大的刀。那把刀如吹毛断发般轻松砍裂夏提雅的铠甲。

夏提雅的铠甲是传说级道具，能够这样轻松将其砍裂的武器，即使是神器级道具也只有少数几把办得到。

那么——答案只有一个。

是的。

安兹手上的武器就是那少数几把中的一把——

夏提雅吐着血喊出那把武器的名字。

"建御雷八式！"

夏提雅往后远远跳开，躲避再次袭来的大太刀。躲开的距离远远超过大太刀的攻击范围，这正是夏提雅对这把大太刀的畏惧表现。

不过，没有人会取笑夏提雅的这种表现，尤其纳萨力克地下大坟墓的人更是不会。

他们脸上一定会出现感到理解的表情，没有人不怕无上至尊持有的这把武器。

如果目睹了武人建御雷——四十一位无上至尊的其中一人，挥舞这把武器——

"我不是说过了，夏提雅，'安兹·乌尔·恭'不可能败北。"

安兹往前跨出一步，夏提雅立刻往后退两步。

"夏提雅，你最好知道，你面对的'安兹·乌尔·恭'是集结了四十一个人的力量，所以打从一开始你根本连一点胜算都没有。"

安兹口气平静地告知夏提雅。

带着十足的把握与绝对的自信。

历经如履薄冰、稍有失误就会沉到湖底的危险战役，安兹现在已经逼近敌人的大本营。

目前，彼此的 MP 为零，HP 则是夏提雅比较高。

不过，利用"完美战士"化身为百级战士的安兹，能力大幅凌驾并非纯粹战士的夏提雅，武装方面也是安兹占上风。

那么——刚才的不利战斗已经成为过去时。

逆转压倒性劣势的男人，平稳的声线无比镇定。

"夏提雅·布拉德弗伦，你就睁大眼睛见识一下，纳萨力克地下大坟墓的最高统治者，无上至尊的整合者，你们口中尊敬的男人，实力有多强大吧。"

这句话是进攻的信号。

安兹踏出一步，双手握住的大太刀从上挥砍下来。

夏提雅再次往后跳开，同时改为跃进的姿势，想要在安兹出招后趁隙钻入反击。事实上，大太刀建御雷八式和滴管长枪一样，的确都很难发出细致的招式。

发出雷光的建御雷八式割破空气——刀锋突然停在摆出跃进准备姿势的夏提雅胸前，接着发出神速突刺。

不管力量多强，只要全力挥砍，加上加速度的力量，绝对很难中途把刀停下，如果是巨大武器难度就更高。

安兹却能做到，那是因为他没有全力出招的缘故，也就是说，这是知道会被躲开的虚晃一招，故意用来露出破绽的。

接下来的发展也经过详细计划，要发出怎样的招式都一一建构好，身为战士这是理所当然的做法。

安兹不过是身体力行罢了。

不过，若是没有在耶·兰提尔体验过战斗，应该连想都不会想到可以这么做吧。肯定只会不断地大劈大砍，然后受到夏提雅的反击。

就算成为百级战士，也一定会无法充分活用战士能力，落得白白浪费能力的下场吧。和开车的情况相同，即使考到驾照，但只会纸上谈兵的驾驶和习惯开车的驾驶，虽然都是会开车，只要看看两者在遇到突发状况时的处置方式，就会发现情况完全不同。

这就是——经验。

和夏提雅的战斗中，安兹认为这个经验正是对自己有利的最大"武器"。

难以回避。

看到刀尖以迅雷不及掩耳的速度突刺过来，夏提雅如此冷静判断。不过，突刺是一招危险的招式，只要利用突刺的弱点，反而能让危机变转机。

（那么……也只好如此了。）

决定牺牲左手的夏提雅，把手伸到突刺的路径上。

当刀尖刺入的瞬间，夏提雅轻轻移动左手，顺利将贯穿手掌的力道卸到一旁。

没有贯穿胸部，只贯穿左手手掌的刀尖余势未衰，继续刺穿肌肉与骨头，深入左臂之中。不仅如此，缠绕在大太刀上的雷电从内部贯穿夏提雅的身体。

虽然身为不死者，但遭到贯穿的感觉还是让夏提雅蹿起一股恐怖的感觉，但她依然扬起嘴角。

那是笑容——绝对不是受伤者会出现的表情，但也并非打肿脸充胖子，因为，这正是夏提雅的计划。

夏提雅对刺入自己左臂的施力，大太刀被肌肉缠住，停止动作。

原本突刺的招式就会因为没有命中目标，或是被肉卡住而停止动作，因此并不是那么好用，也就是有其弱点。知道这个弱点的夏提雅，才会牺牲左臂，制造对方的破绽。

如果无法抓准大太刀刺入左手，直到贯穿的这个瞬间——只有零点几秒的时机，绝对无法办到。

"出现破绽了呢！"

大太刀被缠住的安兹，没有防御滴管长枪的方法。

如闪电般挥出滴管长枪的夏提雅，目睹一幕惊人的光景。

安兹毫不留恋地抛开手上那把神器级最高阶魔法道具——然后从插在腰带上的好几根木棒中拔出一根。

"什么！太愚蠢了！那种木棒怎么可能挡住滴管长枪！而且竟然舍弃神器级武器，绝对是一大败笔呢！"

虽然没有拘泥建御雷八式这把神器级道具的做法算是聪明，但失去这把武器后绝对不可能获胜。

夏提雅带着嘲笑，发誓要让安兹尝到远胜于左手受到的伤害。她使尽全力刺出滴管长枪——随着一道清脆的金属碰撞声，遭到反弹。

"咦？"

夏提雅发出一道惊呼。

安兹的手中已经看不到木棒，取而代之出现在他手上的是两把弹掉滴管长枪的小太刀。一把如太阳般灿烂夺目，一把如月亮般皎洁柔和。

握着那两把小太刀的安兹手上冒出青烟，看起来像是那两把武器正在抗拒不死者一样。

"哪里有破绽呢，夏提雅？"

"啧！这、这到底是怎么回事？"

刺穿夏提雅左手的武器感觉不到重量，仿佛安兹准备了新武器后，旧武器无法同时存在于同一世界般消失无踪。夏提雅直觉认为，大概回到了原本的场所吧。

"甚至没有虚实。双手各持武器也无法使用得当的话，还是只拿一把才是明智的抉择吧……"

安兹这句仿佛想到什么的低喃，像是在询问不在此处的某人一样。

"那么，现在的我也是那样吗？"

无暇确认这句低喃的真正意义，失去平衡的夏提雅立刻遭到月光小太刀一击。

假装攻击脖子的小太刀，巧妙地变换行进轨迹袭向肩膀，在千钧一发之际被滴管长枪弹开。

趁此空当，安兹大幅拉近和夏提雅的距离。敌人如果使用巨大武器，那么与敌人的距离愈近对方就愈难出招。这是十分理解这点——经验老到者的做法。

挥出的另一把太阳小太刀——钻进滴管长枪的防御漏洞，轻轻刺入夏提雅的身体。

"啊啊啊啊！"

她发出痛苦的呐喊。

突刺的疼痛并没有什么大不了，但紧接着像毒液般流入，用来对付不死者的神圣属性疼痛，扩散至夏提雅全身，这股疼痛才真的是难以忍受。

安兹在刺入小太刀的状态下，像是要扩大伤口般继续将小太刀向旁边移动。

"闪开！"

距离太短，无法挥舞滴管长枪的夏提雅往前一踢，虽然安兹以小太刀挡住，但还是无法完全抵消踢击的力道，身体往后飞去。这时候，夏提雅看到了，看到放开小太刀的安兹手里拿着小小的木棒。

　　接着，在那木棒粉碎的瞬间，一个长满尖刺的巨大粗暴金属手套将安兹的手覆盖住。那金属手套巨大到即使安兹站着，都已经快要碰到地面——

　　"看招！"

　　踏前一步的安兹发出怒吼，同时出拳。

　　虽然夏提雅反射性地举起滴管长枪抵挡，但强烈的冲击波还是透过滴管长枪，传遍夏提雅的全身。

　　"咕呀！"

　　身体好似遭到巨大拳头命中的冲击，让夏提雅发出窝囊的哀号，往后震飞出去。冲击波造成的损伤虽然不大，滴管长枪也阻挡了物理攻击，但冲击波的震飞效果却突破了夏提雅身上魔法道具的保护。

　　夏提雅失去平衡的身体虽然在魔法道具的帮助下迅速回复，但脑袋还是残留着一股炙热。

　　"竟、竟然让我发出这种窝囊的哀号！在我把你碎尸万段之前，也要让你发出相同的哀号……喔？"

　　转动目光，在视野内看到巨大光球后，夏提雅的激动情绪瞬间被抛到九霄云外。

那是安兹架起的弓上发出的太阳光辉，闪闪发亮的光箭，朝向的目标当然是夏提雅。

"不、不会吧，怎么可能……后羿弓？"

这是以中国神话中射下太阳的那位英雄的名字命名的武器，也是创造夏提雅的那位至尊的主武器。

守护者几乎都有对付射击武器的方法，遇到箭的话并不需要特别害怕。不过那光箭造成的并非物理伤害而是属性伤害，也就是魔法攻击，无法进行防御。

（该死！没有MP！如果还有魔法就能防御！有特殊技能可用的话也行！早知如此，就该留下一些使用次数……不对！）

MP耗尽，特殊技能的使用次数全部用完，这些都是在刚才的攻防战之后造成的结果。也就是说，这全都按照安兹·乌尔·恭这个男人的剧本在走。

夏提雅的双眼充血，大声咆哮。这正是后知后觉者死不认输的表现。

"你这家伙！为什么会有佩罗罗奇诺大人的武器！这一切全在你的掌握之中吗？你是如何准备那些武器的？到底藏在哪里！是折断木棒就会发动的某种特殊技能吗？"

这里面到底藏有什么把戏！

简直像是受到世界优待的得天独厚手段。

"如果将把戏的秘密告诉你，我不就没资格当魔术师了？"

"你说那是魔术吗！魔术绝对不可能召唤出佩罗罗奇诺大人

的武器！"

"你说得没错，这么说或许对他有些失礼呢。简单说的话，答案是付费道具。话说回来，你应该恍然大悟了吧？这一切全都照着我的剧本在走。"

聚气完毕的光球朝夏提雅飞去，虽然知道无济于事，夏提雅还是将滴管长枪迎向光球的轨道——四周全被爆炸的光亮笼罩。

夏提雅在燃烧全身的神圣光辉中努力思考，后退并不明智，继续这样下去将无招可出，只能任他宰割。

那白色铠甲或许防御力很强，但被滴管长枪命中也不可能毫无损伤，那么只能期待吸收体力的效果，将防御完全放弃，专注在给予损伤上。

"喔喔喔喔喔！"

夏提雅发出与她外表不符的威武叫声，这时候传来迎击男子的冷冽声音。

"胜算是七成对三成……吧，至于谁是七谁是三应该不用我说了吧？"

安兹慢慢架起一把散发出紫色光芒，斧面以红色水晶打造，形状诡异的巨斧。感受到这股压力的夏提雅犹豫着是否要向前逼近，但最后还是向前跨出脚步。

因为，已经毫无退路了。

"很棒的决心，接下来就是最后结局啰，夏提雅！"

"安兹大人会获胜。"

感到佩服的科塞特斯，摇着头脱口而出。不过，缺乏战士才能的迪米乌哥斯开口发问。

当然，迪米乌哥斯也坚信自己的主人会获胜，但还是需要理智地判断状况才行，因此开口说出心中的疑问。

"为什么？在我看来，应该还要很久才会分出胜负吧？"

"夏提雅舍去防御，全力攻击的这个做法并没有错。如果我遇到相同情况也只会那么做。"

"说得没错，安兹大人接二连三地变换武器——也就是说，不知道安兹大人还有什么武器，在缺乏情报的状况下，拉远距离有可能反而变成愚蠢的选择，看到安兹大人的弓箭后应该会如此认为吧。因此夏提雅只能选择在滴管长枪的攻击范围内进行战斗，已经无法使用特殊技能和魔法的状态，更促使夏提雅做出这样的决定……就是那么回事。"

"原来如此，是这么回事啊。无上至尊们并不曾在我们面前炫耀武器。因此只有你完美掌握了至尊们的武器吧，科塞特斯。"

科塞特斯耸了耸肩。

"我也只是具备知识，知道武器的效果和名称而已，并没有亲眼见识过。"

"原来如此，虽然不是很清楚但大致理解了。也就是说，安兹大人拿出斧头对付放弃防御的夏提雅——"

"噬血食肉。"

"谢谢，科塞特斯。那把噬血食肉如同外表所示看起来相当不平衡，也缺乏命中力。不过用来对付放弃防御的夏提雅可说绰绰有余。"

"刚才已经提过了，这场战斗全部照着安兹大人的剧本在走……实在令我佩服得五体投地。"

"若是安兹大人，一定能够以通天眼看穿一切发展吧。不愧是整合所有无上至尊的安兹大人，真是名副其实的洞察力……老实说，或许不需要我们，安兹大人也能轻松治理纳萨力克，稍微觉得有点不甘心呢。"

"拥有如此超凡的魔法吟唱者才能……不对，战斗者的才能，实在令人佩服。"

"不过……现在还没分出胜负吧？如果和夏提雅比体力，安兹大人居于劣势呢。"

但雅儿贝德还是露出微笑，因为确信安兹已经胜券在握的缘故。

"这点完全没问题吧。"

"为什么？"

"那位大人可是安兹·乌尔·恭，是我们大家的统治者，无上的至尊。既然那位大人都宣称会拿下胜利，当然不需怀疑啰。"

每次攻击都让彼此的体力不断遭到削减。

夏提雅的攻击会同时回复体力，不过安兹一击所给予的损伤，却足以让夏提雅回复的体力忽略不计。而滴管长枪也是一点一滴地慢慢削减安兹的体力，已经变成一种类似试胆比赛的战斗。

身受一招几乎砍裂铠甲的斧头攻击，夏提雅的身体传来骨头碎裂、皮开肉绽的感觉。但随之刺出利用特殊技能赋予殴打属性的长枪，则传来击碎骨头的触感。

（这个感觉……从剩余的体力判断，应该能赢？）

觉得还有机会获胜的夏提雅感到喜悦，如果继续这样攻防下去，或许刚好能够获胜。

完全抛弃防御，只是一股脑地向敌人发出攻击，一心只想着谁会先倒下的惨烈对战开始之后，一直感到焦虑的夏提雅脸上终于出现一点光明。

那是因为她在脑袋里冷静地计算着体力的消耗量，越是焦虑，获得的喜悦就越大。

"哈哈哈哈哈！"

一面攻击，一面承受攻击的夏提雅不禁哈哈大笑。

"哈哈哈！安兹大人！先耗尽体力的人好像是您呢！体力的差异，在这时候成为决定胜负的关键呢！"

一盆冷水浇醒了夏提雅的自以为是。

那是很简单的一句话。

"你真的如此认为吗？"

让自己不断陷入苦战，一切发展都在掌握之中的谋士发出的这道声音，让夏提雅领悟到自己的愚蠢。

不可能。

他要如何逆转这个状况？

夏提雅想不到对方要如何逆转，但来自第三者的声音回答了这个疑问。

"预定时间已经过了喔——飞鼠哥哥！"

是一道女子的声音。

这道未曾听过，装出幼稚感觉的女声，让夏提雅想起记忆中一位女子的声音。那位女子如果哆着声音讲话，或许就是这种感觉。

"你觉得是过了什么预定时间？"

不断互殴，以武器攻击对方身体的夏提雅，不懂这个问题要问什么，端正的脸上不禁浮现疑问之色。

"如果目前为止的所有一切全照我的计划在走，也就是说，至此经过的这些时间也皆在我的预测范围内。那么你觉得手表告诉我们已经过了预定时间这件事，到底代表什么意义呢？"

安兹手中的斧头消失，变成一面纯白盾牌。拿着和身上铠甲相得益彰的白色盾牌，安兹看起来仿佛一位纯白的圣骑士。

盾牌发出清脆声响，弹开滴管长枪的攻击。

为什么事到如今，安兹才要进行防御，原因或许出自刚才那道女声，但夏提雅不知原因何在。改为防御的安兹发出冷冽的声音，夹杂在金属碰撞声中传进耳里。

"还用说吗，胜负已决，战斗已经结束了喔。"

为什么？夏提雅的体力还剩百分之二十五，这样怎么算胜负已决，夏提雅想要如此呐喊，却说不出口。

"超位魔法的一击无法打倒体力满格的你。那么只要让你的体力消耗到能够一击打倒的地步不就得了，现在看来，在刚才的互殴下，你的体力已经消耗不少了呢。"

"啊，呜啊——"

夏提雅仓皇地攻击起来，想要让对方闭嘴，不想迎接即将到来的失败。

比零点一秒还要快的金属碰撞声不断响起，夏提雅的连击如狂风暴雨般猛烈。

但是，安兹却以更加难以置信的速度漂亮挡下。那身手像是在大瀑布下绝对不会淋湿般轻松惬意，同时继续说道：

"纯粹的战斗能力是我比较低……但魔法防御力却是我比较高。那么——我想说什么你应该知道了吧？我要出招了喔，夏提雅，你只能祈祷我的估计错误。"

"咕呜——"

知道失败迫在眉睫，夏提雅发出狂风暴雨的连击。面对五官扭曲，但绝对不显得丑恶的夏提雅，安兹下了最后一个赌注。

虽然那样告诉夏提雅，但其实计划并没有进行得那么顺利。

首先，超位魔法确实和特殊技能有点像，不需要消耗 MP，但依旧被归类为魔法，因此在战士化的状态下无法发动。

　　如果解除施加在自己身上的战士化魔法，身上的铠甲和盾牌都会变得无法装备而掉落吧。届时将很难防御夏提雅发出的攻击，如果夏提雅在攻击时加上各种特殊技能，也有可能无法利用超位魔法在体力上分出胜负。

　　这么一来可能会尝到失败。

　　但除此之外，没有其他获胜的方法。

　　安兹看准时机，先解除战士化，接着使用持有的付费道具。

　　他轻轻笑了出来。

　　即使在 YGGDRASIL 的 PVP 中，也没有像这样奢侈地使用付费道具，这就是现实和游戏——非胜不可的战役和玩乐的不同。

　　（就是现在！）

　　使用朋友的盾牌挡掉夏提雅的奋力一击，安兹瞪起双眼。

　　解除战士化，发动超位魔法。

　　让自己的周围产生和刚才相同的魔法阵，打算立刻破坏手上的沙漏形状付费道具——

　　但他突然感到迟疑。

　　因为涌现一股罪恶感，这样会杀了同伴精心制作的 NPC。

　　犹豫不决是致命的失误。

　　夏提雅没有错过这个破绽，立刻发现安兹拿在手中的道具，刺出附带特殊技能的滴管长枪，打算粉碎安兹的那只手臂。

已经解除战士化的安兹，无法闪避夏提雅这一招——

一股感觉涌现。

滴管长枪正要粉碎道具时，背脊涌起一股感觉，那感觉是敌意。

夏提雅身旁，不知何时出现了一个充满敌意的人，明显到绝对无法令人忽视。

夏提雅急忙从安兹身上移开目光，确认旁边的那个人到底是谁。

接着——她发现那里根本没有人。

安兹的魔法造成了一个直径两百米的沙漠，里面只有安兹和夏提雅，没有第三者存在。自己刚才感受到的敌意，已经消失得无影无踪，好像做了一场白日梦——

"不妙！"

回过神来的夏提雅惊叫一声，但为时已晚。

粉碎的沙漏，将原本发动时需要花费的时间变成零。

"坠落天空。"

随着这道声音，在两人之间正中央发出闪光，笼罩所有一切。

在惊人的灼热中，夏提雅知道自己的身体正在毁灭。

已经炭化的右手粉碎崩落，滴管长枪在染白的世界中，慢慢掉到应该是大地的地方，脸庞因为袭来的热量而干燥不堪，眼前已经只剩下白色世界，喉咙也是无比干燥——不知道喉咙是否已经被燃烧殆尽——难以开口说话。即使如此，还是有句话非说不可，夏提雅·布拉德弗伦动用所剩不多的生命力，开口赞扬：

"啊，安兹·乌尔·恭大人，万岁。您真的是纳萨力克的最强至尊。"

衷心地对整合四十一位无上至尊的最强人物表达敬意。热浪似乎连束缚也燃烧殆尽，夏提雅全身虽然无法动弹，但内心却非常自由。

一位不该在此处出现的人，浮现在夏提雅逐渐远去的意识中，那位营造出让胜负分晓状况的人。

基本上，不死者可以让精神系的效果失去作用。不过，有一种虽然带有同样作用，但不被归纳为精神系，那个人就是使用了这个效果。

夏提雅带着微笑呼唤：

"矮冬瓜。"

就这样，夏提雅心满意足地完全消失在白色世界中。

●

解除启动至今的特殊技能"天空之眼"，亚乌菈将噘起的粉红色娇艳嘴唇回复原状，露出不满的表情，开口责骂不在此处的人物。

"笨——蛋，身为不死者竟然还遭到精神控制，真的是蠢到极点。"

"怎、怎么了姐姐？"

"嗯？没什么啦。"

马雷虽然看向亚乌菈注视的方向，但位于森林中的此处，不管往哪里看去，都只有看到树木而已。不过，可以从亚乌菈注视的方向推测出来她在看什么。

应该是在监视主人和夏提雅的战斗情况吧。

自己的姐姐亚乌菈，如果使用游击兵的特殊技能，监视的范围可以涵盖直径两公里。因此自己和姐姐才会在眼球尸的协助下，在周围进行警戒。

"那、那么，已经分出胜负了吗？"

"嗯，是安兹大人获得压倒性胜利。"

"果、果然是这样。"

即使最强的守护者仍然打不赢，马雷的脑海里浮现安兹大人的身影，认为这是理所当然的结果，领导无上至尊的人物怎么可能被打败！

"那么，姐姐，那、那个，要去回收夏提雅装备的道具吗？"

亚乌菈想起解除特殊技能前看到的光景。

"安兹大人好像已经回收完了，我们就按照指示撤退吧。"

"嗯嗯。"

知道姐姐心情不好的马雷没有多说什么，乖乖赞成姐姐的指示。

　　亚乌菈"最好的朋友"遭到精神控制，甚至对大家誓死效忠的敬爱主人倒戈相向，即使遭到处决也是理所当然的结果，但她还是难免心情暴躁吧。

4

　　在王座之厅再次打开列表，不出所料，上面列出夏提雅名字的地方已经变成空白。这样就确定夏提雅已经死亡，计划的第一阶段到此告一段落。

　　安兹的胸口蹿起一股疼痛，虽说别无他法，但像这样亲眼看着，还是强烈地感受到自己的所作所为，心中甚至涌上了罪恶感。

　　安兹在内心向夏提雅表示歉意，吞下不存在的口水，再次转向聚集在此的守护者们。

　　"那么，接下来开始对夏提雅进行复活，雅儿贝德你注意看夏提雅的名字，如果和之前一样还是受到精神控制……"

　　"安兹大人，虽然僭越，但届时还请让我们自行处置。"

　　科塞特斯和亚乌菈立刻同意迪米乌哥斯的这句话，马雷也消极地表示肯定，只有雅儿贝德静观其变。

　　"迪米乌哥斯……"

　　迪米乌哥斯以充满真挚情感的话语，打断安兹的低语。

"我们非常清楚，无上至尊安兹大人的指示尊贵无比，我们即使粉身碎骨也必须确实遵从才是。不过身为臣下的我们，绝对不能允许安兹大人再次遭遇这种危险。"

迪米乌哥斯的目光从安兹身上移向雅儿贝德。

"夏提雅要是再次背叛，我们守护者将挺身对付，还请安兹大人袖手旁观。"

了解守护者心意的安兹，无法继续坚持下去。

"我知道了，各位守护者，要是夏提雅再次背叛的话，就交给你们处置。"

所有守护者一起低头响应。

安兹在这样的光景中感到惭愧。

真窝囊的主人。

因为即使做到这种地步，最后还是可能让"小孩们"彼此自相残杀。

追根究底，都是因为自己的不智，全是自己的错。

安兹想叹气，但看到静静站在旁边，浮现温柔表情的雅儿贝德，最后还是吞了回去。

"安兹大人只要在这里袖手旁观即可，如果连最后一位无上至尊都消失，我们该向谁尽忠才好？即使并非遭到抛弃，但所有无上至尊都消失的话，我们还是会觉得寂寞。"

"说得没错，身边没有任何人真的很寂寞呢。"

安兹目光不知不觉移向王座之厅，看向挂在里面的四十一面旗子，目光停留在上头的花纹处。

"是的，说得没错……在宝物殿也是……真是愚蠢呢。"

安兹低喃着心中的强烈思念，看向守护者们。

"守护者们，保护我，然后开始行动吧！"

安兹笼罩在充满气势的回应中，抓住飘浮在旁边的安兹·乌尔·恭之杖，将它转向王座之厅的一个角落。

那里有一座金币堆成的小山，数量约有五亿枚，这是让夏提雅复活所需的数量。

原本必须利用键盘操作，但他知道不利用键盘也没问题。

金币山开始变形，慢慢从固体变成液体。

在守护者滴水不漏的防御中，融化的金币变成一条河，流向一个地方。一万吨金币像是遭到压缩，变得越来越小，化为人形，最后变成一个黄金人偶，黄金光芒也越来越弱。

不久黄金光芒完全消失，只剩下白蜡般的肌肤颜色和银白色的长发，出现在眼前的人毫无疑问是夏提雅·布拉德弗伦。

"雅儿贝德！"

安兹目不转睛地盯着夏提雅，大声呼唤雅儿贝德的名字。

"请放心，似乎已经解除精神控制了。"

"是吗……"

涌现的强烈安心感让安兹不禁抚摸自己的胸膛，感觉到精神稳定下来。接着，他伸手进入空间，取出一件黑色披风，朝躺在地上的夏提雅走去。

紧闭双眼，胸口没有跳动，静静躺在地上的模样仿佛尸体一般，但不死者是活着的尸体，这个事实本身并没有任何奇怪的地方。

（奇怪的地方——）

刚刚才确认的胸部，平坦到看起来不像少女，简直可以说是少年了吧。安兹的目光不知该看向何处，离开胸部开始游移起来。

刚复活的夏提雅，身上当然没穿衣服，处于"不知道该看哪里才好"的状态。安兹慌张起来，甚至没有想到只要看向其他地方即可。

视力变得比人类的时候还要好很多，因此一些小地方都可以看得非常清楚。

夏提雅大剌剌地躺在地上，双脚稍微张开——

——安兹急忙将手上的黑色披风丢过去。

在空中张开的披风，不偏不倚地盖住夏提雅的全身。

（我才不觉得可惜！我是不死者，所以没有性欲！不对，是几乎没有。会去注意夏提雅的身体，只是因为单纯地感到有些好奇，衣服底下没有设定的部分到底会是什么样子而已。在YGGDRASIL中根本不会像这样把衣服完全脱掉嘛，所以才会瞄了一下，没错，并非好奇是不是长毛了！）

不知道是在向谁解释的安兹，带着如此手足无措的心情走向夏提雅。故意走得很慢，或许是因为想要稍微冷却一下发热的脑袋。

还有，也故意装作没听到后面传来"如果您感兴趣，只要向我说一声，随时都可供您欣赏没关系啊"的女子声音。

安兹一站到面前，夏提雅便像是刚好感受到有人接近，睁开那双红色眼睛，带着睡眼惺忪的模样打量四周，将目光停在安兹身上。

"安兹大人？"

像是睡呆了的口气，不过当中确实能感到忠诚之意。虽然雅儿贝德和纳萨力克内所有管理系统都已经加以保证，但自己亲身感受后欣喜万分的安兹，跪下来抱起夏提雅。

"唔、咦？"

无法相信如此纤细的身材，竟然会有那样惊人的身体能力。

安兹不理会似乎无法相信眼前发生的事，带着失神表情发出奇怪言语的夏提雅，双臂抱得更紧。

"太好了……不对，抱歉，全都是我的失策……"

"咦？那个，虽然不知道到底发生了什么事，不过安兹大人是不可能失策的！"

夏提雅冰冷的手回抱过来，她的双手像在吃豆腐般令人有点不舒服，但觉得她应该是在确认复活后的触感，因此安兹没有制止，假装没听到耳里传来的这句"啊，我就要在这里迎接初体验"……

不过，雅儿贝德发出毫无抑扬顿挫的声音抗议。

"安兹大人，夏提雅或许已经累了，到此为止吧。"

"的确没错呢。"

NPC的复活或许和玩家的复活一样，会有一些惩罚。毕竟这是来到这个世界后的第一次复活。

"之后再告诉我详情吧，在此之前，有几件事想先问一下。"

安兹放开抱住她的手之后，夏提雅就浮现遗憾的表情，目光尖锐地瞪向雅儿贝德。反观雅儿贝德倒是露出和往常一样的温柔微笑。原以为她们会像平常一样继续互瞪下去，但夏提雅却转开目光，停止互瞪。

"是的，请尽管问……对了，安兹大人，我为什么会在王座之厅呢，而且还穿成这样？安兹大人又将如此对待我，是不是我惹了什么麻烦呀？"

"这也是我要问的事，你还记得发生了什么事吗？"

"是、是的。"

"抱歉，夏提雅，把你最后记得的事情告诉我。"

夏提雅的最后记忆只到五天前，从那个瞬间到现在为止，完全没有印象。

安兹也可以像在卡恩村的时候一样，利用第十位阶魔法"窜改记忆"更改或删除她的记忆，不过即使窜改短时间内的记忆也必须消耗大量MP。假设要删除五天的记忆，庞大的MP需求量已经超过一般魔法吟唱者的极限，即使是MP回复速度超群的安兹也办不到。

当然，也有可能是原本就设定成NPC在复活时会自动失去几天的记忆，而虽然不知道是否可行，但也有可能是集合数人之力达成。

只是一切尚未明朗的现在，因为信息太少还无法解开这个谜题。

不过可以确认的，就是对夏提雅使用世界级道具的人再次潜入水底，消失无踪。

（不知幕后黑手是谁的话可是相当棘手，对方很可能会在水底伺机咬纳萨力克一口……不，也许我应该庆幸这次事情没有闹大……总之，敢对纳萨力克做出这种事的家伙，我一定会好好报复。）

安兹硬把连不死者特性都无法压抑的愤怒忍下来，温柔地询问夏提雅。

"其他还有什么异常吗？"

如果这世界和YGGDRASIL一样，应该没什么问题才对。NPC不会出现降级的情况，但不清楚这个世界的情况是否也相同，说不定，NPC和玩家角色一样都会在复活后降低等级。

夏提雅摸摸自己的身体后回答安兹。

"好像没什么问题呀。"

"是吗？"

夏提雅回答后，脸上突然浮现惊愕之色，不知发生何事的安兹涌现一股不安。

"安兹大人！"

"怎么了？发生什么事了？"

"胸部不见了。"

听见这句话的守护者们，全都表情扭曲，露出一副"把我们的担心还回来"的模样，甚至连迪米乌哥斯都噘起嘴唇露出夸张表情。

"你说这种话，究竟知不知道自己曾身陷什么状况！"

雅儿贝德代表所有人如此斥责后，夏提雅吓得肩膀一震。

瘫软到双手都快着地的安兹，呆呆望着和夏提雅吵嘴的守护者们，思考关于复活的各种问题。

尤其特别希望，在那座墓地遇到的克莱门汀和卡吉特等人，如果也能和夏提雅一样，在复活时失去记忆就好了。

不过，这只是一厢情愿的乐观想法。

不知道夏提雅为什么会失去记忆，也不能保证，复活时——使用复活系魔法复活和使用金币复活 NPC 的情况相同。

正当安兹思考着这些事情时，不断遭到雅儿贝德单方面责骂的夏提雅已经泪眼汪汪。

看着眼前的景象，安兹可以确信，自己的眼中一定浮现出向往之色吧。

脑中浮现泡泡茶壶（姐姐）责备佩罗罗奇诺（弟弟）的模样，还有在一旁微笑守护的同伴们。

眼前的 NPC 们就像是过去的同伴。

安兹轻轻伸出手，在空中停了下来，好像那里有一片看不见的玻璃挡住一样。

安兹涌出一股寂寥感。

感觉好像守护者们存在的那个温暖之处投射在屏幕上——而自己却在其他地方一样。

如果自己进到里面，他们会对自己表现出忠心的态度吧。那是一种敬畏，不是过去同伴在一起时的那种温暖。

这令他觉得相当遗憾。

正当安兹无力地垂下手时，似乎感受到安兹有些异样的雅儿贝德突然回过头来，静静地注视着安兹。被这种难以理解的眼神注视，正要开口询问"怎么了"的安兹，眼窝中的火光突然变得炽烈。

因为雅儿贝德温柔地伸出手，安兹一阵犹疑后，抓住那只手，就这样——被拉进守护者的小圈子中。

雅儿贝德最先开口，其他守护者们也跟着陆续说话。

"安兹大人，请您也好好骂骂夏提雅。"

"完全没错！请严厉地斥责这个笨蛋！"

"是啊，好好教训一下比较好！"

"要牢记安兹大人的金玉良言喔！"

"不、不过，还是不要太严厉比较……那、那个……"

"哈，哈哈哈。"

安兹虽然被守护者们的惊讶眼神笼罩，但仍忍不住从口中发出笑声，不对，不是从口中，而是从心里。

笑到心满意足后，安兹才默默转向夏提雅。

"我之前也告诉过雅儿贝德，这次错不在你，夏提雅。明明掌握各种信息却没有想到可能会有这种情况发生的我，才是最该责骂的对象。夏提雅你没错，将这句话牢记在心吧。"

"谢、谢谢大人！"

"迪米乌哥斯，你负责向夏提雅说明到底发生了什么事，没问题吧？"

迪米乌哥斯一鞠躬，示意了解。

"对了，塞巴斯他——"

"正让他当诱饵。"

安兹冷静地说出让属下当诱饵的这句话后，守护者们只是点点头，表现出属下的应有态度。他们不过是将纳萨力克地下大坟墓主人的考虑，看得比同伴的安全更优先而已。

"虽非本愿，但只能这么做了……虽不知道为什么夏提雅会被盯上，不过，如果对方想要找下个对象，很有可能会找上曾和她同行的塞巴斯吧。所以我并没有叫他回来拿世界级道具……雅儿贝德，挑选一些精英秘密监视塞巴斯的周围……虽然塞巴斯是诱饵，但我可是没有打算让他被吃掉。告知那些监视人员，他们的任务还包括阻挡敌人接近塞巴斯。"

命令完毕后的安兹眯起眼睛——眼窝中的红色火光稍微变暗。

（总有一天会遇上对夏提雅使用世界级道具的家伙吧，到时候一定要他加倍奉还！）

"遵命，我会尽快挑齐能力适合的人员。"

"麻烦你了。托夏提雅的福，让我知道NPC能够复活，但我可不想再次亲手杀害同伴所创造出来的你们。"

守护者们全都感动地低下头来，大概理解到安兹竟然如此珍惜自己吧。果然把话说出口，破坏力也跟着大幅提升呢。

夏提雅似乎稍微察觉到自己发生过什么事，脸上浮现惊愕之色，露出惭愧至极的模样。

安兹以手势告诉她不需在意，这时候一道声音从旁边传来。

"那、那个，安兹大人。"

"怎么了，马雷？"

"那、那个，请……请问，需要清除战斗痕迹吗？"

"没有那个必要，你知道吗？毁掉封魔水晶的话，里面的强大能量会爆发，似乎足以将周围一带夷为平地喔。"

"咦？是、是喔？"

"抱歉，假的啦。不过就是这么回事，真真假假，假假真真。封魔水晶似乎是稀有道具，所以应该没有人能拿它做实验吧。雅儿贝德，把尼根持有的使用过的物品加点伤痕，再来就是让铸造师在打造出来的毁损铠甲上，加上一些烧焦痕迹，感觉像是经过一场激战的模样。"

"遵命。"

"另外，或许是我太过大意，纳萨力克附近确实有一些神秘的敌人能够伤害我们，因此我想尽快拟定强化纳萨力克的计划。其中一个想法就是利用我的特殊技能，打造出一支不死者军团。之前也说过……嗯？好像只有向雅儿贝德提过？算了，总之要以执行这项计划为第一要务，为了从耶·兰提尔顺利回收用来打造不死者军团的尸体，我想做好事前准备。"

"关于这件事，安兹大人。"

"怎么了，雅儿贝德？"

"利用安兹大人的特殊技能创造出来的不死者，如果使用的媒介为人类尸体，创造出的不死者即使是中阶等级，能力也相当弱对吧？"

"没错，有什么问题吗？"

利用阳光圣典的尸体创造出来的不死者，最高等级是四十级。超过四十级之后，随着时间的经过，不死者会与媒介的尸体一起烟消云散。

"是的。其实接受命令之后，我曾经考虑过取得新鲜尸体的方法，是不是可以考虑使用人类以外的尸体看看呢？"

"你的意思，不会是想要使用纳萨力克的仆役的尸体吧？"

"不是，我绝对没有那种想法。是想要使用其他亚人类。"

雅儿贝德露出微笑，那是非常残酷——也非常美丽的笑容。

"亚乌菈发现了蜥蜴人的村落，不妨前往袭击，将那里消灭。您觉得如何呢？"

秘银级冒险者队伍"天狼"的队长佩洛提,打开冒险者工会大门。

冒险者们的敬意与崇拜眼神立刻朝向他。

佩洛提很习惯这一幕,但和一个月之前相比,注视的眼神似乎变得没有那么热烈了。

(这也是没办法的事吧。)

将目光移动到布告栏上的委托内容,很遗憾似乎并没有看到秘银级的任务。

只有秘银级冒险者才能执行的委托任务,的确不是经常出现。不过这次的原因并非委托很少,而是出现了很快就把秘银级以上任务解决的冒险者。

"飞飞先生吗?"

佩洛提半抱怨地脱口说出这个名字。

大约一个月前,这个男人消灭了能力相当强大的吸血鬼。

惊天动地的惨烈激战——他并没有亲眼看到那场战斗,但只要看过那场战斗的遗迹,大致就可以想象那是一场怎样的战斗——因为同行的伊格法尔吉等"克拉尔格拉"成员遭到波及而以全灭收场,这个结果并不会让人感到惊讶。

不对,只要参与了那场战役,绝对是死路一条。

爆炸的封魔水晶,让大范围的土地变成黑色大地,其中一些地方甚至变成沙漠地带。令人吃惊的是,如果不那么做就无法打赢吸血鬼。而且——

"他们活了下来⋯⋯"

反过来说，赢得胜利，平安生还的他们，自然被认为是比吸血鬼这种佩洛提根本打不赢的魔物还要强的怪物。

刚才语气之所以变得谦卑，也是因为他已经强到不得不令人表示尊敬了。

就在对这样的绝对强者心驰神往时，他听到开门的声音响起，像是有一阵风蹿进工会般，涌现一阵刺耳的鼓噪。

隐约了解鼓噪原因的佩洛提，也将目光转到周遭众人的注视方向，果然看到不出所料的人物。

城镇中的话题人物——"漆黑英雄"飞飞。

背上插着两把巨剑，后面带着绝世美女。

"铠甲的前面部分使用大量的精钢⋯⋯到底价值多少钱啊？"

"漆黑英雄"这个别名的由来自然是那副超高级全身铠，在历劫归来时严重破损。到处都是烧焦、破裂的爪痕，但现在那副漆黑铠甲没有半点伤痕，在日光的反射下熠熠生辉。

这是魔法师工会动员所有魔法吟唱者成员，利用魔法修复的结果。

挂在胸口的金属牌是——活生生的传说、冒险者的崇拜对象、保护弱者人类不被强大种族伤害的人类王牌——精钢。

他的功绩已经远远超越山铜，过去不曾出现在耶·兰提尔的高阶等级。

开始出现在故事中的英雄人物大驾光临，让冒险者工会内的热烈气氛急速上升。

"王国的第三位精钢级冒险者……"

"他就是'漆黑英雄'飞飞吗……而后面的那位是'美姬'娜贝，那美貌果然名不虚传……"

"你知道那座森林吧，有一大部分被烧个精光听说就是他的杰作喔……听说是利用武技烧光的……"

"不会吧，怎么可能……如果能够利用武技烧成那样，就已经不能称为人类了吧？"

"应该是能够办到的少数人之一吧？精钢级是登峰造极的冒险者，即使说他是精钢级中的精钢级我也一点都不惊讶呢。"

在众多崇拜目光的注视下，飞飞从容不迫地走向柜台。和柜台小姐讨论委托任务的冒险者们，纷纷让道给这位最高等级的冒险者，脸上浮现的是尊敬和恐惧。

飞飞若无其事地向柜台小姐搭话。

"我们负责的工作已经完成了，请再帮我们看看有没有什么新的工作。"

柜台小姐睁大了双眼，但立刻回复原状。佩洛提知道柜台小姐睁大双眼的原因。飞飞他们接下的工作，即使是秘银级的冒险者小队都觉得很棘手，一定需要好一阵子才能解决，但飞飞他们却三两下就摆平了。

没错，只要交给他，即使是秘银级任务也能轻松解决。

这是理所当然的事，因为最高阶冒险者就是有这样的本领。

"没生意可做了呢。"

佩洛提不禁发出牢骚，不过他当然不是认真的。到达秘银级的领域之后，若不是有什么特别情况，应该都已经存到即使退休也能半辈子无忧无虑的财富，到达这领域的冒险者会继续冒险，大都是为了金钱之外的其他理由。

"啊，飞飞先生，非常抱歉，现在没有什么任务能够委托您，还请见谅。"

柜台小姐站起来，深深一鞠躬。

"这样啊——"

有什么话想说的飞飞，说到一半却突然停下来，过了数秒后再次开口：

"是吗，那真是太好了，因为我突然想起有急事要办，先回旅店了。如果有什么急事就到旅店找我吧，知道我投宿在哪间旅店吧？"

"知道，是金光闪耀亭对吧？"

飞飞点点头，帅气地转身扬起红色披风，迈步而出。

从旁边经过时，隐约有听到飞飞的说话声。但因为太过小声，佩洛提听不出来那断断续续的说话内容是什么。

佩洛提没能听见的，是安兹向远方部下告知要展示强大武力的命令。

"命令高康大出动，也一并叫上威克提姆，等科塞特斯回来后，机会难得，就让所有楼层守护者一起出动吧。"

角色介绍

Character　9

由莉·阿尔法 | 异形类种族

yuri·α

战斗女仆中的
大姐姐

职位——纳萨力克地下大坟墓
　　　　地下第九层战斗女仆。

住处——地下第九层的仆人房之一。

属性——善————————[正义值：150]

种族等级－僵尸——————10 lv
　　　　　Zombie
　　　　　无头骑士—————1 lv
　　　　　Dullahan

职业等级－前锋——————10 lv

　　　　　单击战士—————5 lv

　　　　　厨师——————1 lv

　　　　　其他

[种族等级]＋[职业等级]————合计51级
● 种族等级　　　　　　　　　　　职业等级 ●
总级数11级　　　　　　　　　　　总级数40级

status

能力表

	0	50	100
HP[体力]			
MP[魔力]			
物理攻击			
物理防御			
敏捷			
魔法攻击			
魔法防御			
综合抗性			
特殊性			

[最大值为100时的比例]

CZ2128·德尔塔

异形类种族

CZ2I28·Δ

奇袭突击女仆

职位——纳萨力克地下大坟墓
地下第九层战斗女仆。

住处——地下第九层的仆人房之一。

属性——中立～善————［正义值：100］

种族等级—自动人偶 Automaton————5 lv

职业等级—枪手————10 lv

狙击手————3 lv

暗杀者————3 lv

猎捕者————3 lv

其他

［种族等级］+［职业等级］————合计46级
● 种族等级   职业等级 ●
总级数5级   总级数41级

status 能力表

［最大值为100时的比例］

	0	50	100
HP［体力］			
MP［魔力］			
物理攻击			
物理防御			
敏捷			
魔法攻击			
魔法防御			
综合抗性			
特殊性			

Character 11

夏提雅·
布拉德弗伦

| 异形类种族

shalltear bloodfallen

鲜血的女武神

职位────纳萨力克地下大坟墓
　　　　　地下第一层～第三层守护者。

住处────地下第二层死蜡玄室。

属性────邪恶～极恶──────[正义值：-450]

种族等级──吸血鬼 Vampire──────10 lv
　　　　　真祖 True Vampire──────10 lv

职业等级──女武神／长枪──────5 lv

　　　　　诅咒骑士──────5 lv

　　　　　祭司──────10 lv

　　　　　其他

[种族等级]＋[职业等级]────合计100级
● 种族等级　　　　　　　　职业等级 ●
总级数20级　　　　　　　　总级数80级

status

能力表

[最大值为100时的比例]

	0	50	100
HP [体力]			
MP [魔力]			
物理攻击			
物理防御			
敏捷			
魔法攻击			
魔法防御			
综合抗性			
特殊性			

Character 12

潘多拉·
亚克特

异形类种族

pandora's actor

千变万化的无脸人

职位——纳萨力克地下大坟墓
宝物殿领域守护者。

住处——宝物殿管理负责人室。

属性——中立————[正义值:-50]

种族等级—二重幻影————15lv
Doppelgänger

高阶二重幻影————10lv
Greater Doppelgänger

职业等级—专家————10lv

工艺家————10lv

城堡之王————15lv

其他

[种族等级]+[职业等级]————合计100级
● 种族等级   职业等级 ●
总级数45级   总级数55级

status

能力表

[最大值为100时的比例]

0   50   100

HP[体力]	
MP[魔力]	
物理攻击	(可变)
物理防御	(可变)
敏捷	(可变)
魔法攻击	(可变)
魔法防御	(可变)
综合抗性	(可变)
特殊性	

作者后记

距离上一部已经过了四个多月，真的非常开心还能够和大家见面！我是作者丸山黄金。

各位觉得《鲜血的女武神》怎么样呢？如果觉得好看那将是我的荣幸。

不过，后记到底要怎样写才好呢？每次都有这个疑问。活动范围只有公司和家里的我，实在没有自信可以写得很有趣。所以，决定大方公开我的四个月行事历。

首先，我会花一个月左右的时间写稿，然后交给编辑大人确认，以这次的情况为例，大约是在一月中旬写完本部的故事。

接着，经过校稿大人校对后，修改的稿子会回到我的手上，继续进行调整。包含作者校稿在内，所有的校稿时间还要再花一个半月吧，作品就是这样诞生的。

如此不断校稿、修正，花在这部《鲜血的女武神》上的总时间……大略计算的话，有三个月左右吧。

　　完稿后一直到出版的这段时间，大约有一个月的空闲时间，我会把这一个月的时间除以四，每月拿这些时间更新网络版一次。

　　我公司的工作很轻松，可以很早回家，因此还可以勉强完成校稿工作，但每天工作到很晚的人，就需要减少睡眠时间，甚至不会有这样一个月的空闲时间，很辛苦呢。

　　不过，三个月出一本书的作者们，又是如何空出时间呢？真希望有人能教教我。

　　那么，接下来请让我表达谢意。

　　so-bin 大人、Chord Design Studio 的各位先进、大迫大人、F 田大人，如果没有各位的鼎力相助，这部作品就无法完成，这次也非常谢谢你们。

　　Honey，谢谢你的吐槽，立刻修改了。

　　还有购买本书的各位读者，真的非常感谢。如果有任何意见或感想……可以利用明信片（需要自己付邮资，真抱歉），如果是阅读网络版的读者，可以直接写在网站上，我将不胜感激。

　　接着，下部……准备整部都来写蜥蜴人篇，如能继续支持，我将无比开心！

　　那么，下次再会。

二〇一三年三月 丸山黄金

我很喜欢最后的安兹大人，
还有焦躁不安的
　　迪米乌哥斯感觉也很新鲜呢（笑）

2013. So-bin

OVERLORD   Vol.3 The bloody valkyrie

©Kugane Maruyama 2013
First published in Japan in 2013 by KADOKAWA CORPORATION, Tokyo.
Simplified Chinese translation rights arranged with KADOKAWA CORPORATION,
Tokyo.
through JAPAN UNI AGENCY, INC., Tokyo.
Simplified Chinese translation by Beijing Hongyue Scientific and Technical Co., Ltd.

著作权合同登记图字：01-2018-5185

图书在版编目（CIP）数据

OVERLORD．2，鲜血的女武神／（日）丸山黄金著；晓峰译

．－－ 北京 ：新星出版社，2018.7（2022.9重印）

ISBN 978－7－5133－3049－7

Ⅰ．①O… Ⅱ．①丸… ②晓… Ⅲ．①长篇小说－日本－现代 Ⅳ．① I313.45

中国版本图书馆 CIP 数据核字 (2018) 第 107962 号

次元书馆

第4部

Volume
Four

蜥蜴人联军大战
纳萨力克地下大
坟墓。

弱肉强食的

残酷世界就此揭开序幕。

OVERLORD 4

蜥蜴人勇者

OVERLORD *Kugane Maruyama* | illustration by so-bin

丸山黄金 ——著

illustration ● so-bin

敬请期待
第4部